HEYNE <

RICHARD LATZIN

Das Literaturquiz

Von Homer bis Harry Potter

WILHELM HEYNE VERLAG
MÜNCHEN

Für Gina und für alle,
denen schon einmal ein Buch den Schlaf geraubt hat.

FSC
Mix
Produktgruppe aus vorbildlich
bewirtschafteten Wäldern und
anderen kontrollierten Herkünften

Zert.-Nr. SGS-COC-1940
www.fsc.org

Verlagsgruppe Random House FSC-DEU-0100
Das FSC-zertifizierte Papier *München Super* für Taschenbücher aus dem
Heyne Verlag liefert Mochenwangen Papier.

Taschenbucherstausgabe 12/2005

Der Wilhelm Heyne Verlag, München, ist ein Verlag der
Verlagsgruppe Random House GmbH
www.heyne.de
Printed in Germany 2005
Umschlagkonzept und -gestaltung: Hauptmann & Kompanie
Werbeagentur, München - Zürich
Umschlagillustration: Corbis, Düsseldorf
Druck und Bindung: GGP Media GmbH, Pößneck

ISBN-10: 3-453-60018-5
ISBN-13: 978-3-453-60018-8

Vorwort

Leser und Leserinnen sind Menschen, für die das Lesen eine Leidenschaft ist. Die Leseleidenschaft ist jedoch nur eine unter mehreren möglichen und sie steht in ständigem Wettstreit mit anderen Leidenschaften: Sport und Spiel, Musik und Tanz, Film und Fernsehen, Essen und Trinken, Liebe und Erotik … Der Wettstreit der Leidenschaften ist beinhart, es geht, modern gesagt, um Marktanteile, um Zeiteinheiten, um Prioritäten. Das Lesen als einsame, zeitaufwändige Beschäftigung ohne wirklichen »Sinn« hat es schwer. So dick kann ein Buch gar nicht sein, dass man vom Lesen Muskeln bekommt oder die Kondition stärkt; Lesen senkt weder die Cholesterinwerte noch den Blutdruck; Lesen hilft weder gegen Cellulitis noch gegen Haarausfall; es ist auch keine besonders prestigeträchtige oder gar glamouröse Beschäftigung, Belesenheit macht einen Menschen kaum schöner oder berühmter oder gar reicher; Lesen hat beileibe nicht denselben »Funfaktor« wie Kino oder Partys oder Videospiele; man kann sich auch schwer mit jemandem messen, wenn es um das Lesen geht; Lesen ist nicht interaktiv, erfordert aber oft eine Menge Vorkenntnisse, Konzentration und Aufgeschlossenheit. Kurz: Lesen scheint für viele eine Beschäftigung zu sein, der man sich erst dann widmet, wenn man nichts Besseres zu tun hat.

Warum ich ein Leser bin, ist leicht erklärt: Weil ich festgestellt habe, dass es mir gut tut. Wer immer wieder erlebt, dass ein Mensch, wenn von einem bestimmten Buch die

Rede ist, leuchtende Augen bekommt, als spräche er von einer Person, die er aufrichtig liebt, wem es wie mir schon passiert ist, dass er so in ein Buch vertieft war, dass er versäumt hat, an der richtigen Haltestelle die U-Bahn oder den Bus zu verlassen, wer es bedauert, um zwei Uhr in der Früh schon müde zu sein, wo es doch nur noch ein paar Seiten wären bis zum Kapitelende (aber es hilft nichts, man liest schon jeden Satz dreimal und alles kommt durcheinander und, verdammt, um halb sieben soll man schon wieder aus den Federn sein), wer fünf oder sechs Buchhandlungen abklappert, nur um das Buch, auf das er oder sie neugierig ist, gleich zu bekommen, wer von wildfremden Menschen angesprochen wird, weil er ein Buch in der Hand hat, das diese einst in Begeisterung versetzt hat, der weiß, welch faszinierende Beschäftigung das Lesen ist, der weiß, wie verrückt man nach Büchern sein kann, der sucht vielleicht das ganze Leben lang immer wieder nach dem richtigen Buch …

Es gibt kein Buch, das man gelesen haben muss; man muss gar nichts gelesen haben. Man kann auch gut leben, ohne sich auch nur eine Sekunde lang für Fußball oder Mode zu interessieren. Niemand kann beim Lesen Erfüllung, Trost oder Unterhaltung finden, wenn er oder sie nicht selbst entscheidet und dafür die Verantwortung übernimmt, was gelesen wird. Wer immer mehrere Bücher zugleich lesen will, der soll es tun. Wer nur Krimis lesen will, der soll es tun, es gibt eine ganze Menge hervorragender Krimis. Wer Bücher nur liest, solange sie spannend sind, den soll keiner eines Besseren belehren wollen. Wer beim Lesen Horror und Grusel haben will, der soll das auch finden dürfen, es gibt eine Menge toller Horror- und Gruselliteratur. Wer sich beim Lesen nicht nur durch einen Text, sondern auch durch den Raum bewegen will, der soll in der U-Bahn lesen oder im

Bus oder im Zug. Wer auf dem Klo oder in der Badewanne lesen will, der soll sich nicht darum scheren, ob das nun als fein gilt oder nicht.
Für mich gilt beim Lesen nur ein Gebot: Du sollst nicht ständig unter deinem Niveau lesen! Das klingt wie eine große Einschränkung oder gar nach erhobenem Zeigefinger, aber, Hand aufs Herz: Wollen wir etwa unter unserem Niveau arbeiten oder gar lieben? Dass man beim Lesen auf das Niveau achten soll, ist also nichts anderes als ein Ausdruck der Selbstachtung und der Wertschätzung der eigenen Fähigkeiten.
Wer sich bei der Buchauswahl zu viel davon beeindrucken lässt, was man angeblich gelesen haben muss, wer nur das liest, was man angeblich für die Bildung braucht, ist auf dem besten Weg, sich die Freude am Lesen zu verderben! Bücher müssen uns etwas geben, das ist ganz entscheidend. Nicht wir haben zu den Büchern zu passen, sondern sie zu uns. Die Suche nach dem nächsten Buch ist eine durchaus aufregende Sache, man liest Kritiken, Klappentexte, lässt sich von Büchern erzählen, stöbert im Internet oder in Buchhandlungen oder in den Bücherregalen von Freunden oder auf Flohmärkten ... Jeder macht es anders, alle haben ein Ziel: das richtige Buch zur richtigen Zeit. Auch dieses Rätselbuch ist gedacht als Anregung und soll Ihnen helfen bei der Suche nach den richtigen Büchern, nach Ihrem ganz speziellen Lektüre-Erfolgserlebnis.

Meiner Ansicht nach ist es nicht wichtig, wie alt ein Buch ist oder wie modern, wobei ich die Erfahrung gemacht habe, dass ein Buch, das schon Hunderte von Jahren auf dem Markt ist, fast immer zumindest abschnittsweise von überragender Qualität ist. Es hat gewiss seinen Reiz, ein Buch zu lesen, das gerade viel und gern gelesen wird, das schafft so etwas wie ein Gemeinschaftserlebnis, ich persönlich finde es aber fast noch aufregender, weit und breit der Einzige zu sein, der ein bestimmtes Buch liest, das hat dann etwas geradezu Erhebendes …

Weniger wichtig ist für mich, welcher Epoche oder Stilrichtung das Buch zugeordnet wird oder aus welchem Land der Autor oder die Autorin kommt. Die entscheidenden Kriterien, wenn es um die Beurteilung eines Buches geht, sind eine gute Geschichte, ein interessantes Thema, gute Charaktere und eine brillante Sprache. Es gibt jede Menge Bücher, die nur eines, zwei, höchstens drei dieser Kriterien erfüllen. Bei drei oder in Ausnahmefällen bei zwei kann man schon zugreifen und wird irgendwie auf seine Kosten kommen, unvergesslich sind aber eigentlich nur Bücher, die alle vier Kriterien erfüllen.

Nun zu den Bücherrätseln: Für mich ist es stets wichtig gewesen, wie der erste Satz eines Buches lautet, denn der erste Satz ist nun mal der erste Eindruck, den wir gewinnen, er kann uns wie ein Magnet in die Geschichte hineinziehen, er kann uns aber auch abstoßen. Es gibt Meister des ersten Satzes (z. B. Theodor Fontane, Wilhelm Busch, Franz Kafka, George Orwell) und Autorinnen und Autoren, deren erste Sätze eher abschrecken. So entstand die Idee, ausgehend von den ersten Sätzen Bücherrätsel zu schreiben. Ich bin einer, der sowohl selber gerne rätselt als auch anderen Rätsel aufgibt, ich habe ein diebisches Vergnügen daran, mich und andere mit Rätseln herauszufordern, und ich hoffe, dieses Vergnügen ist zwischen den Zeilen auch immer wieder zu spüren.

Es ist übrigens keine Schande, wenn jemand ein Buch nicht errät. Es geht mir auch immer wieder so, dass andere von

Büchern reden, von denen ich noch nie etwas gehört habe, und ich wüsste nicht, warum ich mich dafür genieren sollte. Es gibt eine Reihe berühmter Autoren, von denen ich noch kein Wort gelesen habe, es gibt auch berühmte Autoren, von denen ich kein Wort mehr lesen möchte. Und was das Gelesenhaben betrifft: Niemand soll sagen, es sei schöner, ein tolles Buch schon hinter sich als noch vor sich zu haben! Es ist wie überall: Es gibt auch bei jedem Buch nur ein erstes Mal und das sollte zum richtigen Zeitpunkt sein. Intuition spielt da eine große Rolle, Neugier ebenso, und es gibt auch Bücher, die uns zu rufen scheinen. Jeder Leser, jede Leserin hat ein eigenes Tempo, eigene Interessen, eine eigene Persönlichkeit, das ist zu berücksichtigen. Sollten Sie also, liebe Leser und Leserinnen, einige, mehrere oder gar viele Bücherrätsel nicht knacken, dann macht das gar nichts; für mich als einen, der Bücher nicht nur leidenschaftlich gern liest, sondern auch weiterempfiehlt, ist es Befriedigung genug, jemanden zum Lesen eines Buches anregen zu können. In diesem Sinne: Viel Freude beim Raten, noch mehr Freude beim Erraten und ganz viel Freude beim Entdecken neuer Bücher!

Richard Latzin

1

Es war ein klarer, kalter Tag im April, und die Uhren schlugen gerade dreizehn, als Winston Smith, das Kinn an die Brust gepresst, um dem rauen Wind zu entgehen, rasch durch die Glastüren eines der Häuser des Victory-Blocks schlüpfte, wenn auch nicht rasch genug, als dass nicht zugleich mit ihm ein Wirbel griesigen Staubs eingedrungen wäre.

So beginnt ein weltberühmter und in Form von Zitaten bis in die Alltagskultur eingedrungener Roman, der sich mit dem Leben in einer utopischen Diktatur befasst. Die Hauptfigur, Winston Smith, ist eine besondere Art von Journalist. Er verliebt sich in eine junge Frau namens Julia, die eine »Romanschreibemaschine« bedient und ebenso wie er zu einem Doppelleben gezwungen ist. Sie haben eine leidenschaftliche Affäre und wollen mit allen Mitteln gegen das diktatorische Regime kämpfen, das sich je nach letztem Stand immer eine neue Vergangenheit und neue Feindbilder erschafft. Die Affäre findet ein jähes Ende, Winston und Julia werden mit psychologischen und anderen Mitteln vom System besiegt. Selbst die Widerstandsbewegung gegen das Regime war, wie sie erkennen müssen, Teil des Regimes. Dieses Regime wird durch einen Mann symbolisiert, dessen Augen einen überall sehen können. Tatsächlich werden die Bewohner des Landes Ozeanien rund um die Uhr überwacht und notfalls vernichtet, d. h. »zur Unperson erklärt«.

2

»Also sie ham uns den Ferdinand erschlagen«, sagte die Bedienerin zu Herrn [NAME], der vor Jahren den Militärdienst quittiert hatte, nachdem er von der militärärztlichen Kommission endgültig für blöd erklärt worden war […]

Es gibt Menschen, bei denen hat man das Gefühl, dass sie niemals mit allen Härten des Lebens konfrontiert werden, dass sie immer wieder jemanden finden, der sie ein Stück weit durchs Leben trägt. Sie strahlen mit großer Meisterschaft Hilflosigkeit oder Ungeschicklichkeit aus und finden zielsicher die jeweiligen Opfer, die ihnen unter die Arme greifen; sie schlängeln sich raffiniert durch das Leben und überstehen auf diese Art und Weise selbst die schlimmsten Zeiten, so auch der Held des Buches, nach dem hier gefragt wird. Er lebt ganz gut davon, dass andere ihn für dumm halten. Ist er nun wirklich dumm oder, im Gegenteil, besonders schlau? Jedenfalls hat er eine Fülle von Geschichten auf Lager, und es gibt kaum jemanden, der sich ihrem Charme entziehen kann, nicht einmal im Krieg.

3

Es eröffnet sich zu dieser unserer Zeit (von welcher man glaubt, dass es die letzte sei) unter geringen Leuten eine Sucht, in deren die Patienten, wann sie daran krank liegen und so viel zusammengeraspelt und erschachert haben, dass sie neben ein paar Hellern im Beutel ein närrisches Kleid auf die neue Mode, mit tausenderlei seidenen Banden antragen können, oder sonst etwan durch Glücksfall mannhaft und bekannt worden, gleich rittermäßige Herren und adeliche Personen von uraltem Geschlecht sein wollen.

Die Geschichte beginnt zur Zeit eines langen, nicht zuletzt religiös motivierten Krieges, der große Teile Europas verwüstete. Der Held schildert rückblickend sein Leben. Nun, als alter Mann, ist er ein frommer Einsiedler, aber zu Beginn der Geschichte war er ein Hirtenknabe, naiv und neugierig, unerschrocken und ungehobelt, und aus dieser Perspektive betrachtet und kommentiert er das, was um ihn geschieht. Er erlebt, wie seine Familie einer abscheulichen Bande zum Opfer fällt, flieht und beginnt damit sein turbulentes Leben. Aufgrund seiner charakterlich-geistigen Beschaffenheit erhält er bald einen zweiteiligen lateinischen Spitznamen. Er nimmt an allen möglichen Aktionen teil, tobt sich so richtig aus, erkennt aber schließlich, dass seine wahre Bestimmung woanders liegt. Das Buch versteht sich denn auch als erzieherisches Werk.

4

***B**eginnen wir wieder an der Pforte.*

Ein offensichtlich überqualifizierter Polizeiinspektor namens Franz Einberger hat einen seltsamen Kriminalfall zu lösen: In einem Kloster ist ein wertvoller Kelch gestohlen worden. Der Roman, der bar jeder Handlung ist und trotzdem vergnüglich zu lesen, besteht aus der Rede des Polizeibeamten an den Abt des Klosters, der ihm seltsamerweise stundenlang geduldig zuhört. Der Polizeibeamte wird von seinen Vorgesetzten spöttisch Jeremias genannt, denn er hat allerlei zu beklagen, beispielsweise die Verschlafenheit und die Trunksucht des Klosterpförtners. Hätte dieser die Ordensregeln (aufgestellt von Benedikt von Nursia) befolgt, wäre der Kelch nicht gestohlen worden, und überhaupt! Der Polizist hat die passenden Zitate, seien es deutsche oder lateinische, immer parat und ist wahrscheinlich froh, in dem diskreten Abt endlich einen Menschen gefunden zu haben, der Latein versteht. Der Diebstahl des Kelches ist für den Polizisten ein Vorwand, um alles und jedes zu kommentieren. Trotz seiner Überqualifiziertheit (oder vielleicht auch gerade deswegen!) hat Herr Einberger den Dieb des Kelches noch nicht finden können.

5

Ich begegnete ihm zuerst in Piräus.

So beginnt die Geschichte von einem Dichter, der sich aufmacht, um auf einer griechischen Insel ein aufgelassenes Braunkohlebergwerk wieder in Betrieb zu nehmen und sein weiteres Leben mit einfachen Menschen zu verbringen, weit entfernt von seinesgleichen. Der Mann, dem er dabei in Piräus begegnet, übt aufgrund seiner Unbekümmertheit, seiner Direktheit und seiner Unverbildetheit eine solche Faszination auf den Dichter aus, dass dieser ihn gleich als Berater engagiert. Gemeinsam begeben sie sich zum Bergwerk und werden mit den Leuten des Dorfes mehr oder weniger bekannt. Da gibt es eine schöne Witwe, eine alternde Chansonette, die Mönche des nahen Klosters, einen verliebten Bürgermeistersohn, einen Dorftrottel, diebische Klageweiber und sogar einen Mörder. Immer wieder ist der Dichter, der mit einer Arbeit über Buddha befasst ist, amüsiert und verblüfft über die pralle Schlichtheit und Unmittelbarkeit seines Freundes, der sich mit der Chansonette eine schöne Zeit macht, dabei aber auch auf andere Frauen nicht verzichtet. Er bringt seinem verklemmten Dichterfreund auch das Tanzen bei. Eines Tages verlässt er ihn schließlich. Jahre später muss er aufgrund der Kälte sogar noch heiraten, dabei ist er, der Titelheld, schon weit über sechzig.

6

[NAME] war es allmählich leid, neben ihrer Schwester am Bachufer stillzusitzen und nichts zu tun; denn sie hatte wohl ein oder zwei Mal einen Blick in das Buch geworfen, in dem ihre Schwester las, aber nirgends waren darin Bilder oder Unterhaltungen abgedruckt – ›und was für einen Zweck haben schließlich Bücher‹, sagte sich [NAME], ›in denen überhaupt keine Bilder und Unterhaltungen vorkommen?‹

Das Buch, nach dem hier gefragt wird, ist voll von Bildern und Unterhaltungen, Unterhaltungen freilich, die um einiges geschraubter und abgründiger sind als das, was man selber so den ganzen Tag von sich gibt. Ständig trifft die Heldin des Buches auf völlig unvorhersehbare Situationen und Konstellationen und setzt mehr oder minder erfolgreich ihr Schulwissen und ihren gesunden Menschenverstand ein, um heil davonzukommen. Sogar vor Gericht muss sie sich behaupten. Ihre Erlebnisse sind eigentlich ein einziger Albtraum, trotzdem ist das Buch äußerst komisch und gilt in der Heimat des Autors als eines der meistgelesenen. Der Autor, ein in äußerster Pedanterie lebender Mathematiklehrer, hat das Buch für die Tochter seines Chefs geschrieben und es ihr zu Weihnachten geschenkt, es gibt auch noch ein zweites Buch ähnlicher Art, das ebenfalls die Tochter des Chefs als Titelfigur hat.

7

Er war ein alter Mann, der alleine in einem kleinen Boot im Golfstrom fischte, und er war jetzt vierundachtzig Tage hintereinander hinausgefahren, ohne einen Fisch zu fangen.

Es gibt wohl kaum ein zweites Buch, in dem der Held ähnlich lange und beharrlich wie in diesem eine Schnur in der Hand hält und peinlich genau auf deren Bewegungen achtet. Er führt den Kampf seines Lebens, und nur mit äußerster Disziplin, Geduld und Umsicht, darin durchaus vergleichbar mit einem von ihm bewunderten Sportler, gelingt es ihm nach vielen Stunden, seinen Gegner, Marlin genannt, zur Strecke zu bringen. Eigentlich hätte ein Bub mitfahren sollen, aber dessen Eltern erlauben es nicht mehr, nachdem der Mann so lange erfolglos war und es ihrer Meinung nach auch bleiben würde. Nun trägt der Mann den Sieg seines Lebens davon, doch kann er seinen Sieg nicht in der Form demonstrieren, die er sich gewünscht hat, denn der tote Gegner, den er wegen der großen Masse nicht in sein Boot heben kann, wird ihm von Räubern entrissen, und zwar stückweise. Er legt sich zwar mit den Räubern an, aber er hat keine Chance. Kaum mehr als das Gerippe seines Gegners bringt er nach Hause, wo sein junger Freund schon auf ihn wartet. Zum Schluss ist der Mann aber nicht verbittert oder gar verzweifelt, sondern nur todmüde und so schläft er und träumt, wie es heißt, von den Löwen.

8

Alle glücklichen Familien ähneln einander; jede unglückliche aber ist auf ihre eigene Art unglücklich.

Das ist eine These und Thesen schreien danach, entweder bewiesen oder widerlegt zu werden. Im Buch, nach dem hier gefragt wird, ist die These am Schluss bewiesen. Es müssen dabei mehrere unglückliche Familien dargestellt werden, es genügt aber die Darstellung einer einzigen glücklichen. Die Titelfigur verlässt ihre Familie, weil sie ihr Kind liebt, aber nicht ihren Mann, und kommt in eine Familie, wo sie zwar den Mann liebt, aber nicht das gemeinsame Kind. Zum Schluss bringt sie sich um, weil sie glaubt, dass der Mann sie nicht mehr liebt. Ihr Gegenstück ist ein junger Mann, der eine erstaunliche Entwicklung durchmacht. Er bekommt von der geliebten Frau zunächst einen Korb, gewinnt sie aber dann doch und gründet mit ihr eine Familie, die, wenn schon nicht ideal, immerhin glücklich ist. Auch er denkt an Selbstmord, jedoch nicht aus Liebeskummer, sondern weil er lange keinen Sinn im Leben findet. Erst zum Schluss kommt ihm die Erkenntnis: Der Sinn des Lebens ist es, das Gute zu tun, denn das Gute ist Ausdruck des Göttlichen. Wie schön, dass er auch bisher fast immer Gutes getan hat, er muss also sein Leben gar nicht umstellen.

9

Es war schon dunkel, als ich in Bonn ankam, ich zwang mich, meine Ankunft nicht mit der Automatik ablaufen zu lassen, die sich in fünfjährigem Unterwegssein herausgebildet hat: Bahnsteigtreppe runter, Bahnsteigtreppe rauf, Reisetasche abstellen, Fahrkarte aus der Manteltasche nehmen, Reisetasche aufnehmen, Fahrkarte abgeben, zum Zeitungsstand, Abendzeitungen kaufen, nach draußen gehen und ein Taxi heranwinken.

Der junge Mann, der nach Bonn zurückkehrt und seine Geschichte erzählt, ist psychisch gebrochen, weil seine Geliebte ihn verlassen hat, um einen anderen zu heiraten. Daneben hat der Ich-Erzähler auch eine schwere physische Verletzung und kann seinen Beruf wohl längere Zeit nicht ausüben. Von all dem Geld, das er in den letzten Jahren verdient hat, ist nur noch eine Münze übrig. Ein anderer Mann hätte sich vielleicht eine neue Freundin gesucht, aber für ihn gab und gibt es nur die eine, Marie, die mit ihrem Mann nach Rom gefahren ist, zum Papst. Der junge Mann bemerkt, dass fast alle seine Widersacher Katholiken sind und in seinem Schmerz wütet er gegen alles Katholische. Rundherum findet er nur Vergangenheitsbeschönigung, Opportunismus, Gier und Grausamkeit. Zum Schluss sitzt er wie ein Bettler vor dem Bahnhof und wartet auf den Zug aus Rom.

10

In Pyrmont, einem Orte, der wegen des Gesundbrunnens berühmt ist, lebte noch im Jahre 1756 ein Edelmann auf seinem Gute, der das Haupt einer Sekte in Deutschland war, die unter dem Namen der Quietisten oder Separatisten bekannt ist, und deren Lehren vorzüglich in den Schriften der Mad. Guion, einer bekannten Schwärmerin, enthalten sind, die zu Fénelons Zeiten, mit dem sie auch Umgang hatte, in Frankreich lebte.

Das Buch ist eine Autobiografie, auch wenn der Held einen anderen Namen trägt als der Autor, einen sprechenden nämlich. Die Geschichte, die erzählt wird, ist die Leidensgeschichte eines jungen Mannes, der aus ärmlichen Verhältnissen stammt und auf dem Weg nach oben tiefe seelische Verletzungen und Demütigungen erleidet. Der Held hat bald das Gefühl, »von der Wiege an unterdrückt worden zu sein«. Er hat viel Phantasie und beschäftigt sich mit Literatur, aber das kann seine Melancholie nicht zum Verschwinden bringen, schon gar nicht die Widrigkeiten des Lebens. Er unternimmt einen Selbstmordversuch und träumt von einer Theaterkarriere, die sich aber niemals erfüllt. Der Schluss bleibt offen. »Vielleicht enthält auch diese Darstellung manche nicht ganz unnütze Winke für Lehrer und Erzieher, woher sie Veranlassung nehmen könnten, in der Behandlung mancher ihrer Zöglinge behutsamer [...] zu sein«, sagt der Autor.

11

Sag etwas, das sich von selbst versteht, zum ersten Mal, und du bist unsterblich.

Das Leben ist eine auf weite Strecken recht unübersichtliche Angelegenheit. Das macht es einerseits spannend und interessant, andererseits fühlen wir doch alle, dass wir einen Halt benötigen, gewisse Regeln, um halbwegs unbeschadet oder gar erfolgreich unseren Weg zu gehen. Wir brauchen Verlässlichkeit, immerhin gilt es nicht nur unser eigenes Leben in den Griff zu bekommen, wir müssen ja auch die Verhaltensweisen und Absichten der anderen Menschen richtig deuten und, warum auch nicht, für unsere Zwecke benützen können. Seit Urzeiten machen sich Menschen Gedanken über sich und die anderen und besonders Talentierte unter ihnen versuchen, die gewonnenen Erfahrungen zu formulieren und ihnen eine schriftliche Form zu geben. Manche versuchen das in kurzen, prägnanten Äußerungen, die von anderen rasch konsumierbar, merkbar und zitierbar sind. Ob man solche Sätze nun Aphorismen, Bonmots, Gedankensplitter, Aperçus oder sonst wie nennt, spielt keine Rolle. Meist haben sie einen ironischen Unterton. Das Buch, nach dem hier gefragt wird, besteht aus lauter solchen kurzen, prägnanten Äußerungen einer verstorbenen deutschsprachigen Dichterin, die auch Gutsherrin war.

12

Was für einen Eindruck meine Ankläger auf euch gemacht haben, ihr Athener, weiß ich nicht; was mich betrifft, so habe ich jedenfalls bei ihren Worten beinahe meiner selbst vergessen.

Es waren einmal ein Schüler und sein Lehrer. Der Lehrer war schon etwa 70, der Schüler auch nicht mehr der Jüngste und er musste zu seinem Schrecken feststellen, dass sein Lehrer wegen einer Sache, über die man sich bis heute noch nicht genug wundern kann, vor Gericht gestellt werden sollte. Sowohl der Schüler als auch der Meister haben wirklich gelebt und sind weltberühmt, der eine, obwohl es von ihm selbst keine schriftlichen Mitteilungen gibt und er sich weder als Künstler noch als Politiker noch als Feldherr hervorgetan hat, der andere in erster Linie durch seine Schriften, von denen manche an einem Stil zu erkennen sind, den man mit gutem Willen als »Dialog« bezeichnen kann, mit gutem Willen deshalb, weil da meistens einer redet und die anderen sich mehr oder weniger darin erschöpfen, »Jaja!« und »So ist es!« oder »Ei, wie prächtig!« zu sagen. Der Text, um den es sich hier handelt, wird dem Lehrer vom Schüler in den Mund gelegt. Der Lehrer versucht also vor Gericht, die gegen ihn erhobenen Vorwürfe zu entkräften. Wer den Schüler und den Lehrer kennt, weiß freilich, dass das alles nichts genützt hat. Rhetorik ist eben nicht alles und vorgefasste Meinungen sind nichts Neues.

13

Außer ihrem Familienmotto »Über Geld spricht man nicht, man hat es« und einem unerklärlichen Dünkel hatte meine Mutter keine Güter von ihrem Clan geerbt.

Im Lauf der Jahre kriegen wir so allerhand an Lebensgeschichten präsentiert und so manchem Menschen ist es beim Erzählen seiner Lebensgeschichte reichlich egal, ob sein Gegenüber interessiert ist oder nicht oder ob es überhaupt zuhört. Schnell mag sich aufseiten derer, die da ihre Lebensgeschichte auftischen, eine merkwürdige, dem Zuhörer unangenehme Vertraulichkeit einstellen. Besonders häufig kommt es zu solchen Situationen in so genannten Schicksalsgemeinschaften, etwa auf Reisen. Wenn da einer richtig auspackt und seinen Seelenmüll präsentiert, eventuell sogar seine Abgründe offen legt und sogar unmoralische, verbrecherische Taten schildert, dann kann es durchaus interessant werden. Das Gegenüber des Erzählers sollte dann nicht nur hin und wieder jaja sagen, höflich nicken und dabei an etwas ganz anderes denken, sondern einfach zuhören, gut zuhören, wie eine der Hauptfiguren des Buches, nach dem hier gefragt wird. Die Schicksalsgemeinschaft zweier Frauen entsteht hier nicht durch eine Reise, sondern durch einen Krankenhausaufenthalt. Wirklich aufwühlend, was die eine Frau der anderen da zu be(r)ichten hat!

14

In Wien ist der Sonntag nach dem Vollmonde im Monat Juli jedes Jahr samt dem darauf folgenden Tage ein eigentliches Volksfest, wenn je ein Fest diesen Namen verdient hat.

Der Ich-Erzähler des Werkes ist eine Nebenfigur, er berichtet von seinem Zusammentreffen mit der Titelfigur und deren Tod wenige Monate später. Sie lernen einander auf dem oben erwähnten Volksfest kennen und der Ich-Erzähler, ein Beamter, besucht den anderen zu Hause. Der Titelheld, ein alter Mann, ist ein Versager der liebenswerten, tragischen Sorte. In einem gewaltigen Monolog erzählt er dem Berichterstatter schonungslos aus seinem Leben, das, nicht zuletzt aufgrund des überstrengen, herzlosen Vaters in jeder Hinsicht ein Scheitern war: beruflich, privat und persönlich. Auf dem oben erwähnten Volksfest versucht er sich als Unterhalter, aber sein Können reicht nicht einmal dafür. Geld fließt nur spärlich. Als junger Mann war der Unterhalter jahrelang hinter der Tochter eines Kramers her, die schließlich einen Fleischhauer geheiratet und ihr Gewicht inzwischen verdoppelt hat. Verbissen arbeitet der alte Mann an der Perfektionierung seiner Fertigkeit, sehr zum Unwillen der Nachbarn. Bei einem Hochwasser setzt er für andere sein Leben aufs Spiel und kommt dabei um. Beim Toten findet der Ich-Erzähler die Fleischhauerin.

15

Mein Vater und meine Mutter hätten in New York bleiben sollen, wo sie sich kennen gelernt und geheiratet haben und wo ich geboren wurde.

Es gibt einige Arten von Autobiografien, die dem Schreiber dieser Zeilen missfallen: Die erste scheint nur die Antwort auf die Frage zu geben: Warum bin ich so großartig? Die zweite scheint sich hauptsächlich um die Frage zu kümmern: Was hätte alles aus mir werden können, wenn man mich nur verstanden hätte? Die dritte schließlich scheint in erster Linie eine Illustration der Behauptung zu sein: Genies setzen sich immer durch. Bei dem Buch, das mit dem oben zitierten Satz beginnt, sind erfrischend andere Wege beschritten worden. Geboren wurde der Autobiograf also in New York, aufgewachsen ist er aber in Europa. Erzählt wird, wie er mit mehreren Brüdern unter grauenhaften finanziellen und hygienischen Bedingungen aufgewachsen ist, jahrelang an Bindehautentzündung gelitten hat und auch sonst nicht verschont worden ist vom Schicksal. Das Schicksal besteht aus Vater und Mutter, autoritären Lehrern, einem Tanzkurs, diversen Jobs und der Kirche. Eine große Reise finanziert der Erzähler unter anderem mit dem illegalen Vertrieb von Zeitschriftenartikeln, dem Schreiben von Drohbriefen und der Entwendung von Geld. Das letzte Kapitel des Buches ist extrem kurz.

16

Es war alles zu selbstverständlich.

So beginnen die Erlebnisse oder auch Nicht-Erlebnisse eines jungen Mannes, von diesem selbst erzählt. Der Bursche, ein Lehrling, lebt irgendwo in der österreichischen Provinz, wo die Entwicklungsmöglichkeiten für einen wie ihn begrenzt sind und die Frage, wer etwas werden darf, von vornherein geklärt ist. Immerhin gibt es in der Nähe ein Kino und einige Gasthäuser. Dort kann man zumindest versuchen, die trostlose Welt zu vergessen und für kurze Zeit ein anderer zu sein. Diese Welt ist rau und zeichnet sich nicht gerade durch Schönheit, Gerechtigkeit und Ehrlichkeit aus, sondern die »Tugenden«, auf die es ankommt, sind Brutalität, Egoismus und die Kunst, sich immer mit den Richtigen zu arrangieren und dafür die zu treten, die einem nicht nützlich sein können. Der junge Mann, der weder besonders gewieft noch besonders sensibel ist, macht so seine Erfahrungen mit den Männern und den Frauen seiner Umgebung. Er bemüht sich erst gar nicht, die anderen an Lebenskunst oder gar Weisheit zu übertreffen, aber er will sich auch nichts gefallen lassen – das machen die Kinohelden, seine Idole, ja auch nicht. Nach so mancher schmerzvollen Erfahrung gerät der junge Mann auf die schiefe Bahn, sieht in seinen kriminellen Aktionen jedoch in erster Linie eine Möglichkeit, etwas zu erleben.

17

In Norwegen gibt es einen Fjord – einen langen, schmalen Meeresarm zwischen hohen Bergen – mit Namen Berlevaag-Fjord.

An diesem Fjord wohnen im Haus eines vor Jahren verstorbenen bedeutenden Mannes dessen zwei Töchter. Sie sind bemüht, das geistige Erbe des Vaters so gut wie möglich zu verwalten, aber viele seiner Anhänger sind schon tot und die anderen sind untereinander verfeindet. Die Schwestern sind unverheiratet, dabei hätte es einst durchaus Interessenten gegeben, nämlich einen Soldaten, inzwischen General, und einen Opernsänger. Seit Jahren ist die Nichte des Opernsängers freiwillig und unbezahlt für die beiden Schwestern tätig. Als sich kurz vor dem hundertsten »Geburtstag« des bedeutenden Mannes bei ihr ein großer Geldsegen einstellt, äußert sie erstmals einen Wunsch, bekommt ihn erfüllt und die Gäste, die wie jedes Jahr zur »Geburtstagsfeier« erscheinen, erleben der Absicht der Heldin gemäß Freuden erlesenster Art. Nur der General, der einst in Paris war, ahnt etwas von den Hintergründen ihrer Kunstfertigkeit. Jedenfalls wirkt sich der Genuss bei den Anwesenden dahingehend aus, dass sie endlich ihre Streitereien beenden und sich wieder vertragen. Sie haben durch Genuss Heiterkeit und Lebensfreude erlangt, und wer glücklich ist, will andere nicht unglücklich sehen.

18

***A**llsonntäglich saß der [BERUF] [NAME] in der Kirche zu Neu-Zittau, ausgenommen die Tage, an denen er Dienst hatte oder krank war und zu Bette lag.*

Die Zeitungen sind voll von solchen Geschichten: Da ist einer als wohlanständiger, untadeliger Mensch bekannt, als fleißig und redlich, und dann passiert etwas, das ihn zum Monster, zum Berserker werden lässt. Da verkraftet einer die Scheidung nicht oder das Ende seiner beruflichen Laufbahn oder er hadert aus sonst einem Grund mit seinem Schicksal und so beschließt er, gewissermaßen zurückzuschlagen, also selber Schicksal zu spielen. Die Folgen sind meist katastrophal und zeigen Grausamkeit und Hass von entsetzlichem Ausmaß und hinterher sagen wieder alle: Das hätte ich mir nie gedacht, dass der/die zu so was fähig ist. Er/Sie war doch immer so ruhig und fleißig und freundlich und höflich. Jaja, man kann halt nicht hineinschauen in einen Menschen. So auch in der Geschichte, nach der hier gefragt wird. Die Hauptfigur ist ein Mann mit zwei Kindern von zwei Frauen, wobei zu sagen ist, dass er sich von der ersten Frau auf die zweite entschieden verschlechtert hat. Sein Brot verdient der Mann im öffentlichen Dienst, in verantwortungsvoller Stellung.

19

Nachdem die Kassierin auf sein Fünffrancstück herausgegeben hatte, schickte Georges Duroy sich an, das Restaurant zu verlassen.

Georges Duroy ist ein gut aussehender, gut 30-jähriger Mann mit Oberlippenbart und militärischer Vergangenheit. Zu Anfang der Geschichte ist er ein armer Schlucker und gerade drauf und dran, karrieremäßig einen Riesenfehler zu machen. Am Ende des Romans, etwa 400 Seiten später, ist er Millionär und, was ihm noch viel wichtiger ist, mächtig. Zwischen Anfang und Ende liegen mehrere Liebschaften (mindestens eine Frau wird ihm sexuell hörig), zwei Eheschließungen (eine Ehe geschieden wegen Ehebruchs der Frau), ein Duell sowie eine steile Karriere im Printmedienbereich. Georges Duroy ist der Inbegriff des skrupellosen Opportunisten, der, wenn schon, dann nach oben fällt. Er versteht es brillant, andere, vor allem Frauen, für seine Zwecke einzusetzen, und er kann sich sicher sein, dass niemand sein Spiel durchschaut. Sein einstiger Förderer stirbt an Tuberkulose und schon macht er sich an die Witwe heran. Nach der ersten Eheschließung ändert er seinen Namen, denn niemand soll wissen, dass er aus ärmlichen Verhältnissen stammt. Der Buchtitel bezieht sich auf den Kosenamen der Hauptfigur. Bei Erscheinen des Buches war dessen Autor gerade 35 Jahre alt. Er verfasste auch 260 Novellen.

20

Er stand vor dem Tor des Tegeler Gefängnisses und war frei.

Nach vier Jahren Gefängnis wegen Körperverletzung mit tödlichem Ausgang kehrt der Held dieses Romans in seine Heimatstadt zurück und beschließt, schwört sogar, sein Leben auf ehrliche Weise fortzusetzen. Zunächst einmal kommt er mit zwei seltsamen Männern zusammen, danach mit der Schwester der Frau, die er einst getötet hat. Beruflich versucht er sich im eisigen Winter als Zeitungsverkäufer, aber ein Mann, dessen »Frauenproblem« er einige Male zu lösen geholfen hat, verleitet ihn zu einem nicht eben gesetzeskonformen Ausflug und wirft ihn schließlich, brutal und hinterhältig, wie er ist, aus dem fahrenden Auto. Der Held verliert dabei einen Arm, aber da es der ist, mit dem er einst seine Freundin geprügelt hat, fühlt er sich noch sicherer, ein ehrliches Leben führen zu können. Er trifft alte Freunde, die ihm ein Mädchen vermitteln, das sich für ihn prostituiert. Der Held will zwar auch selbst Geld verdienen, aber mit nur einem Arm ist das so gut wie unmöglich. Schließlich beteiligt er sich wieder an Diebestouren. Der Mann, der den Helden einst aus dem Auto geworfen hat, tötet unseres Helden Geliebte. Der Held kommt, weil der Verdacht auf ihn fällt, wieder ins Gefängnis und bald darauf in ein psychiatrisches Krankenhaus. Als Hilfsportier fristet er schließlich ein kümmerliches Dasein.

21

»Sehen Sie nicht, dass dort ein Schild ›Nicht hinauslehnen‹ angebracht ist?«

Das Personal des Romans, nach dem hier gefragt wird, ist höchst bemerkenswert: ein junger Mann, zunächst Tennislehrer, eine junge Frau, Tennistalent, ein Kunsthistoriker, ein zwielichtiger und gieriger Sekretär, ein von Albträumen und Ängsten heimgesuchter Fürst, dessen Sohn, ein alter Diener sowie ein begnadeter und gläubiger Hellseher. Die vielen anderen Figuren sind Chargen. Im Mittelpunkt der Handlung stehen einige mysteriöse Dinge: ein Schloss, von Moor und Nebel umgeben, ein Tintenbleistift und ein Gegenstand, der normalerweise auch in intimste Regionen des Körpers vordringt, im Roman aber nur hängt, ein wenig zittert und schließlich in einem Koffer landet. Die junge Frau und der junge Mann, der ab etwa Seite 40 kurioserweise einen anderen Namen bekommt, sind einander ganz ähnlich, aber das hat in erster Linie negative Folgen. Ein ganz besonderer Ort ist ein Raum des Schlosses, in dem es zu spuken scheint und in dem sich der dritte Gegenstand befindet. Daneben gibt es im Schloss auch Kunstgegenstände von sagenhaftem Wert und eine Menge Müll. Der Kunsthistoriker und der Hellseher, zwei Leute mit gefestigtem Charakter, bringen alles wieder ins Lot. Der Autor dieses Werkes hat viele Jahre in Argentinien verbracht, stammt aber aus Europa.

22

***B**ei Sonnenaufgang kam ich wieder ans Licht.*

Bekanntlich kann man eine Geschichte aus verschiedensten Perspektiven erzählen. Die Geschichte, die mit dem zitierten Satz beginnt, wird zum Teil von einem Orangenbaum erzählt, eigentlich aber von einer Frau, die viele Jahre vor Beginn der aktuellen Geschichte vom Gott des Regens in den Orangenbaum gezaubert worden ist. Der Orangenbaum steht neben dem Haus der jungen Architektin Lavinia, und diese konsumiert die Früchte. Aus Lavinia, die reiche Eltern hat und sich als Einwohnerin eines südamerikanischen Landes mit Militärdiktatur in erster Linie ein schönes Leben machen möchte, wird eine engagierte Kämpferin für die Sache der Gerechtigkeit. Immer wieder kommentiert der Orangenbaum die Entwicklung der Frau, ihre Liebe zur Arbeit, zu einem Kollegen und Untergrundkämpfer, ihren Einsatz für die Emanzipation der Frau und ihre Teilnahme am Kampf gegen das Regime. Für einen besonders brutalen Vertreter des Gewaltregimes soll Lavinia ein Haus bauen. Sie tut es in der Hoffnung, dass dies einst eine Schule sein wird. Ihr Geliebter wird von einem Taxifahrer angeschossen und bittet sie sterbend, seinen Platz im Guerillakommando einzunehmen. Das tut sie mit allen Konsequenzen.

23

Das Atelier war überfüllt vom üppigen Duft der Rosen, und wenn der leichte Sommerwind durch die Bäume des Gartens fuhr, drang durch die offene Tür der schwere Geruch des Flieders oder der zarte Hauch des rosig blühenden Dornstrauches.

Hauptpersonen des Werkes sind ein Adeliger, ein mit diesem befreundeter bildender Künstler und ein junger Mann, die zu Beginn im Atelier des Künstlers zusammentreffen. Der Künstler, der seinen Freund und dessen Lebensansichten kennt, versucht zu verhindern, dass dieser Einfluss auf den jungen Mann gewinnt, aber er ist nicht erfolgreich, im Gegenteil: Der junge Mann, bisher noch unschuldig und unverdorben, macht eine folgenschwere Aussage, die seine Existenz und das nach seinem Vorbild angefertigte Kunstwerk für viele Jahre auf höchst merkwürdige Weise verknüpft. Der Mann bleibt nach außen hin jung und schön, seine Ausschweifungen und seine Verbrechen sieht man ihm nicht an, dafür verändert sich das Kunstwerk dementsprechend. Der Schöpfer des Kunstwerkes, der dem Porträtierten dessen unmoralischen Lebenswandel zum Vorwurf macht, wird umgebracht und von einem ehemaligen Freund des Bösewichts chemisch beseitigt. Als schließlich der Bösewicht versucht, das Kunstwerk mit einem Messer zu zerstören, richtet sich die Attacke gegen ihn selbst.

24

London. Der Michaelitermin ist vorüber, und der Lordkanzler sitzt in der Lincolns Inn Hall.

Den Rahmen des Romans, nach dem hier gefragt wird, bildet ein schon seit Jahrzehnten laufendes Gerichtsverfahren, von dessen Ausgang sich ein junger Mann so viel Geld erwartet, dass er glaubt, bald nie wieder arbeiten und daher auch keinen Beruf erlernen zu müssen. Der junge Mann ist eine der tragischen Figuren der Geschichte, daneben gibt es noch eine stolze Adelige mit einer Vergangenheit, die sie um jeden Preis vertuschen will, sowie deren Tochter, die als Einzige auch selbst zu Wort kommt bei der Schilderung der Ereignisse. Insgesamt kommen in dem Roman über 50 Personen vor. Besonders einprägsame Figuren sind ein ehemaliger Arzt und genialer Egozentriker, ein brillanter Geheimpolizist, ein extrem anständiger Gentleman, ein verwahrloster Bub, ein geiziger alter Mann, ein »rostiger« Rechtsanwalt und ein »öliger« Pfarrer. Allein die Konstruktion der Figuren und der Handlung soll zwei Jahre gedauert haben. Herausgekommen ist eine Fülle von Beziehungen zwischen den Personen, eine Reihe von umwerfend komischen und niederschmetternd traurigen Elementen. Das Buch ist ein Werk der dritten Schaffensperiode des Autors, der rasend schnell stenografieren konnte. Es ist vielleicht sein bestes, aber bei weitem nicht sein bekanntestes.

25

Zugegeben: ich bin Insasse einer Heil- und Pflegeanstalt, mein Pfleger beobachtet mich, lässt mich kaum aus dem Auge; denn in der Tür ist ein Guckloch, und meines Pflegers Auge ist von jenem Braun, welches mich, den Blauäugigen, nicht durchschauen kann.

Dem Insassen der Heil- und Pflegeanstalt ist vorgeworfen worden, eine Krankenschwester ermordet zu haben, schließlich hat man bei ihm einen Ringfinger gefunden. In seinem »Gefängnis« schreibt er einen Bericht, und was er zu berichten hat, ist höchst kurios. Da ist zunächst einmal die Geschichte seiner Großmutter, einer Frau, die unter ihren Röcken so manches zu verbergen wusste. Dann die zwei Väter des Titelhelden, ein Pole und ein Deutscher, dann seine Frühreife, sein absichtlich herbeigeführter Unfall, seine besonderen Begabungen und Interessen, sein Mitwirken an welthistorischen Ereignissen, seine Bildungserlebnisse durch Goethe und Rasputin, seine Karriere als Propagandist, Aktmodell, Steinmetz und Jazzmusiker, sein erotisches Verhältnis zu Krankenschwestern im Allgemeinen und eine Fülle anderer Dinge, die ihn als außergewöhnlichen Menschen zeigen. Die Geschichte wird sowohl in der ersten als auch in der dritten Person erzählt. Das Buch besteht aus drei Teilen und ist selbst der erste Teil einer Trilogie. Der Film zum Buch bekam einen Oscar.

26

Der [BERUF] [NAME] im Reichsmarktflecken Kuhschnappel hatte den ganzen Montag am Dachfenster zugebracht und sich nach seiner Braut umgesehen; sie sollte aus Augsburg früh ein wenig vor der Wochenbetstunde ankommen, damit sie etwas Warmes trinken und einmal eintunken könnte, ehe die Betstunde und die Trauung angingen.

Wenn zwei nicht zusammenpassen, wird das durchs Heiraten nicht besser. Im gesuchten Buch heiraten zwei, die unterschiedlich sind wie Tag und Nacht. Er, ein angehender Schriftsteller, und sie, eine Frau, die offenbar nur eins im Sinn hat, nämlich ein ordentliches Heim zu schaffen, geraten ständig aneinander. Die Armut, in der sie leben müssen, verschlimmert die Lage zusätzlich. Außerdem sind zwei Männer aus unterschiedlichen Gründen hinter der Frau her. Der Mann hat Anspruch auf ein Vermögen, aber aufgrund eines Jugendscherzes (er hat damals mit seinem Freund den Namen getauscht) kann er nicht darauf zugreifen. Schließlich lernt er über den Freund eine Frau kennen, die wesentlich besser zu ihm passen würde als seine jetzige. Er inszeniert also seinen »Tod« und sorgt dafür, dass seine »Witwe« einen Mann bekommt, der besser zu ihr passt. Er selbst reist nach Liechtenstein, um eine Stelle anzutreten, die eigentlich für seinen Freund bestimmt war.

27

Ich zögere, diesem fremden Gefühl, dessen sanfter Schmerz mich bedrückt, seinen schönen und ernsten Namen zu geben: Traurigkeit.

So beginnt das erste Buch einer damals 19-jährigen Frau, die, nachdem sie an der Sorbonne durchgefallen war, innerhalb von drei Wochen diesen Roman schrieb. Zentrale Themen sind Traurigkeit, Eifersucht, Langeweile und Unsicherheit, dargestellt anhand des 17-jährigen Mädchens Cecile, dessen Vater ein alternder Playboy ist. Das Mädchen soll sich auf Anraten der neuen Freundin des Vaters auf eine bevorstehende große Prüfung vorbereiten, aber eine Reihe von Ablenkungen stehen dem im Wege, darunter ein 26-jähriger Student; er wird zu Ceciles Liebhaber. Die junge Frau, die es nicht aushält, dass die Freundin des Vaters so klug, so beherrscht und so erfolgreich ist, sie selbst hingegen unsicher, gelangweilt und launenhaft, entwickelt einen teuflischen Plan. Der Plan gelingt, die Freundin des Vaters verliert nicht nur ihre Beherrschung. Wer meint, dies sei ein Roman über die angeblich so moderne »Generation X«, dem sei gesagt, dass der Roman aus dem Jahr 1954 stammt. Die Sicherheit, mit der das Buch verfasst wurde, ist ebenso erstaunlich wie die Offenheit, mit der die Ereignisse beschrieben werden. Die Autorin heißt im Familiennamen Quoirez, sie schreibt aber unter einem Pseudonym.

28

Lieber Vater, du hast mich letzthin einmal gefragt, warum ich behaupte, ich hätte Furcht vor dir.

So mancher Mensch, der beim Schreiben, wie man so sagt, eine gute Hand hat, ist mündlich nicht ansatzweise so wortgewandt. Solch ein Mensch wird wohl, wenn es gilt, sich in einer Sache eine vorteilhafte Position zu verschaffen, eher die Schriftform wählen als das Gespräch. Der Autor des Buches, nach dem hier gefragt wird, war vermutlich ein solcher Mensch: ein brillanter Formulierer, ein kompetenter Beschreiber von durchwegs niederschmetternden Ereignissen einerseits, andererseits ein Mensch, der dem selbstbewussten Gerede einer autoritären Person nicht gewachsen war und darunter zeitlebens gelitten hat. Da sich schriftliche Konflikte nur dann erfolgreich austragen lassen, wenn alle Parteien sich darauf einlassen (und das tun sie wohl nur, wenn sie sich gute Chancen ausrechnen, den Konflikt für sich zu entscheiden), ist es wohl sinnvoll, eher die mündlichen Fähigkeiten zu schulen als die schriftlichen, wenn man sich im Leben behaupten will. Der Adressat hat das Werk wahrscheinlich nie gesehen.

29

Die Zukunft ist ein Abgrund.

So beginnt ein utopischer Roman, wobei die eigentliche Bedeutung des Wortes »Utopie« nicht zutreffend ist. Ein Mann reist gut 30 Generationen in die Zukunft und muss feststellen, dass sich offenbar mehr geändert hat als in den 300 Generationen zuvor. Aufgrund einer Abmachung mit seinem besten Freund widmet er sich einige Monate lang der Beschreibung des Landes, in das er geraten ist, und es ist anzunehmen, dass sich der Freund, wenn er die Beschreibungen liest, gar nicht genug wundern kann und das eine oder andere Mal ungläubig den Kopf schüttelt. In dem fremden Land bewegen sich Häuser aus Eisen, die Menschen haben große Nasen und tragen Lederkästen an den Füßen. Musik hören sie mithilfe von Musiktellern und Hunde sind bei ihnen nichts als gute Freunde. Immerhin haben sie durchaus schmackhafte Getränke, aber mit dem beliebtesten Getränk und vor allem mit der Flüssigkeit, die die Einheimischen in alles Mögliche hineinschütten, kann sich der Besucher so gar nicht anfreunden. Am meisten interessiert den zu Hause Gebliebenen ein Kunststück, für das die Künstlerin mehrere weiße Bälle benötigt. Die Rastlosigkeit, mit der die Eingeborenen durchs Leben ziehen, hält er für ebenso schlimm wie ihre Überzeugung, ständig alles ändern zu müssen. Trotzdem ist er schwer am Überlegen, ob er nicht in dem fremden Land bleiben soll.

30

[NAME 1] war der dritte Sohn des Gutsbesitzers aus unserem Landkreis [NAME 2], der seinerzeit wegen seines tragischen und dunklen Endes, das sich vor genau dreizehn Jahren zutrug und worüber ich an gehöriger Stelle berichten werde, allgemein bekannt war (und dessen man sich bei uns auch heute noch erinnert).

Dies ist unter anderem die Geschichte eines Mordes und des darauf folgenden Prozesses. Ermordet wird der brutale, lüsterne und habgierige Gutsbesitzer und einer seiner Söhne wird deswegen verurteilt. Neben den drei Söhnen des Gutsbesitzers gibt es möglicherweise noch einen vierten, einen unehelichen, sowie eine Reihe weiterer Figuren, unter anderem einen so genannten Starez, einen Weisen, der schon beim Anblick des später verurteilten Sohnes böse Vorahnungen zu haben scheint, sowie eine Reihe differenzierter Frauenfiguren. Die Lebenswege der drei Brüder sind grundverschieden, einer schreibt einen bemerkenswerten Aufsatz über einen Inquisitor, ein anderer hat tatsächlich vor, seinen Vater umzubringen – es ist ihm jedoch schon ein anderer zuvorgekommen. Einer der Brüder erhängt sich.

31

***D**er [BERUF] [NAME] hat auf Bestellung der Baufirma Meisel & Co. [ARBEITEN ERLEDIGT], und bevor er dieselben liefert, frägt er telefonisch an, wohin er die Bücher bringen soll und ob und wann er die Rechnung einkassieren darf.*

Wir alle kennen das: Wir rufen irgendwo an und wollen eine Auskunft und schon dudelt uns die Bontempi-Ausgabe der »Kleinen Nachtmusik« entgegen. Tempo falsch (zu schnell), Instrumentierung falsch (kein Orchester), alles falsch. Dann der Spruch: »Dort wird gerade gesprochen. Wollen Sie warten?« Und schon wieder die »Kleine Nachtmusik«. Dann der Spruch: »Sollen wir Sie zurückrufen?« Natürlich werden wir nicht zurückgerufen, also probieren wir es später noch einmal, und schon wieder die »Kleine Nachtmusik«! Diesmal ist unser Ansprechpartner offiziell in einer Besprechung. Das ist echt lästig. Amüsant kann es freilich sein, wenn es anderen passiert, so oder so ähnlich, und wir das sogar noch mitbekommen. Da hat doch einmal einer versucht, anzukündigen, dass die bestellten Werke fertig sind und dass er nun gedenkt, den dafür fälligen Betrag zu kassieren. Sein Pech ist, dass es sich bei seinem Auftraggeber um eine Firma mit mehr als einem Telefon handelt. Zwar bleibt ihm die »Kleine Nachtmusik« erspart, sonst aber nichts. Bis zuletzt bleibt er ruhig, aber dann entfährt ihm doch ein Ausdruck der Ungehaltenheit.

32

»*Was ist das. – Was – ist das …*«

Es gibt Leute, die machen sich einen Plan, denken sich was aus und ziehen das dann durch, ohne nach links oder rechts zu schauen, vor allem aber: ohne das, was sie sich vorgenommen haben, jemals infrage zu stellen. Fast zwangsläufig stellen sich da Erfolg und Reichtum ein, Berühmtheit sowieso. Wer sich einem solchen Menschen in den Weg stellt und nicht stark genug ist, der wird einfach aus dem Weg geräumt. Dabei geben sich diese beinharten Erfolgsmenschen, die oft gewaltige Unternehmen aufbauen, nach außen hin nicht selten menschenfreundlich und träumerisch und lassen sich als Kunstmäzene oder gar als soziale Wohltäter feiern. Vor allem aber verstehen sie es, andere zu begeistern und für ihre Zwecke einzusetzen. Das hat es immer und überall gegeben, die Palette reicht von antiken Herrschern bis zu Softwaregiganten von heute. Einst hat ein solcher Gründer und Patriarch in einer europäischen Stadt (53° 52' n. B., 10° 41' ö. L.) gelebt. Seine und die Geschichte seiner Nachkommen erzählt das Buch, nach dem hier gefragt wird. Bemerkenswert ist, dass – vereinfacht gesagt – von Generation zu Generation der Geschäftssinn ab- und der Kunstsinn zunimmt. Der Mann, der das Buch geschrieben hat, hatte genug Gelegenheit, sich ausführlich mit den Personen seiner Geschichte zu befassen. Er ist mit seiner Kunst reich geworden und zu höchsten Weihen gelangt.

33

In Westfalen lebte auf dem Schloss des Freiherrn von Thunder ten Tronck ein Jüngling, dem die Natur den sanftmütigsten Charakter mit auf die Welt gegeben hatte.

Der Jüngling, dessen Name im Titel des Buches vorkommt, ist anfangs der festen, ihm von seinem Lehrer eingeimpften Überzeugung, dass in der Welt alles aufs Beste geregelt sei. Es bedarf einer ganzen Reihe höchst grausamer Ereignisse, um den Helden von dieser Überzeugung abzubringen und ihn zu einem gereiften Menschen zu machen, der seine eigenen Möglichkeiten richtig einschätzt. Er wird unter anderem Soldat, kommt viel in der Welt herum, sogar bis nach El Dorado, von wo man ihn kaum fortlassen will. Er verliebt sich, immer wieder kommt er mit leidgeprüften Menschen zusammen, verliert sie und findet sie ganz woanders wieder. Konfrontiert mit einer Vielzahl von Lebensauffassungen versucht er, Halt und Trost in einer Welt zu finden, die vor Grausamkeit, Ungerechtigkeit und Niederträchtigkeit nur so strotzt. Endlich kommt er zu dem Schluss, dass den beiden größten Übeln des Menschen, der Not und der Langeweile, nur mit einer erfüllenden Arbeit zu begegnen ist, und stürzt sich in die Pflege seines Gartens. Der Autor des Buches, der kurioserweise behauptet, das Buch aus dem Deutschen übersetzt zu haben, schrieb unter einem Pseudonym.

34

In seinem dreiundfünfzigsten Lebensjahre, als [NAME] längst nicht mehr von der Abenteuerlust der Jugend, sondern von der Ruhelosigkeit nahenden Alters durch die Welt gejagt wurde, fühlte er in seiner Seele das Heimweh nach seiner Vaterstadt Venedig so heftig anwachsen, dass er sie, gleich einem Vogel, der aus luftigen Höhen zum Sterben nach abwärts steigt, in eng und immer enger werdenden Kreisen zu umziehen begann.

Hauptfigur des Buches ist eine Person, die hauptsächlich einer bestimmten Sache wegen (die sie aber oftmals und unter verschiedensten Voraussetzungen praktiziert hat) bekannt geworden ist, und zwar durch ihre eigenen Erzählungen, die stimmen können oder auch nicht. Diese Hauptfigur trifft auf einer Reise einen Freund und dessen Frau und wird von ihnen eingeladen, einige Tage in ihrem Hause zu verbringen. Neben dem Ehepaar und dessen drei Töchtern wohnt dort auch die Nichte des Hausbesitzers, und diese, eine hoch intelligente und scharfzüngige Frau, wirkt auf die Hauptfigur der Geschichte, nun sagen wir: erregend. Der Gast vertreibt sich die Zeit mit mehr oder weniger geistreichen Gesprächen und dem Kartenspiel. Er gewinnt eine immense Summe und setzt sie zur Erlangung eines äußerst fragwürdigen Zieles ein. Kurz vor der Abreise tötet er noch einen begehrten jungen Mann, dabei sind beide nackt.

35

Studer stellte das Gas ab, stieg ab von seinem Motorrad und wunderte sich über die plötzliche Stille, die von allen Seiten auf ihn eindrang.

Herr Studer ist bei der Polizei und hat einen seltsamen Mord aufzuklären, einen Mord, den ihm der Tote zufällig hatte voraussagen können. Die Geschichte spielt, um es mit dem Polizisten zu sagen, in drei »Atmosphären«: einem Dorfwirtshaus, einem Armenhaus und einer Gartenbauschule. Diese Atmosphären sind grandios beschrieben bis in winzigste Kleinigkeiten. Die Geschichte an sich ist nicht unbedingt logisch, ja sogar widersprüchlich. Genau nimmt es der Autor bei Personenkonstellationen, verräterischen Mienen, Gesten und Geräuschen. Die Reden sind durchsetzt von mundartlichen Ausdrücken, schließlich spielt das Ganze mitten auf dem Land, und es kommen eine Reihe entzückender Namen vor (Wottli, Aebi, Sack-Amherd, Hungerlott u. a.). Das Buch ist von einem gebürtigen Wiener geschrieben, den es in die Schweiz und nach Frankreich verschlagen hat. Der Autor war drogensüchtig, mehrmals in Nervenheilanstalten, zog häufig um und lebte mehr schlecht als recht von seiner Schriftstellerei, war also ein Außenseiter. Insgesamt sieben Fälle muss Herr Studer lösen. Übrigens: Wesentlich zur Aufklärung des Mordes in diesem Buch trägt ein Tier bei, Hansli, der von allen als »Güggel« bezeichnet wird. Er stirbt an Vergiftung.

36

Jim wäre nie zu Thursgood gekommen, wenn den alten Major Dover beim Taunton-Rennen nicht der Schlag getroffen hätte.

Jim ist ein Aushilfslehrer für Turnen und Französisch und als solcher eine Nebenfigur. Er hat eine bisweilen nässende Wunde im Rücken, ein Relikt aus seiner bewegten Vergangenheit, von der nur einer der Schüler etwas ahnt. Hauptfiguren der Geschichte eines britischen Autors sind ein ehemaliger Mitarbeiter eines Unternehmens der »Nachrichtenbranche« und seine Gegenspieler, von denen einer des Öfteren als »Maulwurf« bezeichnet wird. Privat leidet der Held entsetzlich darunter, dass seine schöne Frau ihn nicht nur immer wieder betrogen, sondern endgültig verlassen hat. »Freischaffend« arbeitet er daran, den »Maulwurf« zu finden und zu stellen. Er kann sich dabei nur auf wenige Getreue verlassen. Die Spitzenleute seines ehemaligen Unternehmens sind in dieser Hinsicht zu vergessen, denn gerade von oben scheint die Sache, die er aufdecken will, ihren Ausgang genommen zu haben. Inszeniert hat das Ganze offenbar der ausgefuchste Chef der Konkurrenz, mit dem er einst zu tun gehabt und dem er ein wertvolles Feuerzeug geliehen hat. Nach und nach erfährt der Held die Geschichte, an der unfreiwillig auch seine Frau beteiligt war, und es gelingt ihm, den Täter ausfindig zu machen und zu stellen. Seinen Arbeitsplatz bekommt er zurück, seine schöne Frau allerdings nicht.

37

Lieber Bosie, nach langem, vergeblichem Warten habe ich mich nun entschlossen, dir zu schreiben, nicht nur in deinem, sondern auch in meinem Interesse, denn mich schmerzt der Gedanke, dass ich in zwei langen Jahren der Gefangenschaft keine einzige Zeile von dir erhielt und dass deine spärlichen Botschaften und die wenigen Berichte über dich mir nur Kummer bereitet haben.

Es ist immer wieder traurig mitzuverfolgen, worauf sich so mancher Mensch aus Liebe einlässt, wofür er sich hergibt, wie wenig er sich sagen lässt, wie tief er sinkt, wie schwer er für seinen Fehlgriff zu bezahlen hat. Die Hauptpersonen des gesuchten Buches sind eine gefeierte Persönlichkeit des Literaturbetriebs, reich, verheiratet, mit zwei Kindern gesegnet, und ein junger Mensch, ständig in Geldnot, nichtsdestoweniger jedoch auf Luxus aus und unbegabt in jeder Hinsicht außer der, die andere Person durch Jugend, Schönheit und Schwäche zu faszinieren und bis zum Gehtnichtmehr auszunutzen. Das allein wäre schon schlimm genug, aber es mischt sich noch eine dritte Person ein, mächtig und gerissen, und das führt schließlich dazu, dass die gefeierte literarische Persönlichkeit ins Gefängnis muss und gesellschaftlich und finanziell ruiniert ist. Nun versucht die literarische Persönlichkeit (bekannt durch Theaterstücke, einen Roman und jede Menge großartiger Bonmots), das alles zu bewältigen.

38

Sooft ich, meine holdseligen Damen, sinnend betrachte, wie mitleidig ihr alle von Natur aus seid, erkenne ich, dass das gegenwärtige Werk nach euerm Urteile einen harten und traurigen Anfang haben wird, weil es an seiner Stirn die schmerzliche Erinnerung an das verwichene große Sterben trägt, das allgemein von jedem verflucht wird, der es miterlebt oder davon erfahren hat.

Bei dem »großen Sterben« handelt es sich um eine bisher nie da gewesene Katastrophe, es herrschen Chaos und Weltuntergangsstimmung. Wer nicht gerade fliehen kann, lässt sich gehen und treiben, der allgemeine Untergang scheint unausweichlich. Da hat eine junge Frau eine Idee. Auch sie kann die Katastrophe nicht aufhalten, aber sie hat ein Mittel gegen den Verfall der Sitten. Zusammen mit einer Reihe anderer junger Leute zieht sie sich auf das Land zurück und alle zusammen geben sich einer Beschäftigung hin, die sicher schon seit Jahrtausenden Langeweile und Verzweiflung erfolgreich zu vertreiben vermag: Reihum müssen sich alle mehrmals in einer Kunst bewähren, die Zuschauer und Zuschauerinnen werden dadurch zum Lachen gebracht, zum Nachdenken, manchmal auch zum Mitleiden. Nach ungefähr zwei Wochen trennen sich die jungen Leute voneinander und nie wieder ist von ihnen zu hören. Vielleicht werden sie Opfer der Katastrophe.

39

Am [DATUM], mittags mit dem Glockenschlag zwölf, kam ich in [ORT] auf die Welt.

Es gibt Gestalten in Kunst und Wissenschaft, die noch vielen Generationen von Künstlern und Wissenschaftlern Bewunderung und Neid abringen und die so manchen, der sich ebenfalls in Kunst und Wissenschaft versucht, beflügeln, so manchen aber auch hemmen. Jedenfalls müssen es sich die Nachfolgenden gefallen lassen, ständig mit ihnen verglichen zu werden und hin und wieder auch zu hören, ihre Füße seien zu klein, um in die Fußstapfen der Vorgänger zu treten. Ein Beispiel gefällig? Nun, Shakespeare beispielsweise. Kein englischsprachiger Dichter kommt an diesem Genie vorbei. Oder Homer. Oder Joyce. Oder Einstein. Oder Mozart. In dem Buch, nach dem hier gefragt wird, erzählt ein solcher Gigant aus seinem Leben. Er hat sich auf verschiedenen Gebieten der Kunst und der Wissenschaft betätigt, Bewunderung und Neid aber hauptsächlich auf einem Gebiet erregt. Als Kind wächst er mehrsprachig auf, bedingt durch die politische Situation, übersteht unbeschadet eine Pockenerkrankung und arbeitet schon früh auf dem Gebiet, auf dem er später zur Berühmtheit gelangt ist. Ausführlich werden die ersten Arbeiten und Erfolge, das Studium sowie eine Reihe von Liebesangelegenheiten geschildert.

40

[TITEL] Mit diesem Namen war in dem Katalog der Kunstwerke, die die Akademie der Künste zu Berlin im September 1816 ausstellte, ein Bild bezeichnet, das der wackre, tüchtige C. Kolbe, Mitglied der Akademie, gemalt hatte und das mit besonderm Zauber jeden anzog, sodass der Platz davor selten leer blieb.

Zu den tragischsten Stoffen, die sich die Autoren vom Leben abgeschaut haben, gehört dieser: Eine junge Frau ist, aus Dankbarkeit oder Gehorsam gegenüber dem Vater oder warum auch immer, gezwungen, einen alten Mann zu heiraten, den sie nicht liebt. Dann lernt sie einen jungen Mann kennen, und so kommt es zur verbotenen Liebe. So eine Geschichte lässt sich freilich auch als Komödie erzählen (das ist bis zum Überdruss gemacht worden), aber diesmal verläuft die Geschichte anders. Die junge Frau ist mit einem Herrscher verheiratet, der junge Mann, dem sie als Kind das Leben gerettet hat, landet schicksalhaft in ihrer Stadt, und als die beiden zusammentreffen, ist der Mann kaum noch zu halten. Zuvor entdeckt er, dass seine Herkunft zu seiner finanziellen Abgebranntheit in keinem Verhältnis steht und dass jene verrückte Frau, die immer wieder in seiner Nähe ist, seine Amme war. Zwar gelingt es ihm sogar, mit der jungen Frau das Liebesglück zu finden (sie ist inzwischen Witwe), aber die beiden kommen gar nicht mehr dazu, die erste Beziehungskrise durchzumachen.

41

Das Schiff lag zur Abfahrt bereit.

Hauptfigur des Buches ist ein Akademiker, der im Laufe seines Lebens an verschiedensten Orten seinen Beruf ausgeübt und sich sowohl beruflich als auch privat nie auf eine lange Bindung festgelegt hat. Die letzten Winter hat er auf einer spanischen Insel verbracht. Er ist ein relativ schüchterner Mensch und alles andere als entschlussfreudig. Sein einziger Freund (aber diese Bezeichnung ist schon fast übertrieben) ist ein Rechtsanwalt, ebenfalls Junggeselle. Kurze Zeit vor Beginn der eigentlichen Handlung hat der Held des Buches eine nahe Verwandte verloren. Der Mann kommt durch seine berufliche Tätigkeit mit einer jungen Frau zusammen, deren Charakter dem seinen ziemlich entgegengesetzt ist. Er genießt ihre erfrischende und offene Art und wird so etwas wie der Freund der Familie. Die Frau möchte ihn gerne heiraten, aber damit ist er überfordert. Auch zu einer durch die junge Frau angeregten großen beruflichen Änderung kann er sich nicht gleich durchringen. Stattdessen fährt er in seine Vaterstadt und dort taumelt er in eine Affäre, die mit dem plötzlichen Tod einer jungen Frau endet. Zwischendurch erfährt er einiges aus der Vergangenheit der verstorbenen Verwandten. Seine privaten und beruflichen Pläne scheitern. Immerhin findet der Held eine Art spätes Glück und macht sich wieder auf zu der spanischen Insel.

42

In meinen jungen Jahren war ich Reporter bei einer Zeitung und trieb mich den ganzen Tag auf dem Fahrrad herum, um etwas Berichtenswertes zu finden.

Kurz beschreibt der Autor die Landschaft, in der sich die Geschichten abspielen, erzählt von seiner Familie, seiner Kindheit und Jugend. Hauptpersonen des Buches sind zwei Herren, die zwar ganz ähnliche, durchwegs physisch dominierte Konfliktlösungsstrategien haben, ansonsten einander aber spinnefeind sind. Das basiert schlicht und einfach auf ihren unterschiedlichen Weltanschauungen, von denen beide nicht einen Millimeter abrücken, immerhin sitzen sie in Machtpositionen und wollen weder ihren Einfluss noch ihr Gesicht verlieren. Da die beiden Herren einander aber nicht absetzen können und trotz aller Unterschiede immer Respekt voreinander haben, kommt immer so etwas wie ein Kompromiss zustande. Als der eine kurz beurlaubt wird und Ersatz einspringt, setzt sich niemand energischer für die Rückkehr des Abwesenden ein als sein erbitterter Gegner. Kein Wunder, denn beide wachsen erst im Kampf zu ihrer vollen Größe. Letzter Hinweis: Die Geschichten werden hauptsächlich aus der Perspektive des Mannes erzählt, der im Gegensatz zum anderen ein Studium absolviert hat und zwar nicht verheiratet ist, aber trotzdem immer jemanden hat, dem er sich anvertrauen kann.

43

3. Mai. – Bistritz. – Habe München am 1. Mai, 8.35 Uhr abends, verlassen und traf am nächsten Morgen in Wien ein.

Der Beruf des Rechtsanwalts, so heißt es, ist zwar mit viel Stress, dafür aber mit einem hohen Einkommen und viel Prestige verbunden. Bei einer solchen Betrachtungsweise wird aber meistens außer Acht gelassen, was diesen Beruf wirklich interessant macht: die Tatsache, dass man dabei mit vielen ungewöhnlichen Menschen zusammenkommt, mit Menschen, die tiefste Geheimnisse ausbreiten und Sachen erzählen, die sonst niemand weiß. Einst ist – laut dem Buch, das zu erraten ist – ein Rechtsanwalt in ein osteuropäisches Land gefahren, um einem Klienten beim Erwerb eines Hauses in London behilflich zu sein. Der Rechtsanwalt versucht, den Auftrag gewissenhaft abzuwickeln, aber er muss leider feststellen, dass sein Auftraggeber nicht nur einen einigermaßen ungewöhnlichen Lebensstil pflegt (zum Beispiel leidenschaftlich gern die Nacht zum Tag macht), sondern auch gefährlich werden kann. Die Verlobte des Rechtsanwalts erlebt die Geschichte aus einer ganz anderen Perspektive und ein Insasse einer psychiatrischen Anstalt findet dazu seinen höchst eigenen Zugang. Kurz und gut, der gefährliche, äußerst kräftige Kerl, der sich nun in London aufhält, muss ausgeschaltet werden. Es bildet sich dazu ein trinationales Team.

44

Dieses Buch ist ein kühnes und neuartiges Experiment:

Das Buch, nach dem hier gefragt wird, ist ein landeskundliches Werk der besonderen Art. Man erfährt daraus eine Menge über die Sitten und Gebräuche eines Landes (es liegt am Meer), allerdings erspart der Autor sich und uns den üblichen Aufbau eines geschriebenen Reiseführers. Wir erfahren nur indirekt, wie die größten Städte des Landes heißen, welche Währung es dort gibt, wie der Staat und die Wirtschaft organisiert sind, welche Religionen, Sprachen und Kulturen anzutreffen sind und was es mit der Geschichte des Landes auf sich hat. Der Autor, der nicht in dem Land geboren wurde, über das er schreibt, jedoch seit Jahren dort lebt, scheint gar nicht den Ehrgeiz zu haben, das Land für potenzielle Touristen schmackhaft zu machen. Seine Liebe zu dem Land geht auch nicht so weit, alles gutzuheißen oder zu bagatellisieren, was dort passiert. Vielmehr dürfte es sein Anliegen sein, ausgehend von den Leuten und von Ereignissen und Umständen, die er als ganz und gar typisch für sein Land betrachtet, über allgemein menschliche Sorgen und Freuden zu berichten. Das tut er mittels einer Reihe von kurzen, pointierten Geschichten, die Titel tragen wie »Ein Oldtimer« oder »Im Zeichen des Kreuzworträtsels«. Im Buchtitel kommt eine biblische Gestalt vor.

45

Die Erzählung hatte uns, die wir um das Kaminfeuer herumsaßen, einigermaßen den Atem verschlagen, doch abgesehen von der nahe liegenden Äußerung, dass sie gruselig sei, wie es sich ja für eine am Weihnachtsabend in einem alten Hause erzählte sonderbare Geschichte durchaus gebühre, entsinne ich mich nicht, dass eine Bemerkung gefallen wäre, bis einer der Anwesenden beiläufig vorbrachte, es sei der einzige ihm bekannte Fall, in dem eine solche Heimsuchung einem Kinde widerfahren sei.

So beginnt eine äußerst seltsame und spannende Geschichte eines amerikanisch-britischen Autors. Einer der an jenem Weihnachtsabend Anwesenden gibt unter dem Motto: Aber das ist ja noch gar nichts! Tage später eine Geschichte zum Besten, die eine ehemalige Freundin von ihm als junge Frau erlebt haben will. Sie war damals Hauslehrerin auf einem öden Landsitz eines Londoner Junggesellen und hatte dessen Nichte und deren Bruder zu betreuen. Bald wird die Frau mit rätselhaften Erscheinungen konfrontiert, Personen tauchen auf, die als längst tot gelten. Da zu den Bedingungen ihrer Arbeit gehört, dass sie den Junggesellen – in den sie sich verliebt hat – niemals mit den Problemen ihrer Erziehungsarbeit behelligen darf, muss sie allein mit allem fertig werden. Alles ist in schöner Handschrift aufgeschrieben. Die Frau ist intelligent. Und trotzdem …

46

Es gibt im Leben eine Zeit, wo es sich auffallend verlangsamt, als zögerte es weiterzugehen oder wollte seine Richtung ändern.

So beginnt das erste einer Reihe von kurzen Prosawerken (»Novelle«), die von außergewöhnlichen Mann-Frau-Beziehungen handeln. In der ersten Geschichte ist die weibliche Hauptfigur nach einer grauen Kuh benannt, in der letzten hat sie einen tschechischen Kosenamen und die Novelle genau in der Mitte hat als Titelfigur eine Frau mit iberischer Abstammung. In jeder der Novellen begegnet ein Mann einer Frau, kommt ihr körperlich nahe, so nahe wie möglich eben, aber seelisch, geistig kann er sie eigentlich nicht erreichen, zwischen Mann und Frau liegen also Welten. Die Männer sind meistens gebildet, sensibel und nicht gerade geschaffen für ein ruhm- und tatenreiches Leben, die Frauen verlockend, anpassungsfähig, geheimnisvoll, wahrscheinlich die passenden Traumfrauen der jeweiligen Männer. Woran es hapert, ist ganz verschieden: Die eine hat beispielsweise einen Mann, der anscheinend keinen Spaß versteht und dem Liebespaar im wahrsten Sinne des Wortes keinen Ausweg lässt. Bei einer anderen Novelle wiederum hat der Mann so viel mit einem Bischof zu schaffen, dass er so gut wie nie da ist. Erst als zunächst der Bischof und dann auch noch eine Katze stirbt, wird die Lage übersichtlich. Der Autor der Novellen ist sehr berühmt geworden durch einen ziemlich dicken Roman.

47

Die Leute von [ORT] haben bewiesen, dass eine ganze Stadt von Ungerechten oder Leichtsinnigen zur Not fortbestehen kann im Wechsel der Zeiten und des Verkehrs; die drei [BERUF] aber, dass nicht drei Gerechte unter einem Dache leben können, ohne sich in die Haare zu geraten.

Ben Hecht, ein Hollywood-Autor, soll einmal auf die Frage nach seinem Erfolgsrezept gesagt haben: »Ganz einfach: Zwei Hunde und ein Knochen!« Wenn zwei dasselbe wollen, aber nur einer es bekommen kann, entsteht daraus ein schwerer Konflikt und in der Art, wie sie ihr Ziel verfolgen, enthüllen sie ihren Charakter. In der satirischen Geschichte, nach der hier gefragt wird, wollen sogar drei dasselbe, nämlich zunächst einmal für den Rest des Lebens dort bleiben, wo sie sind, und schließlich wollen sie dieselbe Frau beziehungsweise deren Erspartes. Komischerweise sind die Kollegen, die Titelfiguren, sozusagen aus dienstrechtlichen Gründen gezwungen, gemeinsam in einem Doppelbett zu schlafen. Da die drei ihr Ziel immer energischer verfolgen, macht ihr Vorgesetzter den Vorschlag, ein Wettrennen zu veranstalten. Wer siegt, darf bleiben. Auch die Frau, die gern schwatzt und faselt, ist dafür. Es gibt einen völlig unerwarteten Sieger und Bräutigam, aber glücklich wird keiner von den dreien.

48

Wieder einmal stehe ich vor dem kleinen Bild mit dem schlichten, schmalen Rahmen.

Es soll ja schon vorgekommen sein, dass Frauen, deren Männer aus diversen Gründen (Dienstreisen, Kuraufenthalte, Kriege etc.) länger von zu Hause weg waren, sich in der Zwischenzeit anderweitig vergnügt haben. Nicht immer wächst die Sehnsucht mit der Entfernung, daher gibt es auch das Sprichwort »Aus den Augen, aus dem Sinn«. Der Geschlechtstrieb trägt das Seine bei, so manches ist eben auch mit schwerer körperlicher Arbeit nicht auszulöschen. Wenn sich noch dazu herausstellt, dass die Frau zu Hause nicht gerade im Mittelpunkt der Gedanken ihres Angetrauten steht und in seinen spärlichen Briefen nur unter ferner liefen erwähnt wird, und wenn dann noch einer auftaucht, der zwar ein komischer Kauz sein mag, aber so herzzerreißend singen kann, wer kann da noch für sich und seine bzw. ihre Gefühle garantieren? Dementsprechend lassen sich die beiden Liebenden auch zu einer Sache hinreißen, die ihnen, vor allem der Frau, nicht verziehen wird. Der Bursche, der das alles miterlebt und später, als Mann, aufschreibt, hat die Liebenden auch gemalt und über dieses Bild schreibt er zu Beginn seiner Geschichte.

49

Als Journalist hatte ich oft in Tienschan zu tun.

Der Ich-Erzähler, dieser Journalist, macht bald zwei anderen Ich-Erzählern, einem Lastwagenfahrer und einem Straßenmeister, Platz. Vor allem das Schicksal des Lastwagenfahrers ist es, was uns in dem Buch mitgeteilt wird. Dieser Lastwagenfahrer ist ein äußerst leidenschaftlicher Mensch, im Guten wie im Bösen, und seine zweite hervorstechende Eigenschaft ist der Stolz. Wenn man Stolz in dem Sinne versteht, dass jemand sich nicht für alles hergibt und sich nicht unterkriegen lässt, dass er stets seine Würde zu wahren weiß und sich treu bleibt, ist das wohl positiv. Wenn man aber Stolz in dem Sinne versteht, dass sich einer nicht helfen lassen will, obwohl er sich verrannt hat, dass er sich niemandem anvertrauen will, wenn er in Not ist, dass er lieber etwas zerstört, als einmal nachzugeben, dass er sich nicht ändern will und sich und anderen nicht verzeihen kann, dann ist das negativ. Der Lastwagenfahrer ist stolz vor allem im negativen Sinne und er muss dafür auch schwer bezahlen. Er verliert durch den Stolz das, was ihm am allermeisten bedeutet. Die Geschichte spielt in der ehemaligen Sowjetunion, in einer der asiatischen Teilrepubliken und der Name des Buches stammt von der Bezeichnung des Lastwagenfahrers für die von ihm geliebte Frau. Der Vorname des Autors klingt mongolisch.

50

In Front des schon seit Kurfürst Georg Wilhelm von der Familie von [NAME] bewohnten Herrenhauses von Hohen-Cremmen fiel heller Sonnenschein auf die mittagsstille Dorfstraße, während auf der Park- und Gartenseite hin ein rechtwinklig angebauter Seitenflügel einen breiten Schatten erst auf einen weiß und grün quadrierten Fliesengang und dann über diesen hinaus auf ein großes in seiner Mitte mit einer Sonnenuhr und an seinem Rande mit Canna indica und Rhabarberstauden besetztes Rondell warf.

Es gibt sicher nicht viele Leute, die sich ernsthaft vor Chinesen fürchten, noch dazu vor verstorbenen. Die Titelfigur des Romanes aber, nach dem hier gefragt wird, sieht die Sache anders. Wie schlimm, dass ihr Mann, der ehemalige Verehrer ihrer Mutter, so oft nächtelang nicht zu Hause ist. Als die Frau erfährt, dass der Chinese von ihrem Mann als »Erziehungsmittel« verwendet wird, ist sie ernsthaft verstimmt. Der Mann, der ihr von den pädagogischen Absichten ihres Gatten erzählt hat, verführt sie anlässlich einer leicht misslungenen Schlittenfahrt. Die Frau kann sich ihre Schwäche nie verzeihen, hebt aber die Briefe des Liebhabers auf. Als ihr Mann sie viele Jahre später findet, lässt er sich scheiden und duelliert sich »erfolgreich«. Zu spät erkennt er seinen Fehler. Die Frau stirbt im Hause ihrer Eltern, auf dem Grabstein steht ihr Mädchenname.

51

Reich an schönen Tälern ist die Schweiz, wer zählte sie wohl auf?

Vereinfacht gesagt entstehen Konflikte dadurch, dass die Kommunikation zwischen den betroffenen Menschen nicht funktioniert. Der eine sagt das, was zu sagen wäre, falsch oder zum falschen Zeitpunkt, der andere will, darf oder kann es nicht sagen, der Dritte weiß einfach nicht, was zu sagen wäre, und der Vierte macht zwar alles richtig, wird aber falsch oder gar nicht verstanden. Konflikte aber sind Stoff für alle Arten von Geschichten, für lustige nicht minder als für traurige. In dem Buch, nach dem hier gefragt wird, will eine junge Frau weder über ihre Herkunft noch über ihre Gefühle Auskunft geben, und sie tut das einerseits aus Selbstschutz, andererseits auch aus Selbsthass. Sie hasst sich dafür, dass ihr Vater das ganze Vermögen versoffen hat, und sie will sich davor schützen, als Tochter eines Säufers verschrien zu sein. Ein junger Mann, der sich in die scheinbar stolze und arrogante Frau verliebt und sie heiraten will, kann mit ihren rätselhaften Reaktionen auf sein Liebeswerben nicht umgehen und begibt sich aus Verzweiflung in eine lebensgefährliche Situation. Inzwischen gelingt es der Vorgesetzten der jungen Frau, hinter deren Motive zu kommen. Die junge Frau kann sich aussprechen und fasst einen mutigen Entschluss. Es kommt zum Wettlauf mit der Zeit, es geht um Leben und Tod. Das Ende entspricht der Grundstimmung des Werkes.

52

John Franklin war schon zehn Jahre alt und noch immer so langsam, dass er keinen Ball fangen konnte.

Und doch hat dieser scheinbar ungeschickte schottische Knabe, der manchmal sogar noch eine Schliere auf dem Auge hat, als Erwachsener eine erstaunliche Karriere gemacht: Soldat, Kapitän, Expeditionsleiter, Schriftsteller (»nicht unter 100 000 Wörtern«). Er war sogar Gouverneur einer Strafkolonie, dem heutigen Tasmanien, das ein Freund von ihm erstmals umfahren und kartografiert hat. John Franklin hat, nicht zuletzt mithilfe eines seiner Lehrer, die Vorteile seiner speziellen Sicht- und Lebensweise erkannt und lässt sich nicht beirren. Was er einmal erfasst hat, das behält er. Was andere einfach übersehen, davon profitiert er. Er bewährt sich als umsichtiger Verhandler und Entscheidungsträger. Zuletzt scheitert er an der Entdeckung eines lang gesuchten Seeweges nördlich von Kanada, das heißt, er entdeckt den Seeweg, aber er kehrt nicht mehr zurück, sondern stirbt an einem Schlaganfall und wird im Eis begraben. John Franklin hat wirklich gelebt. Der in drei Teile gegliederte Roman ist eine überaus kunstfertige, in ebenso selbstsicherem wie bescheidenem Ton geschriebene Biografie. Das ungeheure Wissen über die Schifffahrt wird alles andere als belehrend eingebracht. Der Autor ist Bachmann-Preisträger. Der Roman ist ein Bestseller

53

»So reden Sie denn in Gottes Namen!«, sprach die Gräfin.

Das Herrschen ist eine Aufgabe, die nur von ganz wenigen zufrieden stellend erfüllt wird. Wer gut herrschen will – und das geht allemal über das bloße Machthaben und Machtausüben hinaus –, der muss ein untrügliches Gespür dafür haben, auf wen er sich verlassen kann, wer wo am nützlichsten ist, wo einzugreifen ist und wo nicht. Er muss besonnen sein, muss abwägen können, muss verschiedenste Situationen blitzschnell deuten können und darf sich nicht blenden lassen, auch nicht von den eigenen Vorurteilen. Eine der Hauptfiguren des Werkes, nach dem hier gefragt wird, eine Landadelige, beherrscht zum großen Unglück einer Reihe von Personen die Kunst des Herrschens nicht. Sie ist eine reine Machthaberin ohne die geringsten Selbstzweifel. Einer ihrer Untergebenen verstößt in mehrfacher Hinsicht gegen das, was sie für anständig und ziemlich hält, und sie lässt ihn auf allerlei Weise bestrafen. Der Untergebene, ein sanftmütiger junger Mann, erhält niemals Gelegenheit, sich selbst zu äußern, und der Mann, der die angeblichen Botschaften des jungen Mannes der Herrin überbringt, ist ein Schleimer der übelsten Sorte. Kein Wunder, dass die Entscheidungen und Anordnungen der Herrin ungerecht und folgenschwer sind – aber das hindert sie nicht daran, sich weiterhin für eine gute Herrin zu halten.

54

In kleinen Städten findet man gar häufig Häuser, deren Anblick melancholisch stimmt, melancholisch wie das düsterste Kloster, wie die ödeste Heide oder die traurigste Ruine.

Dass es in der Welt wenigstens ansatzweise gerecht zugeht, ist schon daran zu erkennen, dass selbst die Reichen und Mächtigen ihre Sorgen haben und ihre Ängste und dass auch sie sich, wie es so schön heißt, einmal nichts mitnehmen können. Um reich zu werden, muss man a) viel einnehmen und b) wenig ausgeben. Um mächtig zu werden, muss man a) verstehen, sich unentbehrlich zu machen, und b) den Informationsfluss beherrschen. Einer, der sowohl im Reich- als auch im Mächtigsein ein Meister ist, ist eine der Hauptfiguren des Buches, nach dem hier gefragt wird. Einst Handwerker (ein Fassbinder bzw. Böttcher), hat er sich auf die Produktion von Wein und auf diverse Spekulationen verlegt und damit ein ungeheures Vermögen erworben. Er ist immer ein wenig schlauer und gerissener als die anderen, dazu skrupellos, und wenn es hart auf hart geht, täuscht er Schwerhörigkeit und Stottern vor. Der Mann hat eine Tochter, die er standesgemäß verheiraten möchte. Damit aber fangen die großen Probleme an und erst recht die seiner Tochter. Der Mann, in den sie sich verliebt, ist zum falschen Zeitpunkt arm und die Frau gönnt sich keinen anderen.

55

Der Sommer war da, und Weltschaninoff war ganz gegen alle Erwartung doch in Petersburg geblieben.

Angeblich wird die Zahl derer, die sich weder durch eine Ehe noch durch eine sonstige Art von Liebesbeziehung binden wollen, immer größer. Dabei war das Heiraten eigentlich noch nie so leicht wie heutzutage. Es hat natürlich immer Singles gegeben, früher hat man sie Junggesellen oder Fräulein genannt, aber ebenso wie heute haben sich die Alleinstehenden auch früher nicht den Freuden der Liebe verweigert, und sie konnten, um ihr Verlangen zu stillen, z. B. aus dem großen Reservoir der unglücklich Verheirateten schöpfen. Blättern wir im Kalender um gut 100 Jahre zurück und versetzen wir uns in die Stadt St. Petersburg. Der Held der Geschichte, die mit obigem Satz beginnt, ist ein knapp 40-jähriger Mann, der eine seltsame Begegnung hat und konfrontiert wird mit den Folgen einer länger zurückliegenden Affäre mit einer damals verheirateten und jüngst verstorbenen Frau. Sein Gegenspieler ist Alkoholiker und trägt einen auffälligen Hut.

56

[NAME] saß in einem Café namens Spalteholz und las die Schlagzeilen der Abendblätter: Englisches Luftschiff explodiert über Beauvais, Strychnin lagert neben Linsen, Neunjähriges Mädchen aus dem Fenster gesprungen, Abermals erfolglose Ministerpräsidentenwahl, Der Mord im Lainzer Tiergarten, Skandal im Städtischen Beschaffungsamt, Die Künstliche Stimme in der Westentasche, Ruhrkohlenabsatz lässt nach, Die Geschenke für Reichsbahndirektor Neumann, Elefanten auf dem Bürgersteig, Nervosität an den Kaffeemärkten, Skandal um Clara Bow, Bevorstehender Streik von 140 000 Metallarbeitern, Verbrecherdrama in Chikago, Verhandlungen in Moskau über das Holzdumping, Starhembergjäger rebellieren.

Der Held dieses Buches ist ein 32-jähriger, herzkranker Werbefachmann. Er bezeichnet sich selbst als einen Moralisten. Als solcher erlebt er den kulturellen, politischen und moralischen Niedergang der Weimarer Republik, kann aber praktisch nichts dagegen unternehmen. Er hat viele Affären mit durchwegs lüsternen Frauen. Schließlich verliert er seine Stelle, sein Freund erschießt sich, seine Freundin verlässt ihn wegen eines Filmproduzenten. Darauf kehrt er in seine Heimatstadt zurück und stirbt, weil er wieder einmal jemandem helfen will, obwohl er dazu gar nicht in der Lage ist.

57

Der Schneidermeister Hediger in Zürich war in dem Alter, wo der fleißige Handwerksmann schon anfängt, sich nach Tisch ein Stündlein Ruhe zu gönnen.

Die meisten Eltern machen irgendwann eine Reihe von – je nach Elterntyp – mehr oder weniger bitteren Erfahrungen: 1. Das einstige Kind, das sich so lange auf den Schutz und die Fürsorge der Eltern verlassen hat, macht sich allein auf den Weg und scheint geradezu die Gefahr zu suchen. 2. Das Kind beschäftigt sich mit Dingen, von denen die Eltern nichts verstehen. 3. Das Kind hat durchaus gleiche oder ähnliche Ziele wie die Eltern, geht aber zur Erreichung dieser Ziele einen anderen Weg. 4. Das Kind ist seinen Eltern in mancherlei Hinsicht überlegen. Und schließlich 5. Das Kind pfeift auf die noch so guten Ratschläge der Eltern und macht seine eigenen Erfahrungen. Genau um diese Dinge geht es in der Geschichte, nach der hier gefragt wird. Der oben erwähnte Schneidermeister ist Mitglied eines Vereins, »der keinen Namen hat, keinen Präsidenten und keine Statuten«, und ist überzeugt davon, dass er genau weiß, wie es in der Welt zugeht. Immerhin ist sein Sohn stark genug, sich durchzusetzen, in der Öffentlichkeit ebenso wie im Privatleben. Ein anderer junger Mann, den der Sohn des Schneidermeisters im Fingerhakeln besiegt, ist nicht stark genug. Tja, Kinder, die sich gegenüber ihren Eltern nicht behaupten, enden halt oft als lächerliche Figur.

58

Falls Sie wirklich meine Geschichte hören wollen, so möchten Sie wahrscheinlich vor allem wissen, wo ich geboren wurde und wie ich meine verflixte Kindheit verbrachte und was meine Eltern taten, bevor sie mit mir beschäftigt waren, und was es sonst noch an David-Copperfield-Zeug zu erzählen gäbe, aber ich habe keine Lust, das alles zu erzählen.

Die Geschichte, die so anfängt, handelt von einem jungen Burschen mit grauen Haaren, der gerade wieder einmal von der Schule geflogen ist und sich sozusagen auf Umwegen nach Hause begibt. Er befindet sich in einem kritischen Lebensabschnitt, der, ohne damit Genaueres über die »Symptome« zu sagen, als Adoleszenz bezeichnet wird. In seinem Bericht erzählt der Held einiges von seinen begabten Brüdern und seiner entzückenden Schwester sowie von Mitschülern und diversen Frauen. Der Bursche ist mit Geld wohl ausgestattet und macht eine Menge Dummheiten, bevor er bei seiner geliebten Schwester eintrifft und ihr eine zerbrochene Schallplatte überreicht. Von einem Bekannten bekommt er die Weisheit mit auf den Weg: »Das Kennzeichen des unreifen Menschen ist, dass er für eine Sache nobel sterben will, während der reife Mensch bescheiden für eine Sache leben will.«

59

Mr. Jones von der Herren-Farm hatte die Hühnerställe zur Nacht zugesperrt, war aber zu betrunken, um auch noch daran zu denken, die Schlupflöcher dichtzumachen.

So beginnt die Geschichte einer Revolution im ländlichen Milieu und ihrer Folgen. Der Vorgänger der eigentlichen Revolutionäre, sozusagen deren Theoretiker, hat einen Traum von einer besseren und gerechteren Gesellschaft und bringt in einer von ihm einberufenen Versammlung auch ein aufmunterndes Lied zum Vortrag. Kurz darauf stirbt er und die Führung der Revolution übernehmen zwei Nachfolger, der eine ist ein begnadeter Redner, der andere setzt auf seine scharfen Hunde. Nun übernehmen die einst Geknechteten selbst die Führung. Wer will, kann Lesen und Schreiben lernen. Insgesamt gibt es sieben Regeln, die, so heißt es, von allen einzuhalten sind. Unter anderem soll kein Alkohol getrunken und kein Tier getötet werden. Gemeinsam hat man Großes vor, die zwei Führer sind sich aber nie einig und der gute Redner wird schließlich verjagt und mehr und mehr verleumdet. Die Revolutionäre müssen mit allerlei Rückschlägen und Misserfolgen fertig werden, aber sie sind fleißig und genügsam. Ihre Führer jedoch gehen dazu über, die angeblich allgemein gültigen Regeln nach ihren Vorlieben zu interpretieren, ja sogar zu verändern. Schließlich sind sie von den alten Herren kaum noch zu unterscheiden.

60

Ich verdanke der Konjunktion eines Spiegels und einer Enzyklopädie die Entdeckung Uqbars.

Phantasie, so heißt es, ist die Fähigkeit, auf verschiedene Arten neue Bewusstseinsinhalte zu erzeugen. Sehr oft wird dabei bereits Vorhandenes neu zusammengesetzt, wobei die Persönlichkeit dessen, der da die Phantasie walten lässt, auf das Ergebnis großen Einfluss hat. Das ist auch der Grund, warum manche Werke der Phantasie relativ leicht ihrem Urheber, ihrer Urheberin zuzuordnen sind: Einen ganz besonderen Reiz kann es, soweit es um das Erzählen einer Geschichte geht, haben, wenn sich das Phantastische sozusagen in den Ritzen des Realistischen versteckt oder die beiden Elemente Phantasie und Realismus gewissermaßen um die Vorherrschaft in der Geschichte ringen. Das ist in vielen Märchen so, aber auch in den überhaupt nicht märchenhaften Geschichten des Autors, nach dem hier gefragt wird. Allein schon, was es mit der Entdeckung Uqbars auf sich hat, auf die der erste Satz hinweist, ist nicht von schlechten Eltern – und was hat es erst mit der Bibliothek von Babel auf sich? Oder mit den kreisförmigen Ruinen? Oder mit der Phönix–Sekte?

61

Da endlich sah ich das [DING].

Es versucht wohl jeder Mensch sein Leben lang, sich einen Reim zu machen auf die Welt. So manches wird einem geboten im Lauf der Jahre: Ich bin die Wahrheit, los, probier mich aus! So schlendern oder hetzen manche von »Wahrheit« zu »Wahrheit«, mehr oder weniger verzweifelt auf der Suche nach etwas, das ihnen ein klares Bild von der Welt vermittelt. Während für die einen diese Wahrheit, nach der sie suchen, dieses Geheimnis, etwas Positives ist, etwas Reines, steckt für die anderen hinter allen Dingen eine große Verschwörung, das Komplott einer Elite, ein Plan zur Beherrschung der Welt. Grob verkürzt: Die einen suchen Gott, die anderen den Teufel. In dem Buch, nach dem hier gefragt wird, beschäftigen sich drei Herren von großem Wissen mit einer vor langer Zeit aufgelösten Gemeinschaft. Sie entwerfen, berauscht von allerlei Belegen und beflügelt von ihrer eigenen Sehnsucht nach Ordnung und dem Wunsch, etwas Kreatives zu machen, einen Plan, eine Verschwörungstheorie, die, falls sie wahr wäre, massive Auswirkungen auf die gesamte Menschheit, ja den ganzen Planeten hätte. Das Buch ist nach einem Gegenstand aus Metall und textilem Material benannt.

62

Es war der letzte Julitag.

Zugegeben, dieser Satz klingt nicht nach großer Literatur, und doch folgt ihm ein höchst bemerkenswerter Roman, der erste moderne Detektivroman der Weltliteratur. Berühmt ist der Roman für seine großartige Spannung: Selbst ein Premierminister soll dieses Buches wegen Unterhaussitzungen versäumt haben. Das Buch ist zusammengesetzt aus einer Reihe von Berichten verschiedener Personen, darunter einem Zeichenlehrer, einem Anwalt, einem skurrilen Gutsbesitzer, seiner Tochter und einem italienischen Grafen, woraus sich ein ungemein reizvolles Mosaik ergibt, so vergnüglich und packend, dass die über 600 Seiten schier vorüberfliegen. Gewiss, einige der Charaktere, vor allem die »guten«, sind recht blass, dafür gibt es aber einen hinreißend genialischen Bösewicht, dessen suggestiver Kraft so gut wie alle erliegen – einschließlich dem Leser. Arno Schmidt schrieb denn auch: »Im Victorianischen Roman sind die Neben=Figuren immer die Haupt=Figuren.« Und über den Haupt-Bösewicht, den italienischen Grafen, schreibt er: »... eine uns allzu lang vorenthaltene Gestalt der Weltliteratur.« Die Titelheldin ist eine junge Frau mit geheimnisumwitterter Herkunft. Immer wieder taucht sie auf und verschwindet, bevor ihr Rätsel gelöst werden kann.

63

»Du willst wirklich nicht mehr weiterspielen, [NAME]?«

Eine junge Frau, die Tochter eines bekannten Rechtsanwalts, verbringt ihren »standesgemäßen« Urlaub in den Bergen. Begleitet wird sie von ihrer Tante und ihrem Cousin. Auch dessen Geliebte ist mit von der Partie. Die Heldin ist heimlich in ihren Cousin verliebt und räsoniert bisweilen über die ihr noch unbekannten Freuden der körperlichen Begegnung. Ein Brief von ihrer Mutter reißt sie jäh aus ihrer Urlaubsstimmung. Immerhin wird sie darin aufgefordert, mit einem anderen Urlaubsgast Kontakt aufzunehmen und diesen um Hilfe zu bitten, damit ihr Vater keine ernsthaften Probleme bekommt. Der Urlaubsgast wird also kontaktiert und er kann der Versuchung nicht widerstehen, eine Forderung an die junge Frau zu stellen, die diese, nachdem sie sich außerstande sieht, sich an jemanden um Rat zu wenden, zu insgesamt zwei außergewöhnlichen, um nicht zu sagen verheerenden Taten treibt. Nachdem sie die erste Tat hinter sich gebracht hat, wird sie von einigen für verrückt gehalten. Um den drohenden Konsequenzen zu entgehen, setzt sie die zweite Tat. Ihrem Vater wird sie damit sicher nicht helfen. Vom Satztechnischen her ist zu sagen, dass gewisse Teile des Textes, so auch das obige Zitat, hervorgehoben sind. Das entspricht der Logik einer Textform, die der Autor höchst wirkungsvoll einzusetzen weiß.

64

In der Straße St. Honoré war das kleine Haus gelegen, welches [NAME], bekannt durch ihre anmutigen Verse, durch die Gunst Ludwigs des XIV. und der Maintenon, bewohnte.

In dieser Geschichte geht es um den Gegensatz von Kunst und Leben beziehungsweise um zwei verschiedene Typen von Künstlern, nämlich die, die gute, und die, die schlechte Menschen sind. Die Titelheldin der Geschichte, eine alte Dame, ist eine gute Frau und mäßige Künstlerin. Der geniale Künstler, der ihr Leben kreuzt und schließlich getötet wird, ist als Mensch eine reine Katastrophe, was durch die besonderen Umstände, unter denen er gezeugt worden ist, erklärt wird. Er ist ein Räuber und Mörder, und zwar raubt er seine eigenen Kunstwerke, nachdem er deren Besitzer ermordet hat. Der Liebhaber seiner Tochter wendet sich mehrmals an die alte Dame, doch es ist zu spät. Dies alles spielt sich ab vor der Kulisse eines Polizeistaates, in dem nur derjenige der blutrünstigen Justiz entkommt, der einen engagierten Fürsprecher hat, der den König in der rechten Laune erwischt. Die Gestalt des genialen Künstlers hat Generationen von Lesern fasziniert und inspiriert. Der Autor der Geschichte, der seinen dritten Vornamen zu Ehren von Mozart geändert hat, war ein Multitalent, eine Karriere wie die seine ist heutzutage völlig undenkbar: vom Kapellmeister zum Richter. Er war Dichter, Maler, Regisseur und Komponist.

65

Heute ist Mama gestorben.

Der junge Mann, dem da die Mama gestorben ist, fällt nicht etwa in große Trauer, nein, das Ganze ist ihm reichlich egal. Es nervt ihn sogar, dass er ins Heim fahren muss, wo die Mutter zuletzt gewohnt hat. Dabei hat er die Mutter nicht gehasst, er ist einfach zu tieferen Empfindungen nicht fähig, und er scheint auch ein gestörtes Verhältnis zu Zahlen und Zeitangaben zu haben. Er kann sich für nichts und niemanden begeistern, er scheint keine Ziele zu haben in seinem Leben und richtige Freunde hat er auch nicht. Keine Frage: Wenn jemand so verödet ist wie dieser Mensch, dann bedarf es eines gewaltigen Ereignisses, um ihn aufzuwecken, ihn gewissermaßen zurückzuholen zu den Lebenden. Dieses war der erste Hinweis, es folgt der zweite: Die Geschichte spielt in einem Land, das einmal eine Kolonie eines europäischen Staates war. Große Teile des Landes, das am Meer liegt, sind unbewohnbar, die Hitze im Sommer ist schier unerträglich. Der Held, ein junger Mann von etwa 25 Jahren, ist Staatsbürger der Kolonialmacht. Und noch ein dritter Hinweis: Der Autor des Buches hat selber in dem Land gewohnt, in dem die Geschichte spielt. Er hat noch weitere berühmte Bücher geschrieben und wird meistens zusammen mit einem anderen berühmten Autor genannt. Seinen Tod fand er 47-jährig bei einem Autounfall.

66

Wie der Wind in Trauerweiden tönt des frommen Sängers Lied, wenn er auf die Lasterfreuden in den großen Städten sieht.

Hauptfigur dieses Werkes ist eine Frau, die am Schluss qualvoll stirbt. Zunächst aber wird in Episoden ihre Jugend geschildert. Sie wächst bei Onkel und Tante auf, zwei kreuzbraven Menschen, und spielt ihnen so manchen Streich. Das Mädchen ist überaus lebhaft und neugierig und interessiert sich nicht nur für die anatomische Beschaffenheit seines Cousins. Dieser Cousin ist die große Liebe der Frau und hilft ihr später, so könnte man sagen, aus einer großen Verlegenheit. Er hilft unter dem Motto: Wer schnell hilft, hilft doppelt. Zuvor aber wird die Heldin, weil sie mit ihren Streichen nicht aufhören will, von Onkel und Tante auf die Straße gesetzt, führt eine Zeit lang das Leben einer Junggesellin und heiratet aus Langeweile einen dicken und überaus durstigen älteren Mann, der offenbar nicht willens oder fähig ist, gewisse Bedürfnisse seiner Frau zu befriedigen. Die Frau, die sich ein Kind wünscht, macht eine Pilgerreise und kehrt guter Hoffnung zurück. Kurz nach der Niederkunft wird sie Witwe und ist sozusagen frei für ihre große Liebe. Der Mann nimmt es mit der Treue aber nicht so genau und wird von seinem Nebenbuhler getötet. Die Frau legt sich ein Alkoholproblem zu und stirbt den erwähnten qualvollen Tod.

67

Eine Famulatur besteht ja nicht nur aus dem Zuschauen bei komplizierten Darmoperationen, aus Bauchfellaufschneiden, Lungenflügelzuklammern und Fußabsägen, sie besteht wirklich nicht nur aus Totenaugenzudrücken und Kinderherausziehen in die Welt.

Der Famulant, der die Geschichte aus seiner Sicht erzählt, begibt sich auf Wunsch des Chirurgen, bei dem er arbeitet, in die Provinz, in einen Ort namens Weng, um den Bruder des Arztes, einen Maler, zu besuchen und etwas über dessen Zustand in Erfahrung zu bringen. Da kommt also einer in die so genannte Natur, wo angeblich noch alles in Ordnung ist, und was muss er erfahren: Nichts ist in Ordnung, zumindest nicht aus der Sicht des für verrückt gehaltenen Malers, dessen egomanische geistige Absonderungen der Famulant gewissenhaft notiert. Mehr und mehr gerät er in den Bann des Malers. Schließlich erfährt er aus der Zeitung, dass der Mann offenbar in einem Schneesturm umgekommen ist. Das Buch ist 1963 erschienen und war für den damals 32-jährigen Autor der Durchbruch. Nur in Ansätzen freilich ist die für ihn später typische Sprache vorhanden, sogar das Wort »natürlich«, das er später peinlichst gemieden hat, kommt noch vor, ja, er macht sogar noch Absätze und Anführungszeichen. Das Buch ist nach einem Wetterphänomen benannt, das in unseren Breiten vorkommt.

68

In der Nacht, als sie gekommen waren, um ihren heiligen Auftrag durchzuführen, war alles sehr still.

Angesichts der Tatsache, dass überall und jederzeit Verbrechen passieren, die vom Polizei- und Justizapparat aus den verschiedensten Gründen nicht geahndet werden, meinen immer wieder Leute, die Sache der »Gerechtigkeit« selbst in die Hand nehmen zu müssen. Das Ergebnis solcher Akte von Selbstjustiz ist täglich in den Medien zu hören und zu lesen und bildet die Grundlage für alle möglichen Filme und Romane. Niemand ist an der Eindämmung von Selbstjustiz mehr interessiert als eben der Polizei- und Justizapparat, und das ist auch verständlich, schließlich sind ein »guter Wille« und ein »heiliger Zorn« keine entschuldbaren Motive für zusätzliche Verbrechen. Das ändert freilich nichts daran, dass wohl jeder von uns hin und wieder jemanden, der trotz allem, was er sich geleistet und verbrochen hat, stets ungeschoren davon kommt, bestraft sehen möchte. In dem Buch, nach dem hier gefragt wird, wird das Thema Selbstjustiz ausführlich behandelt, und zwar anhand mehrerer Morde in Algerien und Schweden.

69

Zehn Jahre habe ich diese Rolle vor mir hergeschoben.

Es gibt eine Anekdote, die ungefähr folgendermaßen lautet: Treffen sich die Schauspieler Dustin Hoffman und Sir Lawrence Olivier. Dustin Hoffman hat schon lange nichts mehr gegessen, weil, so sagt er, der Charakter, den er in dem gerade zu drehenden Film verkörpert, auch schon lange nichts mehr gegessen hat. Er wolle den Hunger einfach selbst erleben. Darauf Sir Lawrence Olivier: Hast du noch nie gehört, dass man Hunger auch spielen kann? Der Mann, der das Buch geschrieben hat, nach dem hier gefragt wird, ist eindeutig von der Dustin-Hoffman-Fraktion. Er will das, worüber er schreibt, auch hautnah erlebt haben, ihm geht es um Dokumentation, das ist nichts Besseres als Fiktion, nur eben etwas anderes. Er will mit seinem Buch denen eine Sprache geben, die sie aufgrund ihrer spezifischen Situation nicht haben. Also: Ein Mann verwandelt sich, er schafft sich andere Kleider an, legt sich einen ausländischen Akzent zu, sogar die Farbe seiner Augen verändert er, und so dringt er vor in Regionen, von denen er wie die meisten anderen bisher immer nur gehört hat. Das ist durchaus gefährlich, mitunter sogar lebensgefährlich, aber er hält durch und findet die Zeit, alles genau aufzuschreiben für die Zeit danach und vor allem: für die Öffentlichkeit. Die Arbeitsmethoden des Autors sind umstritten, aber sehr erfolgreich.

70

Wir glauben den Leser aufmerksam machen zu müssen, daß wir ungeachtet des Titels des Buches und dessen, was der Sammler dieser Briefe in seiner Vorrede darüber versichert, für die Echtheit dieser Sammlung nicht gutstehen und dass wir selbst gewichtige Gründe haben, anzunehmen, dass das Ganze nur ein Roman ist.

Tatsächlich ist »das Ganze nur ein Roman«, und zwar ein äußerst raffiniert und originell gebauter, ein Roman, der zeigt, was passiert, wenn in einem wichtigen und sensiblen Bereich des Lebens hochintelligente und zugleich skrupellose Leute ihre Interessen durchsetzen. Als Hauptdrahtzieherin der Intrigen, durch die schließlich zwei Tote zu beklagen sind, fungiert eine schöne Witwe von tadellosem Ruf, ihr Komplize ist ein unverheirateter junger Mann. Alle anderen Personen sind Opfer, zumeist von Täuschungen und Verleumdungen oder auch Missbrauch, Nötigung und Vergewaltigung. Die Witwe und der junge Mann schreiben einander Briefe, in denen sie ihre Schandtaten beschreiben und ihr Amüsement darüber ausdrücken. Diese Briefe sind stets brillant formuliert und enthalten, wenn sie von der Witwe stammen, manch kluge Einsicht. Als der junge Mann merkt, dass die Witwe ihn ebenso wie alle anderen nach ihrer Pfeife hat tanzen lassen, will er ihr schaden, aber das bekommt ihm nicht gut. Die Witwe wird anderweitig bestraft.

71

Wenn es einen Menschen gab, der sich wirklich auskannte mit Gangschaltungen, Pedalhaken, Kugellagern, Zahnkränzen, Schläuchen, Ballonreifen, Halbballonreifen oder schlauchlosen Rennradreifen, dann war es kein anderer als Paul Tamburin, der Fahrradhändler des Städtchens Saint-Céron.

Wie wohltuend muss es doch für einen Leser/eine Leserin sein, nicht immer nur mit einem Arzt, einem Geheimagenten, einem Detektiv oder einem erfolgreichen Künstler beziehungsweise den entsprechenden Frauenfiguren konfrontiert zu werden, sondern einmal mit einem ganz gewöhnlichen Menschen! Paul Tamburin ist zum Beispiel so ein Mensch. Das Buch gönnt ihm durchaus einige Triumphe, es gönnt ihm Anerkennung in Saint-Céron, es gönnt ihm eine gute Frau und zwei brave Kinder, es gönnt ihm wirtschaftlichen Erfolg; das Einzige, was es ihm nicht gönnt, ist, mit seinem kleinen Problem ernst genommen zu werden. Dieses kleine Problem aber, mit dem sich Paul Tamburin herumschlagen muss, macht das Buch erst zu einem, das vielleicht auch Ärzte, Geheimagenten, Detektive oder erfolgreiche Künstler beziehungsweise deren weibliche Pendants zur Hand nehmen, wenn sie sich gut unterhalten wollen. Das Buch wurde geschrieben und illustriert von einem bekannten französischen Künstler.

72

Eines Morgens um acht Uhr stand ein junger Mann vor der Türe eines alleinstehenden, anscheinend schmucken Hauses.

Der junge Joseph Marti tritt seine neue Stelle bei einem Ingenieur und Erfinder an, der ein Haus über dem Zürichsee besitzt und dort Wohnung und Büro hat. Vor seinem Eintritt in die Firma ist Joseph längere Zeit arbeitslos gewesen. Der neue Angestellte muss brieflich die von seinem Chef erfundene »Reklame-Uhr« anpreisen, er ist also die Werbeabteilung des Unternehmens. Obwohl Joseph sich im Kreis der Familie und vor allem in der herrlichen Landschaft wohl fühlt, gutes Essen bekommt und nicht viel arbeiten muss, gibt es Anlass zu Kummer und Ärger. Es steht nämlich schlecht um die Firma, denn die Erfindungen des Chefs sind so gut wie unverkäuflich. Sie gehen, wie man heutzutage sagt, an den Bedürfnissen des Marktes vorbei und der neueste Flop ist besagte »Reklame-Uhr«. Die Landschaft wird eindringlich geschildert, vor allem der See. Joseph lernt seinen Vorgänger kennen, einen unzuverlässigen Säufer. Er setzt sich für diesen ein, und als er sogar mit ihm trinken geht, ist das für seinen Chef der willkommene Anlass, ihm sofort zu kündigen. Die Frau des Chefs gibt Joseph noch wohlmeinende Ratschläge zum Abschied. Zum Schluss zündet sich Joseph noch eine gute Zigarre an und verlässt mit seinem Vorgänger den Ort seiner jüngsten Vergangenheit.

73

»Barabbas kam auf dem Seeweg in die Familie«, trug die kleine Clara in ihrer zarten Schönschrift ein.

Barabbas ist ein Hund und als solcher eine Nebenfigur, Clara allerdings ist eine der Zentralgestalten des Buches und ihre Aufzeichnungen sind eine der wesentlichen Quellen der fiktiven Erzählerin. Clara verliert ihre schöne große Schwester durch Gift und spricht jahrelang kein Wort, nachdem sie mitangesehen hat, wie zwei Männer sich an ihrer toten Schwester vergangen haben. Erst kurz vor der Hochzeit mit einer anderen Hauptfigur der Geschichte, einem brutalen, feudalen, lüsternen Gutsbesitzer, der für neue politische und gesellschaftliche Entwicklungen kein Verständnis aufbringt, spricht sie wieder. Die Geschichte zieht sich über vier Generationen, vom Beginn unseres Jahrhunderts bis in die 70er-Jahre, und spielt in einem Land, das eine ausgefallene Form hat, was durch seine Lage zwischen dem Meer und einem Gebirge bedingt ist. Neben den erwähnten Figuren gibt es noch eine Reihe anderer, die zum Teil höchst skurril sind, z. B. einen totgeglaubten Onkel, ungleiche Zwillinge, eine bei lebendigem Leib verfaulende Mutter, einen Gitarristen, dem ein paar Finger fehlen, drei spiritistische Schwestern und einen Präsidenten, der bei einem Militärputsch getötet wird. Erzählt wird die Geschichte von Claras Enkelin und dem Gutsbesitzer.

74

Im Oktober 1860 begann in der Landeshauptstadt B. die Schlussverhandlung im Prozess des Ziegelschlägers Martin Holub und seines Weibes Barbara Holub.

Der Ziegelschläger wird wegen Mordes zum Tod verurteilt, seine Frau zu zehn Jahren Zuchthaus, die Tochter kommt zu einer alten Gutsbesitzerin und schließlich ins Kloster. Der Sohn Pavel, der Held des Romans, kommt bei einem Hirten unter und wird während der folgenden Jahre von den meisten der übrigen Dorfbewohner gedemütigt, gequält, ausgenutzt und in seiner wirtschaftlichen Existenz bedroht. Dabei will er nichts mehr als anständig leben und Freunde haben, aber wenn man ihn nicht lässt, muss es eben anders gehen. Er stiehlt also, prügelt sich herum und bringt sogar den Pfau um, der der Gönnerin seiner Schwester gehört. Aber diese, ebenso wie der Lehrer des Dorfes, der als Hexenmeister verschrien ist, helfen Pavel trotzdem, weil sie wissen, was in ihm steckt. Auf einem kleinen Grundstück errichtet sich der Bursche ein Haus, klein und windschief. Seine Mutter soll einst darin wohnen. Pavel liebt die Tochter des Hirten, die sich aber bereits in den reichen Sohn des Bürgermeisters verliebt hat und diesen auch heiratet. Pavel rettet seinem ärgsten Widersacher sogar das Leben, aber das macht ihn nicht beliebter. Der Widersacher stirbt, die Mutter kehrt zurück; sie war unschuldig im Zuchthaus.

75

Zu der Zeit, als ich noch auf Bäume kletterte – lang, lang ist's her, viele Jahre und Jahrzehnte, ich maß nur wenig über einen Meter, hatte Schuhgröße achtundzwanzig und war so leicht, dass ich fliegen konnte – nein, das ist nicht gelogen, ich konnte wirklich fliegen damals – oder wenigstens fast, oder sagen wir besser: es hätte seinerzeit tatsächlich in meiner Macht gelegen zu fliegen, wenn ich es nur wirklich ganz fest gewollt und richtig versucht hätte, denn … denn ich erinnere mich genau, dass ich einmal um ein Haar geflogen wäre, und zwar war das im Herbst, in meinem ersten Schuljahr, als ich von der Schule nach Hause ging und ein dermaßen starker Wind blies, dass ich mich, ohne die Arme auszubreiten, so schräg wie ein Schispringer gegen ihn auflehnen konnte, schräger noch, ohne umzufallen …

Genug soweit. Das Buch handelt von den Erlebnissen eines Buben in einem bayerischen Dorf. Besonders hervorstechende Gestalten sind eine Klavierlehrerin, die ausgerechnet auf dem Fis ihren Nasenschleim deponiert und ihren Schüler damit zur Verzweiflung bringt, sowie die Titelfigur des Buches, ein Mann, der den ganzen Tag nichts anderes tut, als rasend schnell zu gehen und jeden, der ihn beispielsweise im Auto mitnehmen will, anzufauchen: Lassen Sie mich endlich in Ruhe!

76

Heute vor dreihundertachtundvierzig Jahren, sechs Monaten und neunzehn Tagen erwachten die Pariser unter dem Geläute aller Glocken, die innerhalb des dreifachen Bereiches der Altstadt, des Universitätsviertels und der Neustadt mit lautem Schall ertönten.

Wir schreiben den 6. Jänner 1472; ein extra für diesen Tag geschriebenes Mysterienspiel ist angesagt und es wird zur Wahl des Narrenpapstes kommen. Der Mann, der zum Narrenpapst gewählt wird, ist aber nicht die Hauptperson des Buches, auch wenn er des Öfteren entscheidend in die Handlung eingreift. Hauptperson ist viel eher ein 16-jähriges Mädchen, das seit jeher wegen seiner Anmut und seiner schönen Füße gerühmt wird und mit einem Tier Kunststücke macht. Die junge Frau, die einst ihrer Mutter geraubt wurde, verliebt sich unglücklich in einen schönen Soldaten, einen der wenigen Männer, die nicht in sie verliebt sind (im Gegensatz etwa zum Dichter des Mysterienspiels, zum Narrenpapst und einem Priester). Sie wird als Hexe verurteilt und findet, nachdem der Narrenpapst ihr das Leben gerettet hat und sie mehrmals den Nachstellungen des Priesters entkommen ist, ihre Mutter wieder, doch das Verhängnis nimmt seinen Lauf. Von einer gotischen Kirche aus können wir alles mitverfolgen. Das Buch ist mehrmals verfilmt worden.

77

Am Himmelfahrtstage, nachmittags um drei Uhr, rannte ein junger Mensch in Dresden durchs Schwarze Tor und geradezu in einen Korb mit Äpfeln und Kuchen hinein, die ein altes hässliches Weib feilbot, sodass alles, was der Quetschung glücklich entgangen, hinausgeschleudert wurde und die Straßenjungen sich lustig in die Beute teilten, die ihnen der hastige Herr zugeworfen.

Wenn einer nicht für diese Welt geeignet ist, dann müsste er sich eigentlich eine andere suchen, eine, in der er besser leben kann. Der Held der Geschichte rennt und stolpert zwischen zwei Welten hin und her, und zwar zwischen, grob gesprochen, unserer Welt und einer Zauberwelt. Dass unsere Welt nicht friedlich ist, weiß jeder, dass es aber auch in der Zauberwelt einander bekämpfende Mächte gibt und jede Menge Ärger und Kummer, das wird dem Helden bald bewusst. Natürlich glaubt seine Abenteuer niemand und alle halten ihn für einen Spinner, nur der Leser nicht, der ja dabei war. Eine Frau will ihn in der realen Welt halten und ihn zum Hofrat machen (der Inbegriff des für sie vorstellbaren Glücks), eine andere will ihn in der Zauberwelt halten und ihm ein wertvolles Gefäß schenken. Der Held entscheidet sich letztlich für die Zauberwelt, die offenbar nichts anderes ist als die Welt der Poesie. Die Frau in der realen Welt bekommt trotzdem ihren Hofrat. So sind am Ende alle zufrieden.

78

Grad in der Mitte unsrer Lebensreise befand ich mich in einem dunklen Walde, weil ich den rechten Weg verloren hatte.

Im Laufe der Geschichte haben sich wohl Milliarden von Menschen irgendwann in ihrem Leben im Wald verlaufen. Wir wissen nicht genau, warum der Erzähler sich eigentlich verlaufen hat, ob es ihm beim Pilzesuchen passiert ist oder auf dem Heimweg, als er eine Abkürzung nehmen wollte. Vielleicht ist es aber auch passiert, während er einen Spaziergang machte und in Gedanken versunken war. Welche Gedanken? Nun, das können zum Beispiel Gedanken an eine geliebte Frau gewesen sein, an eine Frau, die längst verstorben ist, deren Erinnerung jedoch eine ganz unglaubliche Wirkung auf den Erzähler ausübt. Für ihn scheint völlig klar zu sein, dass sie längst im Himmel weilt. Was wird sie dort oben wohl machen? Was auch immer, zunächst einmal muss der Held und Erzähler damit fertig werden, dass es in dem Wald wilde Tiere gibt. Doch Rettung naht und bald merkt der Held, dass sowohl die wilden Tiere als auch die Person des Retters etwas zu bedeuten haben. Mit anderen Worten: Aus dem ursprünglichen Spaziergang (oder was es eben war) wird eine Reise, von der es sich durchaus feierlich und ausführlich zu berichten lohnt. Andere können von ihrer Reise gerade einmal ein Lied singen, der Held hinterlässt uns von insgesamt drei Reisen genau 100 Gesänge.

79

Es regnete stundenlang, nächtelang, tagelang, wochenlang.

Dass das Leben über weite Strecken alles andere als lustig ist, weiß jeder. Alle möglichen Illusionen werden uns genommen im Lauf der Jahre, so manches Ziel verlieren wir aus den Augen, oder wir müssen erkennen, dass wir nicht die Voraussetzungen besitzen, um es zu erreichen. Das eine oder andere von unseren Zielen erscheint uns wertlos, nachdem wir es endlich erreicht haben. Daher sind wir zu Recht skeptisch, wenn es so ausschaut, als würde sich gewissermaßen von selber das Glück einstellen, als verlaufe von nun an alles wie am Schnürchen. Da gibt es beispielsweise einen kleinen »Unterbuchhalter«, über 40, unverheiratet, jungfräulich, und dem öffnen sich nach der Schaltung einer Annonce in einer Tageszeitung plötzlich alle Türen. Es scheint, als würde er von nun an auf Händen durchs Leben getragen, als bezöge er den Lohn für, ja, für was eigentlich? Er hat ja auf nichts anderes gehofft, er hat nur etwa zehn Vorbilder gehabt, Menschen von besonderer Begabung und besonderen charakterlichen Eigenschaften, das hat ihm genügt. Und nun soll auf einmal alles anders werden, und nicht nur anders, nein, besser soll alles werden!? Nur wegen der Annonce? Das Ganze kommt einem wie ein Märchen vor, aber halt – was steht da auf dem Buchdeckel? Groteske, na eben. Skepsis ist also angesagt.

80

In meinen jüngeren Jahren, als ich noch zarter besaitet war, gab mein Vater mir einmal einen Rat, der mir seitdem wieder und wieder durch den Kopf gegangen ist.

Der Ich-Erzähler wohnt auf einer Insel nahe einer riesigen Stadt und hat die Titelfigur zum Nachbarn. Dieser Nachbar, bisweilen rosa gekleidet, ist stinkreich und gibt fast jeden Tag rauschende Feste für eine schmarotzende Meute, die ihre Theorien über die Vergangenheit des Gastgebers zum Besten gibt. Der Mann, der einst arm war, hat sich das Vermögen und das Haus nur aus einem Grund erworben: um die Frau zurückzugewinnen, die die Liebe seines Lebens ist und ebenfalls auf der Insel wohnt. Die Frau hat sich damals für einen reichen, brutalen Kerl entschieden. Mithilfe des Ich-Erzählers will die Titelfigur wieder an die Frau herankommen, denn dieser kennt sie und ihren Mann, er weiß, dass dieser eine Geliebte hat. Tatsächlich kommen die ehemaligen Liebenden zusammen. Der Titelheld hat alles Coole, Lässige verloren, ist nur noch ein Mensch, der verzweifelt nach Liebe sucht. Anlässlich eines Ausfluges kommt es zum Show-down: Der Ehemann fertigt seinen Gegner brutal ab und deckt dessen dunkle Geschäfte auf. Auf der Heimfahrt töten der Titelheld und seine große Liebe unabsichtlich die Geliebte des Ehemannes, worauf deren Witwer zum Mörder und Selbstmörder wird.

81

Zu den schönsten vor allen in der Schweiz gehören diejenigen Städte, welche an einem See und an einem Flusse zugleich liegen, sodass sie wie ein weites Tor am Ende des Sees unmittelbar den Fluss aufnehmen, welcher mitten durch sie hin in das Land hinauszieht.

Haupt- und Titelfigur des Buches, nach dem hier gefragt wird, ist ein junger Mann, dem aufgrund seiner auffallenden Kleidung in Kindertagen ein Attribut verliehen wird, das heutzutage eher an eine politische Orientierung denken lässt. Der junge Mann ist Einzelkind, was nicht zuletzt mit dem frühen Tod des Vaters zusammenhängt. Minuziös geschildert werden Dummheiten und Streiche aus den frühen Jahren, unter anderem bedient sich die Titelfigur aus verschiedensten Gründen häufig bei den mühevoll für seine Ausbildung angelegten Ersparnissen. Schließlich fliegt er von der Schule und will sich fortan dem widmen, was er aufgrund eines Talentes als seine Lebensaufgabe ansieht. Seine Mutter zieht Beratungen ein, und wie das eben so ist: Jeder sagt etwas anderes, insgesamt sind aber alle skeptisch und warnen vor der Schwierigkeit des von dem jungen Mann beschrittenen Weges und wollen nicht glauben, dass dieser damit sein Glück machen werde. Das Buch ist in zwei Fassungen erschienen, die anderen Werke des Autors sind weitaus weniger umfangreich.

82

Mein Vater besaß ein kleines Gut in Nottinghamshire; ich war der dritte seiner fünf Söhne.

Damals, als das Buch geschrieben wurde, und wohl noch lange danach, war es für junge Männer, die etwas erleben und von zu Hause wegkommen wollten, fast unerlässlich, sich auf See zu begeben. Dort warteten Abenteuer wie Stürme, feindliche Schiffe und unbekannte Inseln am Horizont. So entdeckt der Held denn auch »neues Leben und neue Zivilisationen« und dringt in Gegenden vor, »die nie ein Mensch zuvor gesehen hat«.* Auf jeder seiner vier Reisen gerät der ausgebildete Schiffsarzt an ein ganz exotisches Volk, zum Beispiel eines, wo ein Teil der Leute unsterblich ist, und er erkennt, dass diese Menschen zu bedauern sind. Stets hat er reichlich Gelegenheit, seine eigene Kultur mit der des Gastlandes zu vergleichen. Dabei schneidet freilich die eigene Kultur nicht allzu gut ab, aber auch anderswo geht es schlimm zu. Was er beispielsweise von einer fliegenden Insel aus alles beobachtet, ist nicht ohne. So gut wie alles, was zwischen Menschen möglich ist, wird beschrieben, dabei wird die Stimmung des Reisenden zunehmend pessimistisch. Im letzten Teil des Buches stellen sich Haustiere als die wahren »Menschen« heraus und als der Reisende sich endgültig zur Ruhe setzt, kauft er sich ebensolche Haustiere und verbringt seinen Lebensabend mit ihnen.

* Zitat »Raumschiff Enterprise«

83

In der Schule hatte ich zwei altjüngferliche Lehrerinnen, die behaupteten, ihre Verlobten seien im Krieg gefallen.

Vor Jahren gab es einmal einen Sachbuch-Bestseller namens »Wenn Frauen zu sehr lieben« samt den in solchen Fällen üblichen Nachfolgebänden (wahrscheinlich gab es sogar ein Kochbuch für oder von Frauen, die zu sehr lieben). Die in dem Titel enthaltene Formel »zu sehr« weist wohl darauf hin, dass es auch bei der Liebe ein Zuviel geben kann, und zu viel, das haben wir alle gelernt, ist nicht gut, ist nicht gesund, ist Gift. Besonders dramatisch verläuft es für Frauen, die zu sehr lieben, dann, wenn sie auf Männer treffen, die zu wenig lieben. Sowas soll es ja geben. Das dementsprechende Buch hieß damals »Männer lassen lieben«, die Nachfolgebände samt Kochbuch haben wohl nicht auf sich warten lassen. Die Heldin des Buches, nach dem hier gefragt wird, liebt auch zu viel, und zwar auf ihre eigene, verhängnisvolle Weise. Ihr Gegenspieler und Liebesobjekt ist ein Mann, der hauptsächlich sich selbst liebt. Die Geschichte spielt in Deutschland und Frankreich. Die Heldin des Buches taucht Jahre später in einem anderen Buch als Nebenfigur auf. Daraus und aus der Tatsache, dass sie alles selbst erzählt, darf geschlossen werden, dass sie ihre »verhängnisvolle Affäre« überlebt.

84

Als Offizier der französischen Armee nahm ich an der Belagerung von Saragossa teil.

Im Deutschen gibt es wie in vielen anderen Sprachen zwei Arten von Anführungszeichen, je nachdem, ob jemand selbst spricht oder jemand anderen zitiert. Für dieses Buch bräuchte man wesentlich mehr, darum wird gleich darauf verzichtet. Also: Zunächst einmal findet der Offizier ein spanisches Buch und lässt es ins Französische übersetzen. In dem Buch geht es um einen wallonischen Soldaten, der sich in Spanien aufhält und dort mit Leuten zusammenkommt, die ihm Geschichten erzählen, unter anderem Geschichten, in denen Geschichten erzählt werden, die so spannend, entzückend, grotesk und humorvoll sind, dass der Soldat gerne bleibt und alles notiert. Haupterzähler ist ein Zigeunerhäuptling. Auch der wallonische Soldat gibt seine Geschichte zum Besten. Immer wieder wird der Reisende – erfolgreich – von zwei hübschen Schwestern belagert und wacht hinterher bisweilen unter einem Galgen auf. Die Schwestern sind schließlich schwanger, der Mann hat also sozusagen seinen Zweck erfüllt. Erst ganz zum Schluss erfährt er, was der Sinn dieses ganzen Unternehmens war. Der Autor dieses gewaltigen, erst im 20. Jahrhundert vollständig veröffentlichten Werkes hat sich nach Fertigstellung mit einer in mühseliger Handarbeit hergestellten Kugel erschossen.

85

Mr. und Mrs. Dursley im Ligusterweg Nummer 4 waren stolz darauf, ganz und gar normal zu sein, sehr stolz sogar.

Es gibt Fähigkeiten, die sind zwar an und für sich positiv und hilfreich und schön, aber wie das mit besonderen Fähigkeiten nun einmal so ist: Sie machen ihren »Wirt« einsam. Mit wem kann ein besonders begabter Mensch schon reden, wenn er, warum auch immer, von anderen mit seiner Begabung abgeschnitten ist? Mit wem kann er sich austauschen, mit wem messen? Einsamkeit ist schon bei Erwachsenen schlimm genug, erst recht bei Kindern. Das ist das eine. Das andere: Man stelle sich eine Welt vor, die im Großen und Ganzen so funktioniert wie unsere (also nicht eben gerecht), wo es aber eine Reihe von Besonderheiten gibt, von denen wir, die wir mehr oder minder gut mit unserer ach so realen Welt zurechtkommen, bisher nichts ahnen konnten. Da gibt es beispielsweise Geräte, die teils als Waffe, teils als Taschenlampe, teils als Beschleuniger und Auslöser für allerlei physikalische und chemische Prozesse dienen, es gibt dienstbare Geister, die Sklavendienste verrichten und das auch gar nicht ändern wollen, es gibt animierte Gemälde und wenn sich jemand sportlich betätigen will und dabei auch an Ruhm und Ehre interessiert ist, dann muss er oder sie schwindelfrei sein und die Unterschiede zwischen Klatscher, Quaffel und Schnatz kennen.

86

Wenn ich im Bus zum Mikrofon greife und den deutschsprachigen Touristen Florenz vorführe, dann hält man mich für eine Romanistikstudentin, die ihr Taschengeld aufbessern will.

Was ist Ihre Lieblingsfarbe? Blau? Rot? Grün? Gelb? Orange? Violett? Schwarz? Und nun genauer: Welches Schwarz? Welches Violett? Welches Orange? Welches Gelb? Welches Grün? Welches Rot? Welches Blau? Und ich frage weiter: Warum diese Farbe? Ist es die Farbe des ersten Fahrrades, einer Blume, eines Bildes? Vielleicht berauschen Sie sich aber nicht nur an einer Farbe, sondern an bestimmten Farbkombinationen, oder Sie haben verschiedene Lieblingsfarben, abhängig vom »Farbträger«. Die Erzählerin der Geschichte, die mit dem obigen Satz beginnt, hat immer wieder mit Farben zu tun gehabt, Farben, die sie gewissermaßen geprägt haben, so geprägt, dass sie als Überschriften zu den einzelnen Kapiteln des Lebens herhalten können. Es gab also eine persischrosa, eine safrangelbe, eine perlmuttfarbene und diverse graue Phasen, ja sogar eine durchsichtige. Die Geschichte, die anhand der Farben erzählt wird, wirft ein nicht gerade beschauliches Bild auf die Vergangenheit der so seriös und harmlos wirkenden Fremdenführerin. Die Hauptfigur ist allerdings keine Malerin. Letzter Hinweis: Der Name ihres Sohnes klingt ähnlich wie der eines Komponisten.

87

***M**arie-Thérèse ist ja kein Name.*

Mit den Kosenamen ist das so eine Sache: Einerseits sind sie ein Ausdruck der Zärtlichkeit, speziell unter Liebenden oder Freunden, andererseits können sie durchaus auch als lästig empfunden werden. Der oder die mit einem Kosenamen Belegte hat vielleicht den Eindruck, nicht für voll genommen zu werden. Die erwähnte Marie-Thérèse, die jahrzehntelang Resi genannt worden ist, hat sich aus einer angeblich schüchternen, unsicheren, anlehnungsbedürftigen und vor allem unselbstständigen Frau in eine erfolgreiche Geschäftsfrau (Modebranche) verwandelt und ihrem Ehemann mitgeteilt, dass sie nicht mehr Resi, sondern nur noch Marie-Thérèse genannt werden möchte. Das hat ihrem Mann, einem Techniker, ebenso wenig gepasst wie die Tatsache, dass die Frau sowohl hinsichtlich der Pflege des Herdes wie des Sexuallebens nicht seinen Ansprüchen hat genügen wollen; im Gegensatz zum Beispiel zu Elfi, die auch niemals Elfriede genannt zu werden wünschte. Wenn alles stimmt, was er der Frau vorwirft, dann müsste er ja eigentlich froh sein, dass er sie los ist. Doch der Mann, der zwischendurch auch handgreiflich geworden ist, will die Frau zurückhaben und sich an ihrer Dankbarkeit weiden. Außerdem hat er Sehnsucht nach seinem Sohn.

88

Ich kam mit der Post aus Tiflis.

Die fünf Geschichten des Buches, nach dem hier gefragt wird, werden aus verschiedenen Perspektiven erzählt und ranken sich um einen 25-jährigen Soldaten, einen merkwürdigen Menschen, der aber, wie man aus dem Titel schließen könnte, typisch für eine bestimmte Epoche war. Eine andere Auslegung des Titels wäre: Wir leben in einer armseligen Epoche. Aus Langeweile, Lebensüberdruss und gekränktem Stolz macht er Frauen in sich verliebt und lässt sie danach fallen, duelliert sich und legt sich mit einem Mörder an. In seinem Tagebuch schreibt er: »Und doch ist ein unfassbarer, grenzenloser Genuss im Besitz einer jungen, kaum erblühten Seele. Sie ist wie eine Blume, die ihren schönsten Duft dem ersten Sonnenlichte entgegenhaucht; man muss sie in diesem Augenblick pflücken und, wenn man sich satt gerochen hat, sie auf dem Wege hinwerfen: vielleicht hebt noch jemand sie auf. … In einem andern das Gefühl der Liebe, der Ergebenheit, der Furcht wecken – ist das nicht das erste Zeichen und der höchste Triumph der Macht? Für jemand die Ursache seiner Leiden und Freuden zu sein, ohne das geringste positive Recht darauf zu besitzen – ist das nicht die süßeste Speise für unsern Stolz? Und was ist Glück? Gesättigter Stolz.« Der Autor des Buches wurde 26-jährig bei einem Duell erschossen.

89

»Nur noch eine ganze Kleinigkeit, und dann bist du fertig.«

Dieses Buch handelt im Wesentlichen von zwei Frauen, nämlich einer Lehrerin und deren Schülerin und Freundin. Das Außergewöhnliche an dieser Geschichte sind die ganz speziellen Voraussetzungen, die die Schülerin mitbringt. Es sind dies Voraussetzungen, die eine besondere Art von Unterricht erfordern, eine, die sozusagen erst erfunden werden muss. Einerseits ist die Schülerin hochbegabt, sodass sie schließlich die Universität besuchen kann und als Schriftstellerin reüssiert, andererseits sind ihr durch eine schwere Krankheit einfachste Sinneserfahrungen verschlossen. Als Lehrerin und Schülerin erstmals zusammentreffen, ist die Schülerin sechs Jahre alt und einigermaßen verwildert. Es ist also zunächst einmal Aufgabe der Lehrerin, das Kind an sich zu gewöhnen und es sich unterzuordnen. Danach aber geht es steil bergauf. Freilich sind auch Rückschläge nicht zu vermeiden, denn nicht alle meinen es gut mit den beiden Frauen und es gibt große Missverständnisse, aber die Lehrerin, die sogar ihr Privatleben in den Dienst der Schülerin stellt, hat auch teil an deren einzigartigen Triumphen. Die Schülerin, die überaus bekannt wird, stellt einen großen Teil ihrer Popularität in den Dienst von Leuten, die unter ähnlichen Sinneseinschränkungen zu leiden haben wie sie selbst. Die Geschichte spielt in den USA.

90

Im Landkreis Rott-Inntal steht an einem leichten Osthang ein Bauernhof mit neun Hektar Grund.

In diesem Bauernhof ist die Heldin der Geschichte zur Welt gekommen, dort ist sie mit allerlei schrecklichen, aber auch lustigen und erfreulichen Ereignissen konfrontiert worden, von dort ist sie schließlich weggezogen, um sich »eine Existenz aufzubauen«. Das schrecklichste Ereignis der Kindheit ist sicher der Verlust der Mutter, bei deren Tod (kurz nach der Geburt eines Kindes) die größeren Kinder je einen Finger festgehalten haben. Der Vater war streng, oft ist das Kind verspottet, geschlagen und zu anstrengender Arbeit gezwungen worden. Kurz nach der Hochzeit der Heldin und Ich-Erzählerin muss deren Mann in den Krieg ziehen, und die Frau ist ihrer bösen Schwiegermutter ausgeliefert. Nach dem Krieg wird mühsam ein Betrieb aufgebaut, alles unter den Augen der einerseits höhnischen, andererseits neidischen Nachbarn. Die Heldin, die drei Töchter geboren hat, die alle in der Großstadt leben, meint abschließend, sie möchte nicht noch einmal auf die Welt kommen, schon gar nicht den Beruf ausüben, den sie ihr Leben lang gehabt hat, aber sie sei froh, nun endlich das machen zu können, was sie all die Jahre nicht habe machen können. Das Buch ist nach einer eiweißhaltigen Speise benannt, unter demselben Titel wurde es auch verfilmt.

91

Der blondhaarige Junge glitt das letzte Stück Felsen hinab und begann, sich zur Lagune durchzuarbeiten.

Es hat lange gedauert, unsere Zivilisation zu errichten, und es könnte vieles noch besser sein. Zivilisation im Sinne von allgemeinem Wohlstand, Sicherheit, Frieden, Toleranz, Gerechtigkeit, Schutz der Menschenrechte – wie schwer ist das alles zu erreichen?! Wie schwer es erst die haben, denen es an der Einsicht und dem Urteilsvermögen eines Erwachsenen fehlt, davon handelt das Buch, nach dem hier gefragt wird. Es geht um eine Gruppe von Kindern und Jugendlichen, die offenbar aufgrund von Kriegshandlungen auf einer Pazifikinsel landen und dort völlig auf sich allein gestellt sind. Sie sind zwar alle »englisch« erzogen worden und überzeugt, dadurch hätten sie es leichter, aber bald stellt sich heraus, dass dem nicht so ist. Was die Personen betrifft, so gibt es den zaudernden Führer und dessen machthungrigen, verschlagenen Gegenspieler, den von beiden ungeliebten Intellektuellen mit der lebenswichtigen Brille, die ängstlichen und nicht zum Mitdenken fähigen Untertanen (die, die angeblich eine starke Hand wollen …) und natürlich den Feind, sei er nun real oder nicht. Jedenfalls kommt es zur Katastrophe mit zwei Toten. Zum Schluss werden alle gerettet, sind aber ernüchtert oder gar verzweifelt.

92

***A**ls Herr [NAME] ankündigte, dass er seinen bevorstehenden einundelfzigsten Geburtstag mit einem rauschenden Fest zu feiern gedenke, begann in [ORT] ein erregtes Getuschel.*

Es ist ja bisweilen so, dass gerade die zu Heldentaten berufen sind, die im Grunde nur ihre Ruhe haben wollen, man denke nur an Odysseus, der sich wahnsinnig stellte, um nicht in den Krieg ziehen zu müssen, an Jonas, der sich davor drückte, den Bewohnern von Ninive ordentlich Bescheid zu sagen, oder an Passepartout, der froh war, endlich bei einem Langweiler wie Phileas Fogg untergekommen zu sein. Ähnlich ist es beim Helden (wider Willen) des Buches, nach dem hier gefragt wird. Er will in erster Linie feiern, schlafen, Blödsinn machen und hin und wieder rauchen und was trinken. Außer seinem Dorf hat er bisher nichts gesehen, er hat keine besondere Ausbildung und mit seiner Intelligenz und seinen strategischen Fähigkeiten ist es auch nicht weit her. Was tun also, wenn die Aufgabe unbedingt erledigt werden muss und wenn sie, wohlgemerkt, kein anderer erledigen kann? Es muss alles unternommen werden, um das Risiko, dass der Held dabei ums Leben kommt, so gering wie möglich zu halten. Das wird auf eine sehr originelle und spannende Weise bewerkstelligt, allerdings gibt es immer wieder lebensgefährliche Zwischenfälle, bis der Held unter einem erheblichen Verlust seiner manuellen Ressourcen sein Ziel erreicht.

93

Melzer wusste selbst nicht, woher er das hatte, er dachte auch nicht darüber nach, es schien ihm viel zu einleuchtend, war ihm etwas wie eine Lebensweisheit: dass es für jeden einen Zug gäbe, jeder seinen Zug habe, und worauf es ankomme, sei nur, rechtzeitig einzusteigen, ihn nicht zu verpassen, dann gehe es schon voran, dann ergebe sich alles von selbst, weil es liege ohnehin alles am Zug, den man erwischt habe.

Bei Herrn Melzer handelt es sich um einen Tischler, der es besser machen will als alle anderen, und zwar nicht das Tischlern, sondern das Drumherum, das Leben also. Schließlich hat er die Lehrjahre hinter sich und nun müssen wirklich gute Jahre kommen, viel Geld, viel Freiheit, viel Vergnügen, wozu lebt man denn sonst? Doch je älter der Held wird und je mehr er sich beruflichen, gesellschaftlichen und privaten Verstrickungen entziehen will, desto mehr muss er erkennen und vor allem sich danach richten, dass er nicht allein über sein Leben bestimmen kann. Als er sogar ein Haus baut, geradeso wie diejenigen, die er immer verachtet hat, ist er sozusagen am Tiefpunkt angelangt. Seine Frau, eine ehemalige Zufallsbekanntschaft, stirbt und er, Vater eines Kindes, setzt in seiner Verzweiflung ein Inserat in die Zeitung. Das Buch ist auch verfilmt worden. Der Autor hat eine Reihe weiterer Romane geschrieben, aber seit einigen Jahren leider kein Buch mehr veröffentlicht.

94

Die ewigen Top Five meiner unvergesslichsten Trennungen für die einsame Insel in chronologischer Reihenfolge:

Wer nicht unter dem Motto »Jung gefreit hat nie gereut« gleich die erste Liebe heiratet und damit für immer sein Auslangen findet, wer vielleicht überhaupt nicht geschaffen ist für die große, ewige Liebe, wer noch dazu ein wenig schwierig oder launenhaft oder einfach untreu ist, in dessen Leben ereignen sich im Laufe der Jahre eine Fülle von Begegnungen, Liebschaften, Affären und vor allem Trennungen. Dass diese Trennungen von Männern üblicherweise anders bewältigt werden als von Frauen, ist nichts Neues, es gibt aber durchaus Gemeinsamkeiten: Nach so einer Trennung muss das eigene Ego dringend wieder aufgebaut werden. Freundschaften, die aufgrund der beendeten Liebesbeziehung vernachlässigt worden sind, werden reaktiviert, neue Freunde werden gesucht; das Berufsleben soll die Erfolgserlebnisse liefern, die das Privatleben nicht hergibt; es wird umgeräumt in der Wohnung und es wird eingekauft; vor allem aber wird heftig danach getrachtet, den verloren gegangenen Partner, der mehr im Mittelpunkt des Denkens steht als je zuvor, durch einen besseren zu ersetzen, damit endlich wieder Ruhe einkehrt. Wer weiß, vielleicht ja für immer …

95

Das kleine Mädchen, von den Großen Meta genannt, sitzt auf dem Grund des alten Regenfasses und schaut in den Himmel.

Das Kind, zweieinhalb Jahre, sitzt nicht freiwillig im Regenfass, es ist dorthin verbannt worden, weil sich die Erwachsenen bei der Arbeit gestört fühlen. Kinder können aber auch furchtbar lästig sein, und das veranlasst manch Erwachsenen zu unverhältnismäßigen und leider auch alles andere als erlaubten Mitteln der »Gegenwehr« und »Grenzsetzung«. Das Kind, gegen Ende der Geschichte vermutlich etwa zehn, elf Jahre alt, wächst auf dem Land auf, in einem Försterhaus. Der Vater erzählt viel vom Krieg und regt in vielerlei Hinsicht die Phantasie des Mädchens an, der Mutter ist es mehr um Sittsamkeit und Bravheit zu tun, dementsprechend verzweifelt ist sie auch oft wegen der Tochter. Es gibt keinen Fernseher, also liest das Mädchen viel (vor allem Klassiker) und spielt mit dem kleinen Bruder. Irgendwann ist es aber, wie die Mutter des Rätselautors immer gesagt hat, »aus mit der Herrlichkeit« und das Mädchen wird in ein Internat gesteckt und kehrt als Fremde zurück.

96

Vor vielen Jahren lebte in Zuchnow ein Mann namens Mendel Singer.

Die Hauptfigur ist eine Art Lehrer, verheiratet und Vater von vier Kindern. Die Familie lebt mehr schlecht als recht, das jüngste Kind hat eine seltsame Krankheit und macht seinen Eltern damit viel Kummer. Einer der Söhne desertiert, er wird von einem Schlepper über die Grenze gebracht, der andere geht zur Armee. Der Deserteur gelangt bis nach Amerika und macht dort eine erstaunliche Karriere. Nicht zuletzt aufgrund des Lebenswandels der Tochter beschließen der Lehrer und seine Frau, ebenfalls nach Amerika auszuwandern. Das ist aber nur unter Zurücklassung des kranken Kindes und des Soldatensohnes möglich. In Amerika, das heißt in New York, geht zunächst alles gut, ein gewisser Wohlstand stellt sich ein, die Tochter findet einen Mann, der Sohn hat bereits eine Familie gegründet. Da bringt der Krieg alles durcheinander und ein Unglück folgt auf das nächste. Der Lehrer stürzt in tiefste Verzweiflung und gibt sich schließlich alle Mühe, den vermeintlichen Verursacher all dieses Unglücks zu beleidigen. Er vergleicht sich in diesem Zusammenhang mit einer biblischen Gestalt. Seine Freunde können ihn kaum daran hindern, sich völlig gehen zu lassen. Eines Tages aber bekommt der Lehrer Besuch aus seiner alten Heimat und wird mit einem Ereignis konfrontiert, das man wohl am besten als Wunder bezeichnet.

97

Während alle auf den Schauspieler warteten, der ihnen versprochen hatte, nach der Aufführung der Wildente gegen halbzwölf zu ihrem Abendessen in die Gentzgasse zu kommen, beobachtete ich die Eheleute Auersperger genau von jenem Ohrensessel aus, in welchem ich in den Fünfzigerjahren beinahe täglich gesessen war und dachte, dass es ein gravierender Fehler gewesen ist, die Einladung der Auersperger anzunehmen.

Wie oft passiert es nicht, dass man eine Einladung annimmt, sich dorthin begibt und bald feststellen muss, dass man weder die Leute noch die Atmosphäre angenehm findet, dass man also in die Falle gegangen ist. In der negativen Stimmung, in die man dergestalt geraten ist, wird man schnell ungerecht, kommt sich schnell überlegen vor, und genauso geht es dem Ich-Erzähler der Geschichte. Wer will, der kann das, was da geschildert wird, als große Abrechnung mit allem und jedem lesen. Es ist aber auch möglich, das Ganze anders zu deuten: Als Rundumschlag eines »Würstchens«, das mit seiner eigenen Vergangenheit nicht umzugehen vermag, und das, wenn es schon sich selber nicht groß machen kann, so wenigstens die anderen klein machen will. Insofern wäre niemand dazu angehalten, die vom Autor angeführten Meinungen und Urteile wörtlich zu nehmen. Genau das aber ist wohl längere Zeit passiert.

98

Wir starteten in La Guardia, New York, mit dreistündiger Verspätung infolge Schneestürmen.

Wie hoch ist die Wahrscheinlichkeit, dass bei einem viermotorigen Flugzeug zwei Motoren ausfallen und somit die Maschine zur Notlandung gezwungen ist? Eins zu hunderttausend vielleicht. Wie hoch ist die Wahrscheinlichkeit, dass man im Flugzeug genau neben dem Bruder eines Freundes zu sitzen kommt? Eins zu zehn Millionen? Und wie hoch ist die Wahrscheinlichkeit, dass ein Mann seine Tochter, von der er gar nichts weiß, auf einem Schiff kennen lernt und diese sich in ihn verliebt und mit ihm schläft? Eins zu zehn Milliarden? In dem Buch passieren (wie in den meisten Büchern übrigens) viele Dinge, die zwar möglich, aber höchst unwahrscheinlich oder, sagen wir besser, höchst selten sind. Der, dem dies alles passiert, ist ein Technokrat, ein mit Statistiken um sich werfender Rationalist, auf den das, was man Schicksal nennt oder auch Vorsehung, mit aller Gewalt herniedersaust. Die Tochter stirbt an einem Schlangenbiss (Wahrscheinlichkeit drei zu hundert), den Vater tötet nach Ende der Geschichte wohl der Magenkrebs. Wie im richtigen Leben erlebt hier der Held genau die Geschichte, die er aufgrund seines Charakters erleben muss. Die Wahrscheinlichkeit dafür ist in der Literatur eben recht hoch …

99

Es war in jener Zeit, als ich in Kristiania umherging und hungerte, in dieser seltsamen Stadt, die keiner verlässt, ehe er von ihr gezeichnet worden ist …

Die Geschichte spielt während einiger kalter Monate gegen Ende des 19. Jahrhunderts. Der Held, ein junger Mann, der meistens kein Geld hat, zeitweise sogar obdachlos ist, streift durch die Stadt. Seine Stationen sind das Pfandleihhaus, Zeitungsredaktionen, billige Quartiere, verrufene Gegenden und ganz zum Schluss ein Schiff, das ihn weit weg bringen wird. Der Mann belügt, betrügt, belästigt andere, alles ausgelöst durch seine fatale wirtschaftliche Situation, die sich immer nur kurzfristig bessert. In seiner Not hat er Phantasien jeder Art und ein paar seltsame Erlebnisse mit einer verschleierten Frau, die er nach seiner »Traumfrau« Ylajali benennt. Die Frau nimmt ihn mit nach Hause und lässt ihm schließlich sogar einen großen Geldschein zukommen, den er anschließend seiner Wirtin ins Gesicht wirft. Oft ist er knapp daran, seinen Verstand zu verlieren. Die Vorgeschichte des Mannes bleibt im Dunkeln, offenbar hat er in der Stadt weder Verwandte noch gute Freunde. Der Autor, der in dem Buch autobiografische Erlebnisse verarbeitet hat und damit seinen Durchbruch hatte, ist schließlich 93 Jahre alt geworden. Gegen Ende seines Lebens kam er wegen seiner politischen Gesinnung schwer in Bedrängnis.

100

Ende November bei Tauwetter gegen neun Uhr morgens eilte der Eisenbahnzug Warschau-Petersburg mit Volldampf seinem Endziel entgegen.

In dem Zug sitzt ein junger Mann, der an Epilepsie leidende letzte Spross eines Fürstengeschlechts. Er kehrt nach längerer Zeit aus einem Schweizer Sanatorium zurück, hält sich im Wesentlichen für geheilt und macht sich keine Gedanken darüber, ob er der realen Welt auch gewachsen ist. Nach und nach stellt sich heraus, dass er wohl besser nicht hätte zurückkehren sollen. Die Welt, die voll ist von Intriganten, Opportunisten, Zynikern, Verrückten, Egozentrikern und anderen gefährlichen Menschen, hat offenbar nur auf einen wie ihn gewartet. Er ist das ideale Opfer. Immer wieder kommt er aufgrund seiner Güte und Demut entweder in Konflikt mit den Interessen und den Spinnereien der anderen, oder er muss zu deren Amüsement herhalten. Bald bekommt er den Beinamen, von dem das Buch seinen Titel hat, und den ersten epileptischen Anfall. Als er sich gar verliebt, noch dazu in eine nicht eben unkapriziöse Frau, trägt er auch wieder einiges zur Verschlimmerung seiner Lage bei. Schließlich bleibt ihm nichts anderes mehr übrig, als wieder in die Schweizer Heilanstalt zurückzukehren, denn es ist schlimmer um ihn bestellt als je zuvor: Er ist geistig und seelisch völlig zerrüttet. Übrigens war auch der Autor des Buches Epileptiker.

101

»Es ist ein eigentümlicher Apparat«, sagte der Offizier zu dem Forschungsreisenden und überblickte mit einem gewissermaßen bewundernden Blick den ihm doch wohl bekannten Apparat.

Mit der Perfektion ist es so eine Sache. Grundsätzlich wird jemand, der eine Arbeit tut und sich große Mühe gibt, sie perfekt zu machen, seine Freude daran haben – sofern er seine Ansprüche erfüllt sieht. Daraus darf aber nicht geschlossen werden, dass Perfektion immer etwas Positives ist. Immerhin sind Menschen mit ihrem Hang zur Perfektion auch immer wieder dazu herangezogen worden, ihre Perfektion zum Schaden anderer einzusetzen, beispielsweise beim Bau von »perfekten« Waffen oder bei der »perfekten« Organisation und Durchführung von Kriegs- und anderen Vernichtungsmaßnahmen. Perfektion ist also nichts Unschuldiges, und es soll sich niemand darauf herausreden dürfen, er habe eben seine Arbeit so perfekt wie möglich machen wollen und sei im Übrigen nicht verantwortlich. Der oben erwähnte Offizier scheint über ein perfektes Folter- und Tötungsinstrument zu verfügen und daran seine große Freude zu haben. Er meint, er könne mit dieser Maschine Großes leisten. Da der Forschungsreisende das anders sieht, zieht der Offizier daraus die Konsequenzen.

102

Lange Zeit bin ich früh schlafen gegangen.

Wir kennen das alle: Wir befinden uns irgendwo, nehmen etwas wahr und plötzlich verknüpfen wir es mit etwas Vertrautem, also mit etwas, das uns in der Vergangenheit geprägt hat (oder geprägt zu haben scheint), wir meinen vielleicht sogar, das schon einmal ganz genauso wahrgenommen zu haben. Wenn es um optische Wahrnehmungen geht, nennt man das Déjà-vu. Am Beginn des Buches, nach dem hier gefragt wird, geht es aber nicht um ein Déjà-vu-, sondern eher um ein Déjà-mangé-Erlebnis. Ausgehend von einer kulinarischen Erfahrung, beschreibt der Autor viele Jahre seines Lebens, vom allabendlichen, oft vergeblichen Warten auf den Gutenachtkuss der Mutter und der großen Distanz zum Vater über seine ersten literarischen Versuche bis zu seiner Bekanntschaft mit einem reichen, unglücklichen Mann, der sich für Malerei und besonders für Vermeer interessiert. Ein großer Abschnitt des Werkes ist denn auch der unglücklichen Liebe seines Bekannten zu einer Kokotte und dessen Eifersucht gewidmet. Ausführlich wird eine einflussreiche Familie geschildert, in deren Salon sich alle möglichen Leute treffen und sich wichtig machen. Alle miteinander haben sie keine Berufe außer denen des Diplomaten oder des Künstlers, die meisten leben offenbar von ihrem Vermögen. Eine entscheidende Rolle spielt für den Ich-Erzähler auch ein Pflasterstein.

103

In jener lieblichen Gegend Englands, welche der Fluss Don bewässert, erstreckte sich vor alten Zeiten ein ansehnlicher Wald, der den größten Teil der schönen Hügel und Täler bedeckte, die zwischen Sheffield und der freundlichen Stadt Doncaster liegen.

Diese Geschichte spielt Ende des 12. Jahrhunderts, zur Zeit der Kreuzzüge. Einige der Figuren haben auch tatsächlich an einem Kreuzzug teilgenommen, darunter ein richtiger König, in dessen Reich es in seiner Abwesenheit drunter und drüber geht. Er hat nämlich einen jüngeren Bruder, der an die Macht will und für Unruhe sorgt. Der König reist unerkannt durch das Land – alle glauben, er ist noch im Ausland – und kämpft, wo er gebraucht wird. Er ist aber nicht die Titelfigur des Romans, sondern ein junger Mann, einer seiner Mitkämpfer, der einst den Fehler begangen hat, sich in das Mündel seines Vaters zu verlieben. Schon während des Kreuzzugs hat er einen Tempelritter kennen und hassen gelernt und die beiden trachten einander nach dem Leben. Es gibt noch eine Reihe weiterer Figuren, darunter einen jüdischen Händler und dessen schöne Tochter, einen angelsächsischen Fürsten und dessen erwähntes Mündel. Der Autor des Buches gilt als Erfinder einer eigenen Romangattung und hat mit seinen Werken einen gigantischen Reichtum angehäuft.

104

Ich höre schon alle sagen, ein Baum, was ist das schon, Blätter, Wurzeln, Käferchen in der Rinde und eine manierlich ausgebildete Krone, wenn's hochkommt, na und?

Die Geschichte spielt während des Zweiten Weltkrieges, und zwar in einem von den Nazis eingerichteten jüdischen Ghetto in Polen. Die Bewohner dürfen unter anderem keine Bäume und Sträucher haben und müssen, nachdem sie den ganzen Tag schwer gearbeitet haben, um spätestens acht Uhr abends in ihren Wohnungen sein. Ständig werden Bewohner ganzer Straßenzüge deportiert, die Zahl der Selbstmorde ist erschreckend hoch, Hoffnungslosigkeit ist die vorherrschende Stimmung. Einer der Bewohner aber, der zufällig aufgeschnappt hat, dass die Rote Armee etwa 400 km entfernt in Kampfhandlungen mit den Deutschen verwickelt ist, gibt vor, trotz Verbotes bei Todesstrafe ein Radio zu besitzen und allerlei erfreuliche Nachrichten zu hören. Endlich gibt es wieder Hoffnung im Ghetto, Pläne werden gemacht, Leute verlieben sich, es gibt keine Selbstmorde mehr. Der vermeintliche Radiobesitzer, Pflegeonkel eines neunjährigen Mädchens, das auch Radio hören will, kann nun nicht mehr zurück. Ständig will jemand ihn ausfragen, er muss immer etwas Neues erfinden und freut sich sogar über einen tagelangen Stromausfall, der ihm eine Pause vergönnt. Der Autor bietet zwei Schlüsse für die Geschichte an.

105

Gestalten erschaffen kann meiner Meinung nach nur, wer die Menschen lange Zeit erforscht hat, wie ja auch niemand eine Sprache beherrscht, der sie nicht gründlich erlernt hat.

Von Billy Wilder wird folgende Anekdote erzählt: Er habe einst eine ganz tolle Geschichte für einen Film geträumt, sei aufgewacht und habe sich Notizen gemacht und anschließend wieder schlafen gelegt. Als er am Morgen schaute, was er sich über die ganz tolle Filmgeschichte aufgeschrieben hatte, stand da nur: Boy meets girl. Die Geschichte, nach der hier gefragt wird, lässt sich folgendermaßen erzählen: Boy meets girl, boy loves girl, girl loves boy, girl is forced to leave boy, boy does not understand, looks for revenge, girl dies. Berichtet wird die Geschichte von einem Mann mit außergewöhnlicher Merkfähigkeit – immerhin kann er stundenlange mündliche Berichte aus dem Gedächtnis niederschreiben –, der die Frau in der Liebesgeschichte flüchtig gekannt hat und bei der Versteigerung ihrer Sachen zugegen ist. Über ein Buch, in dessen Besitz er kommt, lernt er den Mann in der Liebesgeschichte kennen. Die sehr ungewöhnliche Liebesgeschichte ist letztlich an der Schwester des Mannes bzw. an der Familie ihres Bräutigams gescheitert. Das Buch war Grundlage für ein Theaterstück und eine Oper, es ist auch verfilmt worden.

106

Wir heißen Trotta.

Der Ich-Erzähler ist ein Mann, der keiner Beschäftigung nachgeht und das als Adeliger auch gar nicht nötig hat. Um wenigstens in Ansätzen der Langeweile und inneren Leere zu entkommen, trifft er sich regelmäßig mit ein paar Bekannten, die ebenfalls nichts zu tun haben. Bisweilen verführt er auch eine Kellnerin oder Wäscherin oder geht ins Bordell. Die Beziehung des Einzelkinds zu seiner Mutter ist distanziert und kalt, Vater hat er keinen mehr. Als er zwei Freunde besuchen will – der eine ist ein Maronibrater, der andere hat einen hochmusikalischen Sohn – und in einen weit entfernten Teil des Reiches fährt, bricht der Krieg aus. Er liebt seinen Herrscher und meldet sich sofort zum Dienst. Nun gibt es auch endlich einmal etwas zu tun. Da ihm die Freunde mehr bedeuten als die Bekannten, meldet er sich mit ihnen an die Ostfront. Vor dem Einzug heiratet er noch schnell eine Frau, die er insgeheim schon jahrelang liebt. Er und seine Freunde geraten bald in Gefangenschaft, er wird von ihnen getrennt. Nach dem Krieg ist alles anders: Adelstitel sind abgeschafft, jeder muss Geld verdienen oder Schulden machen. Seine Frau versucht sich erfolglos im Kunstgewerbe und verlässt ihn und den Sohn schließlich. Seine Mutter wird beinahe taub, das Kind muss er ins Ausland schicken, die Freunde sind von den Folgen des Krieges gezeichnet, der Herrscher ist tot, das Reich zerfallen. Zum Schluss ergreift ein Diktator die Macht.

107

Es zog einmal eine große Karawane durch die Wüste.

Die Antwort auf die Frage, was man unter Exotik versteht, ist wie so vieles der Mode unterworfen. Das Buch, nach dem hier gefragt wird, stammt aus einer Zeit, wo es offenbar Mode war, sich für die arabisch-moslemische Welt zu begeistern. Andererseits kommt das Karawanenmotiv auch einer Intention des Autors entgegen: Wer reist, noch dazu in Gesellschaft, der hat Zeit genug für Gespräche aller Art, und gemeinsame Erlebnisse können zwei oder mehr Menschen in wunderbarer Weise miteinander verbinden. Es reist also eine bunt zusammengewürfelte Gruppe von Menschen durch die Wüste und zu ihnen gesellt sich ein geheimnisvoller Fremder. Bald beginnen die Mitglieder der Gruppe, einander Geschichten zu erzählen, und einige davon sind inzwischen so bekannt, dass so mancher vielleicht gar nicht weiß, in welcher Form sie einstmals veröffentlicht worden sind. Eine der Geschichten, die erzählt wird, dreht sich um einen Kalifen, der zusammen mit seinem Großwesir ein tierisches Experiment unternimmt und durch Glück gerettet wird; in einer anderen Geschichte macht ein Mann, der ein körperliches Handicap hat, unter Einsatz eines Stöckchens und eines Paares Pantoffeln sein Glück. Nachdem reihum jeder seines erzählt hat, stellt sich heraus, was es mit dem geheimnisvollen Fremden auf sich hat.

108

Im Alter von acht Jahren trat ich auf dem alten Steyr-Waffenrad meines Vormunds, der zu diesem Zeitpunkt in Polen eingerückt und im Begriff war, mit der deutschen Armee in Russland einzumarschieren, unter unserer Wohnung auf dem Taubenmarkt in Traunstein in der Menschenleere eines selbstbewussten Provinzmittags meine erste Runde.

So beginnt einer von fünf mehr oder weniger autobiografischen Bänden eines berühmt-berüchtigten, in Holland geborenen Autors des 20. Jahrhunderts, der neben seinen Prosawerken auch Gedichte und eine Reihe von Theaterstücken geschrieben hat. Eines der Bücher des Autors wurde 1984 in Österreich beschlagnahmt, und mit einem Theaterstück brachte er es bis auf die Titelseiten, was zu seiner Beliebtheit nicht unbedingt beitrug. In dem Buch, nach dem hier gefragt wird, schreibt er sehr viel über die prägende Gestalt seines Lebens, den Großvater mütterlicherseits, sowie über seine Mutter, mit der er, der Bettnässer und schlaue »Unruhestifter«, immer wieder schwerste Auseinandersetzungen hat. Schließlich kommt er in eine weit entfernt gelegene Anstalt für schwer erziehbare Knaben und nach seiner Rückkehr teilt ihm der Großvater mit, dass er nach Salzburg in die Schule komme. Dort aber geht es dann erst so richtig los, wie in einem anderen Band zu lesen ist.

109

Die [BERUF] [NAME] stürzt wie ein Wirbelsturm in die Wohnung, die sie mit ihrer Mutter teilt.

Es gibt verschiedene Gründe dafür, mit jemandem die Wohnung zu teilen. Die Betreffenden können beispielsweise einander lieben, sie können zumindest befreundet sein. Viele wollen sich auch einfach nicht die Mühe machen, allein einen Haushalt zu führen. Und manche tun es wohl, weil sie sich einreden, der andere brauche sie dringend. Auch die Heldin des Buches, nach dem hier gefragt wird, lebt in einer Wohngemeinschaft. Nach dem Tod des Vaters und einer gescheiterten Karriere hat sie die Abnabelung von zu Hause einfach nicht geschafft und es ist auch niemand gekommen, der sie von zu Hause weggelockt hätte. Nun geht sie einem nicht eben beglückenden Beruf nach und tröstet sich in ihrer Enttäuschung mit ungewöhnlichen, nicht eben ungefährlichen Abenteuern. Immer wieder begibt sie sich an mehr oder weniger fragwürdige Orte, um diverse Beobachtungen anzustellen. Mit einem Mann, mit dem sie beruflich zu tun hat, lässt sie sich auf gewisse Spielchen ein. Bald eröffnet sie ihm ihre geheimen Wünsche und Träume, aber der Mann kann mit dem, was sie unter Leidenschaft und Sexualität versteht, nichts anfangen und weigert sich, mitzuspielen. Sie will ihn dafür bestrafen, lauert ihm mit einem Messer auf, aber ihre Aggressionen richten sich wie so oft nur gegen sie selbst.

110

Unfern eines anmutigen Dorfes, hart am Wege, lag auf dem von der Sonnenglut erhitzten Boden hingestreckt ein armes zerlumptes Bauerweib.

Wer spezielle Fähigkeiten hat und diese einsetzt, will natürlich auch die dafür fällige Anerkennung haben. Man muss gar nicht eitel sein, um sich über einen Schwindler, der einem den Ruhm wegnimmt, ordentlich zu ärgern. Besonders kritisch wird die Sache dann, wenn alle den Schwindler für den Könner halten und den wahren Könner sogar noch bedrohen. Genau dies passiert in dem Buch, nach dem hier gefragt wird, und zwar gleich mehrmals. Dazu kommt noch, dass der Schwindler auch drauf und dran ist, die von einem anderen geliebte Frau heimzuführen. Da kann doch etwas nicht mit rechten Dingen zugehen! Tatsächlich hat jemand nachgeholfen, und zwar ein geheimnisvolles weibliches Wesen. Allerdings gibt es auch geheimnisvolle männliche Wesen und das führt schließlich dazu, dass der Schwindler teuer für seinen Schabernack bezahlen muss und fortan damit zu rechnen ist, dass wieder die Könner den wohlverdienten Applaus einheimsen. Da das geheimnisvolle männliche Wesen gegen das geheimnisvolle weibliche Wesen aber nicht wirklich etwas hat, denkt es sich für den Schwindler etwas Schönes aus und wenn schon der Schwindler selbst damit nicht leben kann – die andern können es!

111

Als ich sechs Jahre alt war, sah ich einmal in einem Buch, das ›Erlebte Geschichten‹ hieß, ein prächtiges Bild.

Bei einem außerplanmäßigen Aufenthalt in der Wüste lernt der Ich-Erzähler einen Außerirdischen kennen, der ihn auffordert, ihm ein Schaf zu zeichnen. Die beiden kommen einander näher, der Außerirdische erzählt von seinem Heimatplaneten und seiner Reise zur Erde. Auf dem Planeten des Außerirdischen, der kaum größer ist als ein Haus und wo man durch einfaches Verrücken eines Sessels bequem rund um die Uhr Sonnenuntergänge beobachten kann, haben die Affenbrotbäume überhand genommen (daher auch das Bedürfnis nach einem Schaf) und es gibt dort auch eine stolze Rose sowie einen Vulkan, der täglich gekehrt werden muss. Unterwegs zur Erde trifft der Außerirdische einen König, einen Säufer, einen Laternenanzünder, einen Geografen und andere seltsame Typen. Er möchte die Menschen kennen lernen, erhält aber von ihnen nur einseitige Auskünfte. Er macht Freundschaft mit einem Fuchs, der ihm wichtige Einsichten vermittelt und ihm erklärt, was es mit dem Zähmen auf sich hat, und schließlich lässt er sich, um wieder zurückkehren zu können, von einer Giftschlange beißen. Der Ich-Erzähler kann darauf die Wüste wieder verlassen. Das Buch ist voll von entzückenden Illustrationen, die der Autor selbst angefertigt hat.

112

Zimmer. Eine Schallplatte wird gespielt, die Zweite Sinfonie von Brahms.

Dies ist die Geschichte eines 35-jährigen bayerischen Beamten, der sich in eine junge Frau verliebt hat und sich nicht traut, Kontakt zu ihr aufzunehmen. Es ist auch die Geschichte eines Mannes, der die Freiheit sucht und gleichzeitig vor nichts so sehr Angst hat wie vor der Freiheit. Vor allem aber ist es die Geschichte eines Menschen, der zu einem Leben mit einem, wie er sagt, »Hindernis« verdammt ist. Bei diesem »Hindernis« handelt es sich um ein teures Gerät aus Chrom, Stahl und Holz und der Besitzer ist aus dienstrechtlichen Gründen gezwungen, dieses Gerät entsprechend einer jeweils schriftlich notierten Anleitung zu bedienen. Der Mann sitzt in seiner Wohnung, führt sein kompliziert zu bedienendes Gerät vor und sinniert über die Freiheit, die Liebe, seinen Beruf und das Leben. Dazu trinkt er Bier und einmal öffnet er das Fenster. Nicht zuletzt wegen seines Geräts, meint er, habe es mit der Liebe bisher nie geklappt. In wenigen Stunden beginnt wieder die Arbeit, die junge Frau ist auch da und der Beamte überlegt, ob er, um der Frau aufzufallen, nicht einen Skandal machen soll. Das hätte freilich den Hinauswurf zur Folge. Letzter Hinweis: Der Text ist ein abendfüllender Monolog, sozusagen ein Solo, er ist nach dem Gerät aus Chrom, Stahl und Holz benannt.

113

Vorliebe empfindet der Mensch für allerlei Gegenstände.

Mit der Liebe dagegen ist man wohl etwas wählerischer. Liebe, meint die menschliche Hauptfigur, die echte, unvergängliche, erlebe man nur einmal, sei es nun die Liebe zu einem Menschen oder, wie in der Geschichte, nach der hier gefragt wird, die Liebe zu einem Tier. Ist nun die Liebe eines Tieres ähnlich wie die eines Menschen? Können denn Tiere hin- und hergerissen sein zwischen zwei geliebten Menschen und in Verzweiflung geraten, wenn das Zusammensein mit dem einen das Zusammensein mit dem anderen ausschließt? Genau dies ist der Kern der Geschichte. Ein Tier, dessen Name von einem alkoholischen Getränk hergeleitet ist, wechselt unter nicht gerade würdigen Umständen den Besitzer, der ehemalige ist ein Gauner, der neue dagegen gilt als integerer Mensch. Er setzt das Tier, nachdem er es mit Mühe seinem Willen unterworfen hat, erfolgreich in seinem Beruf ein. Es ist das erste und einzige Tier dieser Art, das er liebt. Umso schlimmer ist es für ihn, dass das Tier, als es buchstäblich um Leben und Tod geht, versagt, dass es nämlich, als er mit dem ehemaligen Besitzer des Tieres kämpft, sich zu dem Gauner hingezogen fühlt und ihm, dem neuen Besitzer, den Gehorsam verweigert. Er tötet seinen Widersacher und verstößt das Tier. Dieses geht, während er noch die Verstoßung bereut, elend zugrunde.

114

Es war im Frühling.

Nein, dies ist keine Liebesgeschichte, sondern eine über die Unmöglichkeit ewiger Liebe. Aber der Reihe nach. Der Ich-Erzähler, eine Nebenfigur, ist im Zug unterwegs, wo er im selben Abteil wie ein geheimnisvoller, zunächst schweigsamer Mann sitzt. Einige der Mitreisenden unterhalten sich über die Ehe im Allgemeinen und die dauerhafte Liebe im Besonderen. Schließlich mischt sich der geheimnisvolle Fremde ein und schildert seine durchaus pessimistische Sicht der Dinge, womit er alle gegen sich aufbringt. Da erzählt er auch noch ganz trocken, dass er seine Frau umgebracht habe. Nur der Ich-Erzähler hält es jetzt noch bei dem Fremden aus, der nun beginnt, aus seinem Leben zu erzählen. Er berichtet von seiner Jugend als Spross einer Gutsbesitzerfamilie, von seinen Erfahrungen mit Masturbation und Prostituierten und den Ansichten seiner Zeit dazu. Schließlich, so erzählt er, hat er geheiratet, sprich: er ist der Schönheit einer Frau erlegen, die gar nicht zu ihm gepasst hat. Er hat die Frau allmählich hassen gelernt. Trotzdem war er eifersüchtig und vermutete, dass sie eine Liebschaft mit ihrem Klavierlehrer hat. In seiner Raserei ersticht er sie und kommt für relativ kurze Zeit ins Gefängnis, wo er eine »sittliche Wandlung« erlebt. Das Buch ist verglichen mit anderen des Autors recht dünn und nach einem Beethoven-Klavierstück benannt.

115

Die meisten Menschen, Paulinus, beklagen sich über die Missgunst der Natur: Nur für eine kurze Spanne Zeit werden wir geboren, die uns gegebene Frist läuft so schnell, so stürmisch ab, dass das Leben alle Menschen mit Ausnahme von ganz wenigen mitten in den Vorbereitungen auf das Leben verlässt.

In jeder einigermaßen großen Buchhandlung stehen ein paar Festmeter an so genannter Ratgeberliteratur herum. Viele dieser Bücher avancieren zu Bestsellern und sie versprechen nicht weniger als die Erfüllung der Sehnsüchte nach großem Reichtum, ewiger Gesundheit und Jugend, blühendem Sexualleben, ewiger Liebe oder einfach der ultimativen Karriere. Was bewegt nun jemanden, solche Ratgeber zu schreiben? Ist es die reine Selbstlosigkeit, die dahinter steckt? Oder ist es vielmehr die Eitelkeit, der Wunsch, andere mit den eigenen Erfolgen zu beeindrucken? Tatsache ist, dass solche Literatur keine Erfindung des 20. Jahrhunderts ist. Der Grund dafür ist schlicht, dass es in früheren Zeiten geradezu die (selbstgestellte) Hauptaufgabe der Philosophen war, Ratschläge zu geben für ein gutes Leben. So auch in Rom. Da gab es einmal einen, der schrieb ein Werk über, wie man es heutzutage höchst unphilosophisch nennt, Zeitmanagement. Der Titel klingt einigermaßen wehmütig. Reich geworden ist der Autor dadurch nicht.

116

Zum Scheckbauern ist im Sommer eine Familie gekommen.

Es gehört zu den nicht auszurottenden Legenden, dass aus schlimmen und von den Eltern und den Lehrern als faul und unfähig eingestuften Kindern später besonders erfolgreiche und tüchtige Erwachsene werden. Tatsache ist freilich, dass für ein erfolgreiches Berufsleben Voraussetzungen mitzubringen sind, die schon in der Kindheit und Jugend trainiert werden müssen: hohe Frustrationstoleranz; gute Nerven auch angesichts von Katastrophen und Rückschlägen; ein Selbstvertrauen, das möglichst unabhängig ist von der Meinung anderer; Konzentration auf die eigenen Stärken; die Fähigkeit, die Absichten anderer zu durchschauen und andere für die eigenen Interessen einzuspannen; hohe Konfliktbereitschaft und Freude daran, sich mit anderen zu messen; hohes Durchsetzungsvermögen und schließlich das Erkennen und Nützen von Gelegenheiten. Der Held des Buches, nach dem hier gefragt wird, scheint über all diese notwendigen Eigenschaften zu verfügen. Die Dinge, die er aus seiner Kinder- und Jugendzeit erzählt, sind ähnlich derb wie die Streiche von Max und Moritz, und dass der Autor später Rechtsanwalt geworden ist, scheint die nicht auszurottende Legende (siehe oben) wieder einmal zu bestätigen.

117

Wie war dein Leben und Sterben so sanft und meerstille, du vergnügtes [BERUF] [NAME]!

Unter den zahlreichen Freizeitbeschäftigungen ist das so genannte Heimwerken besonders beliebt, und das hat mehrere Gründe: Erstens spart man sich eine Menge Geld, zweitens ist manuelle Tätigkeit ein guter Ausgleich zu einer eventuell überwiegend im Sitzen ausgeübten Berufstätigkeit und drittens verschafft es die Befriedigung, selbst etwas zu schaffen, zu reparieren, zu gestalten. Aus dem ersten und dem dritten Grund wird auch die Hauptfigur des Buches, nach der hier gefragt wird, aktiv. Es handelt sich um einen Mann mit einem Vornamen, den normalerweise nur Frauen tragen. Weil er arm ist und einen Beruf ausübt, in dem seine Originalität und seine Phantasie nicht eben gefragt sind, widmet er sich in seiner Freizeit einer äußerst ungewöhnlichen Variante des Heimwerkens. Er ist stets auf dem Laufenden darüber, was die Profis gerade auf den Markt gebracht haben, und kurz darauf geht er schon daran, das, was die Profis vorgelegt haben, auch für den eigenen Gebrauch herzustellen. Was er macht, gleicht aber nur äußerlich der professionellen Arbeit, im Inneren merkt man die Unterschiede.

118

In einem der härtesten Winter war gegen Ende des Februar ein sonderbarer Tumult gewesen, über dessen Entstehung, Fortgang und Beruhigung die seltsamsten und widersprechendsten Gerüchte in der Residenz umliefen.

Hauptpersonen des Werkes sind ein junger Mann und eine junge Frau, in glücklicher Liebe vereint und von Armut und Kälte bedroht. Sie passen hervorragend zusammen und scheinen einander zu genügen. Sie verbringen Tag und Nacht in ihrer kleinen Mietwohnung und reden unter anderem über die Flucht der Frau, Tagebuchaufzeichungen und einen merkwürdigen Traum. Ihre einzige Verbindung nach draußen ist eine Frau, die für sie Besorgungen macht. Um zu Geld zu kommen, haben die Hauptpersonen schon alles Mögliche verkaufen müssen, unter anderem waren sie auch gezwungen, ein äußerst wertvolles Buch um einen Bettel herzugeben. Der Mann beschafft, wenn es schon kaum etwas zu essen gibt, wenigstens genug Holz zum Heizen, aber schließlich kommt die Frau dahinter, was für Bretter da verwendet worden sind. Das wird den Vermieter wohl nicht freuen. Als dieser schließlich kommt und mit dem Schaden konfrontiert wird, ist der junge Mann um Ausreden nicht verlegen (köstlich!), aber zunächst gibt es den erwähnten »sonderbaren Tumult« und erst das Auftreten eines Freundes, der sich lange nicht gemeldet hat, bringt die entscheidende Wendung zum Guten.

119

An einem Frühlingsabend des Jahres 1934 stieg ein Herr gesetzten Alters die steinernen Stufen hinunter, die von einer der Brücken über die Seine zu deren Ufern führen.

Der Mann ist wohlhabend und beginnt ein Gespräch mit einem der Clochards. Er bietet diesem viel Geld an und meint, der Clochard solle das Geld, wenn schon, dann in einer bestimmten Kirche zurückgeben. Der wohlhabende Mann ist offenbar bekehrt worden und hat selbst auch keinen Wohnsitz. Von nun an verfolgen wir das Leben des Clochards. Zunächst wendet sich alles zum Guten. Er trifft eine Jugendliebe wieder, vergnügt sich, wäscht sich, lässt sich die Haare schneiden, trifft einen ehemaligen Schulkameraden, findet Unterkunft und kurzfristig Arbeit. Aber bald stellt sich heraus, dass es ihm nicht gelingen will, das Geld in der Kirche abzuliefern, entweder weil er zu wenig hat oder weil ihn jemand ablenkt. Als er wieder zu seinem alten Schlafplatz zurückkehrt, trifft er wieder den wohlhabenden Herrn. Dieser drückt ihm erneut Geld in die Hand, ohne sich an ihn erinnern zu können. Der Held hat nichts Besseres zu tun, als mit einem windigen Bekannten trinken zu gehen. Da kommt ein kleines Mädchen, es trägt denselben Namen wie die Heilige, in deren Kirche er das Geld zurückbringen soll. Er wird sein Geld aber nicht los, sondern stirbt kurz darauf.

120

Wie froh bin ich, dass ich weg bin.

Dies ist der erste Satz eines Briefes an einen Freund. Die Briefe werden von einem fiktiven Herausgeber eingeleitet, zitiert und kommentiert. Das alte Thema Boy meets Girl findet nach viel versprechendem Beginn bei gepflegter Unterhaltung ein tragisches Ende: Selbstmord zu Weihnachten. Zuvor darf der Held seiner Geliebten, die mit einem anderen verlobt ist, noch ein paar vom Autor aus dem Englischen übersetzte Verse vortragen. Konsequenterweise kann er seine Geschichte nicht selbst zu Ende erzählen. Der Autor des Buches, nach dem hier gefragt wird, hat in seinem langen Leben eine Reihe von berühmt gewordenen Büchern geschrieben, aber kein Buch war zu seinen Lebzeiten so erfolgreich (ein im Zusammenhang mit diesem Buch durchaus gefährliches Wort) wie sein erster Roman, der zunächst anonym veröffentlicht worden ist und dem eine verheerende Wirkung auf manche junge Männer nachgesagt wird. Beim Erscheinen seines Buches war der Autor gerade 25 Jahre alt. Er hatte eigenes Liebesleid verarbeitet und an seiner Statt eine Romanfigur sterben lassen. Innerhalb der ersten 16 Jahre gab es schon 30 Auflagen und das Buch ist bis heute, nach über 200 Jahren, weltweit so populär, dass es angeblich allein 40 Übersetzungen ins Japanische gibt.

121

Den 20. ging [NAME] durchs Gebirg.

Ein junger Mann, Autor mehrerer Dramen, fühlt sich leer, ausgebrannt und haltlos. »Das All war für ihn in Wunden.« Er will, wie er sagt, endlich zur Ruhe kommen, die Stille aber hält er nicht aus. Er kommt in das Haus eines Pfarrers und dieser beobachtet den psychischen Verfall seines Gastes. Vergeblich versucht er, dem ebenfalls theologisch Ausgebildeten den Glauben wieder näher zu bringen. Als dieser dann gleich ein totes Mädchen zum Leben erwecken will, stürzt ihn das Scheitern nur in neue Depressionen. Einem anderen Besucher gegenüber schildert er seine künstlerischen Intentionen, scheint aber nicht mehr fähig zu sein, diese in einem Werk auszudrücken. Nach und nach stellt sich heraus, dass er eine unglückliche Liebschaft gehabt hat und glaubt, die Frau sei gestorben und er sei daran schuld. Ständig steht er am Rande des Selbstmords. Nur Zeichnen, Beten, Reden kann ihn kurzfristig ablenken. Schließlich verlässt er das Pfarrhaus, das Ende des Werkes kommt abrupt. Der Besuch des jungen Mannes hat wirklich stattgefunden, der Autor hat die Aufzeichnungen des Pfarrers für sein nicht fertig gestelltes Werk benützt. Das Werk ist erst nach dem Tod des Autors erschienen, das Manuskript ist verschollen. Die Titelfigur des Werkes kommt auch in Goethes »Dichtung und Wahrheit« vor.

122

Wie lang' wird denn das noch dauern?

Es gibt sicher auch heute noch viele Menschen, denen die Ehre wichtiger ist als ein Menschenleben, und sei es ihr eigenes. Ein Mensch, der aufgrund seines Berufes zu einer solchen Auffassung gezwungen ist, sieht sich mit zwei Attacken auf seine Ehre konfrontiert, auf die jeweils mit der Auslöschung eines Menschenlebens zu reagieren ist. Die erste Attacke ist von einem Mann gemacht worden, der nach den Regeln satisfaktionsfähig ist, daraus folgt: Ein Duell muss stattfinden. Die zweite Attacke (»Dummer Bub!«) ist von einem Mann gemacht worden, der zwar gute Semmeln backen kann, jedoch nicht satisfaktionsfähig ist, daraus folgt: Der Beleidigte muss sich umbringen. In Gedanken an seinen bevorstehenden Selbstmord geht die Titelfigur, ein junger Mann, von einem Konzert in Richtung seiner Dienstwohnung. Seine Stimmung ist geprägt von Selbstmitleid und Furcht. Sein Leben scheint leer zu sein, ohne große Pläne oder Hoffnungen, der Selbstmord dürfte seine erste bemerkenswerte Tat sein. Als er im Morgengrauen in ein Kaffeehaus geht und in eine Semmel beißt, erfährt er, dass der Erzeuger dieser Semmel, der ihn beleidigt hat, kurz nach dem Konzert verstorben ist. Der junge Mann hört das mit Erleichterung und freut sich darauf, aus seinem Duellgegner »Krenfleisch« machen zu können.

123

Lena sitzt am Straßenrand.

Lena ist schon lange auf der Suche nach einem Mann, von dem sie nicht viel mehr weiß als den Namen, den er ihr vor seiner »Abreise« gesagt hat. Wegen der besonderen Umstände, in denen Lena sich befindet, ist die Reise, die sie weit wegführt von zu Hause, nicht gerade einfach, aber sie ist stets zuversichtlich, den Mann rechtzeitig zu finden. Aufgrund einer Namensverwechslung kommt sie in eine Gegend, in der sich die drei Männer aufhalten, die zusammen mit Lena die Hauptfiguren des Buches sind. Der tragische Held der Geschichte ist ein Mann, dessen Name an ein christliches Fest erinnert und der aufgrund seiner Abstammung sein Leben lang mit Vorurteilen, Verspottung, Ausgrenzung und Gewalt konfrontiert worden ist und irgendwann begonnen hat, gewissermaßen zurückzuschlagen. Nach einem schweren Verbrechen flüchtet er und wird erfolglos von Bluthunden gejagt. Sein Großvater will ihn ermorden. Eine andere Hauptfigur ist der Mann, mit dem Lena sich einst eingelassen hat. Er ist geschickt darin, sich davonzustehlen, wenn es gilt, Verantwortung zu übernehmen. Die dritte männliche Hauptfigur ist ein etwa 30-jähriger Mann, der mit einem seltsamen Priester befreundet ist und sich um Lena kümmert.

124

***E**s war unvermeidbar: Der Geruch von bitteren Mandeln ließ ihn stets an das Schicksal verhinderter Liebe denken.*

Eine der traurigsten Erfahrungen, die ein Mensch machen kann, ist sicher, nicht mit dem Menschen zusammen sein zu dürfen, den er am meisten liebt. Wenn aber der Liebende nicht nur verschmäht wird, sondern auch mitansehen muss, wie der Mensch, den er so liebt, sein Leben an der Seite eines anderen verbringt, und zwar recht gut, dann trägt das nicht unbedingt zur Besserung seiner Liebeskrankheit bei. Ganz schlimm wird es freilich, wenn er niemals wieder jemanden so lieben kann wie den Menschen, der ihn verschmäht hat, wenn er seinen Liebeskummer nicht loswird. All dies muss die männliche Hauptfigur des Buches durchmachen, nach dem hier gefragt wird. Gewiss, das ist noch lange kein Grund, sich das Leben zu nehmen, denn dieses bietet ja außer der Liebe noch andere Möglichkeiten, sich Augenblicke des Glücks und Möglichkeiten der Entfaltung zu verschaffen. So verbringt also der Liebende viele Jahre seines Lebens mit dem Aufbau einer erstaunlichen Karriere, dem Verfassen poetischer Werke und zahllosen Liebschaften mit Frauen jeden Alters. Als nach über 50 Ehejahren der Mann der von ihm geliebten Frau stirbt, erneuert er ihr gegenüber seine Liebesschwüre, erobert die Frau mit Briefen und Besuchen und die beiden machen sich auf den Weg.

125

Er war nicht mein Vater und nicht meine Mutter, weshalb öffnete er mir dann ihre Haustür, erfüllte mit seinem Körper den schmalen Eingang, die Hand auf der Türklinke, ich begann zurückzuweichen, schaute nach, ob ich mich vielleicht im Stockwerk geirrt hatte, aber das Namensschild beharrte hartnäckig darauf, dass dies ihre Wohnung war […].

Manche ziehen uns durch ihren Geist an, durch ihren Humor oder ihren Charme oder ihr Selbstbewusstsein oder ihre Verletzlichkeit, andere wirken erotisch auf uns, und es scheint auch Menschen zu geben, die ziehen uns an, weil sie etwas haben, was wir brauchen, egal ob uns das nun bewusst ist oder nicht. Manche Begegnungen führen zu einer Liebesbeziehung und darunter gibt es auch eine Menge solcher, über die die Umgebung, sofern sie davon weiß, entweder den Kopf schüttelt oder gar die Hände über dem Kopf zusammenschlägt. In dem Buch, nach dem hier gefragt wird, durchlebt eine Frau eine heftige Affäre mit einem alten Mann, der eitel ist und anmaßend, egozentrisch, nachtragend, zynisch, herrschsüchtig und notfalls auch gewalttätig – und der sie nicht liebt. Trotzdem ist die Frau ganz verrückt nach ihm und lässt sich auf Sachen ein, über die man wirklich nur die Hände über dem Kopf zusammenschlagen kann … Oder gibt er ihr in Wahrheit nur das, was sie braucht?

126

Als Mr. Silvera endlich (look, look, Mr. Silvera!) den Sicherheitsgurt lockert und sich über seine Sitznachbarn hinüberreckt, um aus dem Flugzeugfenster zu spähen, ist Venedig schon wieder verschwunden; er sieht nichts als ein fernes Stück aluminiumfarbenes Meer und ein ganz nahes, massiges Aluminiumtrapez, den Flügel.

Die Geschichte spielt während weniger Tage im November in einer Stadt mit den Koordinaten: 45°26' N, 12°20' O. Zwei Handlungsstränge laufen zunächst parallel, berühren einander und laufen schließlich in verschiedene Richtungen weiter. Der eine hat mit dem Beruf der weiblichen Hauptfigur zu tun, es geht dabei um eine angeblich wertlose Gemäldesammlung; der andere hat mit ihrem Privatleben zu tun und ihrer Affäre mit einem bedeutend älteren Mann, dem es aufgrund seiner besonderen Geschichte nicht vergönnt ist, über die paar Tage hinaus mit seiner Geliebten zusammenzubleiben. Der Mann ist voller Narben, beherrscht viele Sprachen und hat einst einen Mann aus reicher Familie kennen gelernt. Davon profitiert seine Geliebte bei der Lösung ihres beruflichen Problems. Was die Urheberschaft betrifft, gibt es bei diesem Buch die Besonderheit, dass es weder von einem Mann noch von einer Frau verfasst worden ist.

127

Vor mehr als zehn Jahren war Pagenandt, ein missmutiger Drogist aus Weiden in der Oberpfalz, das letzte Mal nach Tivoli hinaufgefahren.

So beginnt eine streckenweise recht lustige, vor allem aber kluge Geschichte. Die eine Hauptperson ist der Drogist, die andere ein genialer Schriftsteller, der zehn Jahre zuvor den Bestseller »Swan-like Arrival« (deutsch »Ankunft mit Schwänen«) verfasst und seither außer kleinen Erzählungen nichts veröffentlicht hat. Die ganze literarisch interessierte Welt, darunter ein als westpreußischer James Joyce bezeichneter Autor mit mehr Literaturpreisen als verkauften Büchern, wartet auf den neuen Roman. Doch der geniale Bestsellerautor hat sich völlig zurückgezogen, nach Rom, nicht einmal sein Chauffeur kennt seine wahre Identität und der Verlag kann ihn nur über Umwege erreichen. Eines der zentralen Themen des Autors ist die Zeit und das kommt auch in seiner Sammelleidenschaft zum Ausdruck: Er sammelt seltene Uhren, zum Beispiel solche, wie Pagenandt sie trägt. Pagenandt wiederum hat ein beinahe erotisches Verhältnis zu italienischem Marmor. Der Autor ist davon überzeugt, dass er nur dann ein wirklich gutes Buch zustandebringt, wenn er nicht vom Gedanken an seine Leser abgelenkt wird. Deshalb unternimmt er alles, um sicherzugehen, dass sein Buch (Titel: »An Enthusiast Of Unequal Numbers«) niemals gelesen werden kann. Pagenandt wird dabei zu seinem unfreiwilligen Helfer, was er nicht überlebt.

128

[NAME], Licht meines Lebens, Feuer meiner Lenden.

Erzähler der Geschichte und neben der Titelfigur eine der Hauptfiguren ist ein gebildeter, selbstbewusster, vor Ironie sprühender Mann um die vierzig. Der Roman ist sozusagen seine Stellungnahme oder Aussage vor Gericht. Kurioserweise sind bei ihm Vor- und Familienname gleich. Er kennt sich gut aus in der Literatur, aber sein eigentliches Faible sind weibliche Wesen einer ganz bestimmten Sorte. Er lernt eine Mutter und deren Tochter Dolores kennen. Die Mutter ist rasend in ihn verliebt und er heiratet sie, obwohl er sie nicht liebt. Die Ehe dauert 50 Tage, die Frau stirbt bei einem Autounfall und zurück bleiben der Mann und seine Stieftochter. Der nunmehrige Witwer kümmert sich um Dolores, die er mehr liebt als ein eigenes Kind, und das ist es auch, was ihm zum Verhängnis wird. Gemeinsam ziehen sie herum, die Jahre vergehen. Schließlich kommt dem Stiefvater ein anderer Mann in die Quere, ein Theaterautor, der ihm intellektuell zumindest ebenbürtig ist, seine Absichten offenbar durchschaut und den er umbringt. Seine Stieftochter hat inzwischen geheiratet und ist schwanger, darum interessiert sie ihn auch nicht mehr. Er hofft, der Todesstrafe zu entgehen. Das Buch ist bisher zweimal verfilmt worden, der Kosename der weiblichen Hauptfigur ist wohl für alle ein Begriff.

129

Es war Arbeitsstunde.

Das Buch schildert die Ehe eines französischen Paares, die nach Verschuldung und Ehebruch mit dem Selbstmord der Frau endet. Da der Mann in seiner Stumpfheit nicht in der Lage ist, die kühnen Träume seiner Frau von Sinnlichkeit, Reichtum und Luxus zu erkennen, geschweige denn zu erfüllen, wendet diese sich hinter seinem Rücken zwei Liebhabern zu, einem routinierten Verführer, der sie nur für sein Vergnügen gebraucht und ihr im entscheidenden Fall seine Hilfe versagt, und einem Studenten, der sie wirklich liebt. Die Träume vom Luxus erfüllt sie sich auf Kredit. Ihr Mann, der sich schon in der Schule mit seinem eigenartigen Hut lächerlich gemacht hat, ist in seinem Beruf nicht sonderlich erfolgreich. Er ist Arzt und scheitert spektakulär an der »Operation« eines Klumpfußes. In dem Städtchen, in dem das Paar wohnt, gibt es auch einen rührigen Apotheker. Der Autor hat fünf Jahre an dem Buch gearbeitet und schenkt man seinen Briefen Glauben, hat er oft tagelang um eine Wendung gerungen. Robert Gernhardt meint allerdings, der Autor habe das seiner Freundin nur geschrieben, um seine Ruhe zu haben. Übrigens ist der Roman mehrmals verfilmt worden, unter anderem von Claude Chabrol mit Isabelle Huppert in der Titelrolle.

130

Und jetzt werden Sie mich anhören, Hochwürden.

Hauptperson der Geschichte ist eine Frau, die sich auf eine Art kleidet und bewegt, dass man sie auf den ersten Blick für einen Mann hält. Sie besitzt jedoch durchaus weibliche Reize und eine Reihe von Männern erhält die Gelegenheit, diese Reize kennen zu lernen. Leider ist jeder dieser Männer alles andere als perfekt. Obwohl die Frau durchaus bereit ist, sich auf das einzustellen, was die Männer ihr geben wollen bzw. sich den Fähigkeiten und Wünschen ihrer Partner anzupassen, kommt immer wieder der Moment, ab dem alles unerträglich wird, ab dem die Frau sich nur noch vernachlässigt und ausgenützt fühlt. So gelangt diese Frau, die aus Kärnten stammt, aber nicht mehr in Österreich leben will und sich als Nomadin bezeichnet, letztlich zur fatalen Erkenntnis: »Es gibt nichts Gefährlicheres als eine Frau, deren Liebessehnsucht unablässig enttäuscht worden ist, eine solche Frau wird mehr zu fürchten sein als jede gehirngewaschene Terroristin, jede religiöse Fanatikerin.« Schließlich, aus dem Wunsch heraus, sich jemandem anzuvertrauen, kehrt die Frau nach Österreich zurück und begeht eine Entführung, in deren Verlauf etwas eintritt, was man von anderen Entführungen schon kennt: Das Opfer solidarisiert sich mit dem Täter bzw. der Täterin.

131

D*as Reden tut dem Menschen gut.*

Viele sind berufen, aber nur wenige sind auserwählt. Das könnte als Motto dem Buch voranstehen, nach dem hier gefragt wird. Hauptfigur ist ein Mann, dem schon in jungen Jahren großes Talent bescheinigt wird und der denn auch darangeht, sein Können zu vermehren und damit erfolgreich zu sein. Er ergreift also zunächst eine dem, was er machen möchte, halbwegs entsprechende Lehre und geht auf eine staatlich geförderte Schule. Es ist aber immer das Gleiche: Er eckt an, bringt sich durch sein ungestümes Wesen, seine Flatterhaftigkeit und diverse witzige Einfälle in Schwierigkeiten, und vor allem: Er hat zu viel Durst und zu wenig Geld. Zwar gibt es durchaus eine Dame, die bereit ist, ihm eine Chance zu geben und sich das auch etwas kosten zu lassen, aber der Hund der Dame sorgt dafür, dass aus dieser viel versprechenden Verbindung nichts wird. Schließlich vollzieht der Held einen radikalen beruflichen Wechsel. Er legt sich aber nicht nur beruflich fest, sondern auch privat, und nun ist dafür gesorgt, dass fortan der Durst nie mehr zu groß und das Vermögen nie mehr zu klein sein wird. Das und die Tatsache, dass alle Leute, mit denen er je zusammengekracht ist, sich auf einmal glänzend mit ihm vertragen, kann als Happyend der Geschichte gesehen werden. Wie gesagt: Viele sind berufen, nur wenige sind auserwählt.

132

Die Personen

Die Ich-Erzählerin des Buches ist eine Frau, die in einer österreichischen Großstadt lebt, allerdings nicht dort geboren ist. Beruflich ist sie erfolgreich und erhält aufgrund dessen immer wieder Einladungen und Glückwunschschreiben, was ihr ziemlich auf die Nerven geht. Eine junge Frau, die in den Diensten der Ich-Erzählerin steht, scheint ihr privates Glück gemacht zu haben, im Gegensatz zu ihrer Dienstherrin. Deren Leben und Gedanken kreisen zwar um zwei Männer, zwischenzeitlich sind es sogar drei Männer, wenn man ihren Vater mitzählt, wirklich befriedigend oder gar beglückend ist die Situation aber nicht. Auch eine Reise, die zwischendurch unternommen wird, ändert nichts daran. Ständig stößt die Frau mit dem, was sie sagt und woran sie sich zu erinnern meint, auf männliches Unverständnis. Der eine »Liebhaber« stammt, wie es einleitend heißt, aus dem Land, nach dem die Straße benannt ist, in der die Ich-Erzählerin wohnt. Von ihm scheint sie mehr zu halten als von dem anderen, mit dem sie offenbar zusammenlebt. Oder hält sie von dem einen »Liebhaber« nur deshalb mehr, weil es mit ihm und seinem Eintritt in ihr Leben eine ganz besondere Bewandtnis hat? So viel sei gesagt: Sie scheint ihn schon länger zu lieben als zu kennen.

133

Von unserem Schlafzimmer aus sehen wir einen Baum, über den wir uns nie einig werden.

Fast jeder Mensch hat in seiner Wohnung oder seinem Haus einen Lieblingsraum, sei es nun ein Raum, der sich besonders gut zur Unterhaltung, zur Entspannung, zum Rückzug oder zum Arbeiten eignet. Sehr oft werden Rückzugs- und Arbeitsräume möglichst weit oben eingerichtet, in fast allen Bürogebäuden ist die »Chefetage« im obersten Stockwerk. Auch die Heldin des Buches, nach dem hier gefragt wird, hat ihren Arbeits- und Rückzugsraum auf der höchsten Ebene des Hauses, das sie mit ihrer Familie bewohnt. Sie zeichnet Tiere, auch für Kinderbücher. Nach außen hin erscheint ihr Leben sehr ruhig, um nicht zu sagen langweilig, dabei hat die Frau einst eine äußerst aufwühlende Zeit verbracht: Eineinhalb Jahre lang war sie in ihrer Wahrnehmungsfähigkeit schwer gestört und hat, damals schon Mutter, in einem abgelegenen Bergdorf gelebt und dort mit zwei rohen Männern zu tun gehabt. Niemand, so meint sie, weiß Genaueres darüber, aber da erhält sie eine Reihe von gelben Kuverts, gefüllt mit genauen Aufzeichnungen über die Zeit in den Bergen. Das Buch ist nach dem Lieblingsraum der Heldin benannt.

134

Die Erinnerung an Torre di Venere ist atmosphärisch unangenehm.

Es gibt bestimmte Verfahren, um das Bewusstsein eines Menschen einzuengen oder gar auszuschalten. Es kann sogar der Wille dem eines anderen Menschen untergeordnet werden, dann kann das »Opfer« zu den absurdesten Tätigkeiten herangezogen werden und vielleicht sogar Dinge tun, die durch Gesetze verboten sind. Daher ist es auch verständlich, dass nur besonders ausgebildete und befugte Personen die Verfahren, mit denen man das Bewusstsein einengt oder gar ausschaltet, anwenden dürfen. Leider gibt es aber auch Leute, die ihre Fähigkeiten gegen Geld und zu Unterhaltungszwecken einsetzen, also keineswegs lautere Motive haben. Um ihre Absichten zu vertuschen, nennen sie sich meist »Geschicklichkeitskünstler« oder so ähnlich. Das war der erste Hinweis, nun der zweite: Eine Familie mit zwei kleinen Kindern macht Urlaub in Italien. Die politische Situation ist angespannt. Es tut sich nicht wirklich was, wenn man davon absieht, dass es kurz einmal Ärger mit den Nachbarn gibt. Mehr aus Trägheit denn aus Begeisterung für die Reize des Badeortes reist die Familie nicht ab. Dann aber wird angekündigt, dass ein Künstler auftreten werde. Zusammen mit anderen Touristen und auch Einheimischen macht die Urlauberfamilie sich auf zum Ort des Geschehens. Die Lage eskaliert …

135

Ein noch nicht bejahrter Mann, wohlgekleidet und eine Reisetasche von englischer Lederarbeit umgehängt, ging von einem Bahnhofe der helvetischen Stadt Münsterburg weg, auf neuen Straßen, nicht in die Stadt hinein, sondern sofort in einer bestimmten Richtung nach einem Punkte der Umgegend, gleich einem, der am Orte bekannt und seiner Sache sicher ist.

Der Mann war viele Jahre lang aus beruflichen Gründen in Übersee, nun kehrt er heim zu seiner Familie. Einst ist der Mann von einem »Freund« um eine große Summe Geldes gebracht worden, aber in den Jahren der Abwesenheit hat er sich ein Vermögen erworben und dieses, wie er meint, sicher aufbewahrt. Bald muss er jedoch feststellen, dass eben jener »Freund« seine »Erfolgsstrategie«, die darin besteht, sich am Geld anderer Leute zu bedienen, nicht geändert hat. Der Heimkehrer ist also wieder einmal das Opfer. Gerichtlich ist dem Betrüger leider nicht beizukommen und so muss der Heimkehrer unter großen Entbehrungen erneut von vorne anfangen. Für alles, was prächtig gedeiht, sei es nun das Vermögen, seien es die Zwillingstöchter, gibt es beharrliche und raffinierte Interessenten ... Nebenbei beginnt der Held eine politische Karriere und verguckt sich in eine junge Frau. Der Sohn, der im Ausland war, kommt unerwartet früh zurück und hat aufregende Neuigkeiten.

136

Da wurde man am Morgen, um fünf Uhr, zu nachtschlafender Zeit also, durch das Schrillen des Telefons geweckt.

So mancher Feuerwehrmann ist schon als Brandstifter entlarvt worden, so mancher Moralapostel als Sittenstrolch und so mancher Polizist als Verbrecher. Es gibt eben die helle und die dunkle Seite, und viele, die sich demonstrativ auf die helle Seite stellen, tun das, um nicht den Verlockungen und Gefahren der dunklen Seite zu erliegen, aber immer in deren Nähe zu sein. Wie ist das nun mit den Priestern, den Richtern, den Psychiatern? Warum exponieren sie sich auf der hellen Seite? Fragen über Fragen, die nur von Fall zu Fall beantwortet werden können. In dem Buch, nach dem hier gefragt wird, treffen ein Polizist und ein Psychiater aufeinander. Der Polizist ist vom Psychiater geholt worden, um gewisse Ereignisse in dessen Heil- und Pflegeanstalt (volkstümlich als »Irrenanstalt« bezeichnet) aufzuklären. Im Zuge seiner Ermittlungen kommt der Polizist mit einer Reihe merkwürdiger Gestalten in Kontakt, und eine, die er nie zu Gesicht bekommt, ein Wesen mit flaschengrünen Fingernägeln, scheint nicht nur in der Anstalt, sondern im ganzen Weltgeschehen eine gewaltige Rolle zu spielen. Leberflecken werden in dem Buch als »Laubflecken« bezeichnet. Der Autor ist in Wien geboren.

137

Am ersten Mai des Jahres Eintausendfünfhundertundachtzig hielt die ehrsame Zunft der [BERUF] in der Freien Reichsstadt Nürnberg, alter Sitte und Gewohnheit gemäß, ihre feierliche Gewerksversammlung.

Der Mann, der bei dieser Gewerksversammlung zum »Kerzenmeister« gewählt wird, ist, was den zukünftigen Schwiegersohn betrifft, überaus anspruchsvoll. Er beruft sich dabei auf eine Weissagung der Großmutter des Kindes. Dementsprechend haben alle, die nicht genau seinen beruflichen Vorstellungen entsprechen, keine Chance. Allerdings hat der Herr Kerzenmeister die Weissagung nicht ganz richtig verstanden, die war nämlich nicht so eindeutig auf einen Angehörigen seines Berufsstandes gemünzt. Wie es aber nach altem Brauch bei Weissagungen nun einmal üblich ist, erfüllt sie sich gerade dadurch, dass jemand alles tut, um seinen Einfluss zu ihrem Nichteintreten geltend zu machen. Der Meister, der sich schließlich mit den Gegebenheiten abfindet, hat das große Glück, aus dieser Erfahrung unbeschadet hervorzugehen, und für die Tochter ist sowieso alles bestens. Der Autor dieser Geschichte hat drei Vornamen, den dritten davon hat er zu Ehren eines anderen Mannes geändert.

138

An einem ungewöhnlichen heißen Frühlingstag erschienen bei Sonnenaufgang auf dem Moskauer Patriarchenteichboulevard zwei Männer.

Einer der zwei Männer verliert kurz darauf buchstäblich seinen Kopf, der andere kommt ins Irrenhaus und träumt von einer historischen Figur aus der Zeit um Christi Geburt. Die Geschichte dieser historischen Figur zieht sich in Form von Erzählungen, Träumen und sonstigen Einschüben durch den ganzen Roman und ist auch selbst ein Roman, den eine der zwei Titelfiguren verfasst hat. Die Titelfigur sitzt übrigens auch im Irrenhaus. Die andere Titelfigur flitzt pudelnackt durch Moskau und nimmt in ebensolcher Kostümierung an einem Ball teil. Zuvor aber machen noch vier Gestalten die Stadt unsicher und bringen alles durcheinander. Eine dieser Gestalten sieht aus wie ein Kater. Die vier sind keine Moskauer, sondern kommen, naiv gesprochen, von ganz weit unten, aus einer sehr heißen Gegend. Einer von ihnen hat nach eigenen Worten die historische Figur persönlich gekannt und dies führt er als Beweis dafür an, dass Atheismus nicht gerechtfertigt sei. Ausgerechnet er! Einer der Höhepunkte des Buches ist eine von den vier Gestalten bestrittene Varietéshow, bei der Geld und Kleider herbeigezaubert werden.

139

Letzten Endes entgeht im Allgemeinen kein Verbrecher dem Arm des Gesetzes in seinem Lande.

So beginnt ein äußerst exotischer Kriminalroman eines anonymen Autors des 18. Jahrhunderts, wahrscheinlich eines ehemaligen Beamten. Der Held, der die insgesamt vier rätselhaften Todesfälle aufzuklären hat, ist im Besitz einer bedeutungsvollen schwarzen Mütze. Die Verbrecher, mit denen er zu tun hat, darunter eine Frau, sind mehr oder weniger selbstsicher und gerissen, was ihn auch immer wieder in Ratlosigkeit, ja Verzweiflung stürzt, jedenfalls wird er oft von Ärger und Zorn erfasst. Die Mittel, zu denen er greift, um die Verbrechen aufzulösen und schließlich auch die Mörder zu bestrafen, mögen für ein »herkömmliches« Lesepublikum befremdlich sein, sie passen jedoch durchaus zu der Person, zu deren Würdigung das Buch geschrieben worden ist, einer Person, die wirklich gelebt hat. Es gibt Szenen von äußerster Grausamkeit ebenso wie solche von zarter Heiterkeit. Am Schluss des Buches wird der pflichtbewusste und penible Aufklärer der Verbrechen zur Freude seiner Mitarbeiter und zum Bedauern des Volkes befördert. Er verbringt die letzte Nacht damit, Akten aufzuarbeiten. Das Land, in dem die Geschichte sich abspielt, ist schon allein insofern exotisch, als hier Schriftstücke mit einem Pinsel verfasst werden.

140

An jenem Abend kam er zu mir und sagte mir, dass ich unsere Stadt nicht liebe.

Was ist passiert? Angefangen hat alles mit dem Tod eines geliebten Tieres. Das war für manche bereits Grund genug, ein Menschenleben zu fordern. Nun, sie haben es bekommen. Kurz darauf: die Katastrophe, eine Seuche, ein Massensterben. Dazu kommen Hungersnot und die Exzesse derer, die sich noch einmal so richtig austoben wollen. Nachdem das alles vorbei ist, werden in einer gefährlichen Mischung aus Fanatismus, Dummheit, Konformismus und Feigheit die »Schuldigen« gesucht und auch gefunden: eine Gruppe von Menschen, die schwach ist und an der man alles auslassen kann, was da ist an Aggression, Verzweiflung, Schmerz und Wut. Das alles wird freilich religiös motiviert. Schnell eskaliert die Situation, so mancher, der zuvor noch lautstark den Kopf eines anderen gefordert hat, verliert seinen eigenen, eine Begründung lässt sich ebenso leicht finden wie Leute, die Blut sehen wollen. Der da angeblich seine Stadt nicht liebt, das ist ein junger Mann, der seit Jahren am Ort des grausigen Geschehens wohnt und allen Grund hat, um sein Leben zu fürchten. Er soll schließlich auch hingerichtet werden, wahrscheinlich, weil er zu viel oder zu wenig oder gar das Falsche getan oder gesagt hat. Seinen einzigen Beschützer erreicht er nicht.

141

Wir trafen uns damals meistens im Leopold, einem jener Schwabinger Lokale, die an Gemütlichkeit einem Bahnhofswartesaal 3. Klasse gleichkamen, aber den Vorteil hatten, um 12 Uhr nachts zu schließen.

Heutzutage gibt es Datenbanken für alles und jedes, es gibt kaum etwas, das nicht des Speicherns für würdig erachtet wird. Speichern und Aufbewahren sind natürlich wichtige Tätigkeiten, das haben die Menschen immer schon erkannt, vor allem, wenn es um Ideen und Informationen geht. Im vordigitalen Zeitalter sind Ideen und Informationen meist auf Papier festgehalten worden. Wenn nun jemand viele Ideen gehabt hat, und zwar in ungeordneter Art und Weise, dann hat er sich Notizen gemacht, mit Datum, Querverweisen, Kommentaren und allem, was dazugehört, sich also eine Datenbank aus Papier angelegt. Vor allem Schriftsteller sollen es seit jeher so gehalten haben. Das Buch, nach dem hier gefragt wird, ist nach einer solchen papiernen Datenbank benannt, und die Aufzeichnungen, die in dem Buch enthalten sind, stammen von einem der bekanntesten deutschsprachigen Autoren der Gegenwart. In einem der Beiträge beklagt sich der inzwischen verstorbene Autor darüber, dass er als Schreiber von phantastischer Jugendliteratur abgestempelt worden ist.

142

An den Ufern der Havel lebte, um die Mitte des sechzehnten Jahrhunderts, ein Rosshändler, namens [NAME], Sohn eines Schulmeisters, einer der rechtschaffensten zugleich und entsetzlichsten Menschen seiner Zeit.

Normalerweise hat ein Mensch, je nach Situation, mehrere Möglichkeiten zu handeln. In der Auswahl, die er trifft, offenbart sich der Charakter eines Menschen. Es gibt Leute, die sich mit einem Unglück oder einer Ungerechtigkeit relativ rasch abfinden; anderen fehlt für eine direkte Konfrontation der Mut; wieder andere trösten sich mit Ersatzbefriedigungen usw. Die Hauptfigur des Buches, nach dem hier gefragt wird, ist aus einem anderen Holz. Angefangen hat die Sache damit, dass er an einer Art Grenzübergang gegen alle Vorschrift aufgefordert worden ist, einen Passierschein zu zeigen. Da er keinen gehabt hat, sind ihm ein paar Pferde als Pfand abgenommen und später nicht mehr zurückgegeben worden. Er will Gerechtigkeit, doch der Justizapparat versagt in großem Stil, auch Martin Luther persönlich hat keinen Erfolg und der Pferdehändler trifft seine Wahl: Er wird, wie man heute sagen würde, Terrorist. Hauptsächlich Unschuldige müssen leiden, ganze Städte werden zerstört, und zum Schluss, nach dem er »Gerechtigkeit« erlangt hat, ist er selbst dran.

143

Alles hat angefangen mit einem Sturz ins Wasser.

Dies ist ausnahmsweise nicht der erste Satz des eigentlichen Werkes, sondern des Vorworts, aber das Werk ist ein Zwiegespräch und das Vorwort stammt vom Autor. Das Buch gibt die Gespräche wieder, die zwei Vertreter derselben Kunst miteinander geführt haben. Der eine ist ein großer Bewunderer des anderen und es geht ihm darum, die Werke des von ihm Bewunderten der Reihe nach durchzugehen und den Schöpfer nach den Hintergründen und Intentionen zu fragen. Der Befragte erzählt herrliche Geschichten aus seinem Leben und seiner Arbeit. Als kleiner Bub, so berichtet er, sei er von seinem Vater mit einem Zettel zur Polizei geschickt worden und habe geglaubt, dort für sein Verhalten bestraft zu werden. Die Spannung, Ungewissheit und Angst, die der Künstler damals, als Bub, erlebt haben dürfte, sind wichtige Bestandteile seiner Werke, zumindest derer, die er nach seinen Vorstellungen realisieren hat können. Das war nicht immer leicht, denn er war fast immer auf Leute angewiesen, die ihre eigenen Vorstellungen hatten. Der Künstler, der sich bisweilen über die »Wahrscheinlichkeitskrämer« mokiert, meint abschließend, dass seine Werke wohl auf der ganzen Welt so gut wie unverändert in ihrer Wirkung zu genießen seien, und diese Wirkung sei für ihn das Wichtigste.

144

Viktor Störteler, […] nur Viggi Störteler genannt, lebte in behaglichen und ordentlichen Umständen, da er ein einträgliches Speditions- und Warengeschäft betrieb und ein hübsches, gesundes und gutmütiges Weibchen besaß.

Dieser Weibchenbesitzer sieht sich eines Tages zum Schriftsteller berufen, doch damit nicht genug, bildet er sich ein, seine Frau habe ihm, der sich einen peinlich-blumigen Künstlernamen zugelegt hat, bei der Ausübung seiner künstlerischen Tätigkeit zu helfen, ja, auch sie soll sich gefälligst über den banalen Alltag erheben. So schreibt er hochtrabende Briefe voll aufgeblasenen Poesie-Ersatzes und wird ein Genie-Imitator. Da seine Frau ihm auf diesem Gebiet nicht das Wasser reichen kann, wendet sie sich an einen naiven, wenngleich mit pädagogischen und literarischen Fähigkeiten ausgestatteten jungen Mann, der ihr bei den Briefen behilflich ist. Daraus entwickelt sich eine Art Dreiecksbeziehung, wobei die Frau gewissermaßen doppelgeschlechtlich agiert. Die Sache fliegt auf, der Weibchenbesitzer und seine immer noch hübsche, gesunde und gutmütige Frau lassen sich scheiden. Der junge Pädagoge und Literat kehrt der bürgerlichen Welt den Rücken und macht eine erstaunliche Karriere als eine Art Lebensberater. Er ist drauf und dran, sein Leben ohne Frauen und in Jungfräulichkeit zu beschließen, da kommt es zu bemerkenswerten Ereignissen.

145

Nennt mich Ismael.

Dies ist eigentlich nicht der erste Satz des Werkes, wenn auch der des ersten Kapitels. Vor dem ersten Kapitel steht eine Reihe von etymologischen Angaben und Zitaten, aber wer liest das schon? Angeblich hatte der Autor zum Studieren 7000 Bücher zur Verfügung. Die Angaben und Zitate drehen sich ebenso wie der ganze Roman um ein Tier, das des Öfteren als Leviathan bezeichnet wird. Die Jagd nach dem Tier war ein äußerst gefährlicher, aber hoch bezahlter Job. Auf alle möglichen Arten nähert der so genannte Ismael sich dem gejagten Tier, auch auf die wissenschaftliche Weise, wobei er ein wenig übertreibt, aber so gut wie alles erwähnt, was man heute über diese äußerst interessante Tierart weiß – und das im Jahre 1851! Zusammen mit seinem schwarzen Freund und anderen Leuten ist Ismael einem Mann ausgeliefert, dessen einziges Ziel es ist, ein besonders gefährliches und noch dazu in seiner Farbe seltenes Tier der Gattung, das ihn einst lebensgefährlich verletzt hat, zu töten. Diesem Rachewunsch ordnet der Mann alles unter. Alle Leute bis auf Ismael kommen dabei ums Leben, das Tier, die Verkörperung von unbesiegbarer Aggressivität und Gerissenheit, hat sich nur kurz zu wehren brauchen. Das Buch ist verfilmt worden.

146

Zu den jungen Leuten, die [NAME 1] in die Fremde schickte, damit sie dort die Kenntnisse erwarben, die der neu gestaltete Staat brauchte, gehörte auch sein Patenkind, der [NAME 2].

Man kann noch so bedeutende Fürsprecher haben und noch so erfolgreich sein, es gibt allerlei Gründe, warum man trotzdem nicht zufrieden ist mit sich und der Rolle, die man spielt, und sich für minderwertig hält. In dieser Situation befindet sich der Held des Buches, nach dem hier gefragt wird. Beruflich geht alles steil bergauf und das ist kein Wunder bei seinen Fähigkeiten und seinen Verbindungen nach ganz oben. In seinen Kreisen wird er respektiert, aber er kommt sich manchmal so klein und widerwärtig vor, dass er sogar sein Wesen als Mensch infrage stellt. Der Held ist das oben erwähnte Patenkind. Er wird nach Paris geschickt und gibt sich dort, zunächst zögernd, schließlich jedoch mit Haut und Haaren einer verheirateten Gräfin hin. Das mag unter den herrschenden Verhältnissen nichts Unübliches sein, unüblich ist allerdings das Ergebnis dieser Liaison, ein Ergebnis, das mit Geld und guten Worten in ein anderes, weniger auffälliges umgewandelt werden muss. Kurz darauf reist unser Held unerwartet ab und beendet brieflich die Liaison. Der Urenkel dieses Mannes gilt als einer der größten russischen Dichter, ein Dichter mit exotischen Wurzeln.

147

Seit einem Augenblick rührten sie sich nicht, standen ein paar Schritte voneinander entfernt, und Frau Dare tat so, als läse sie den Brief, den er ihr übergeben hatte; aber schon seit mehreren Sekunden wusste sie, was das Dokument enthielt, und nun beobachtete sie mit einem Seitenblick den Neuangekommenen.

Die Hauptfigur ist ein rothaariger junger Mann, Student der Sprachen Englisch und Griechisch. Das Griechische möchte er vor allem lernen, um das Neue Testament im Urtext lesen zu können. Als Student muss man nicht nur studieren, sondern auch irgendwo wohnen. Einmal wechselt der Held die Wohnung und lernt dabei einen berüchtigten Menschen kennen. Was seine Beschäftigung in der Freizeit betrifft, benimmt sich der junge Mann auffällig. Während die meisten anderen Burschen trinken und sich mit Frauen vergnügen, hält er sich von all dem fern. Er ist derart puritanisch, dass er den Anblick seines nackten Körpers nicht erträgt und die Werke Shakespeares ablehnt, weil dort von Liebe und Sexualität die Rede ist. Durch seine Lebensweise zieht er den Zorn derer auf sich, die er für verworfen hält, und sie lassen sich etwas einfallen, um ihn aus der Reserve zu locken. Die, die ihn gern haben, sind nicht in der Lage, ihm zu helfen.

148

In alten, alten Zeiten, als die Menschen noch in ganz anderen Sprachen redeten, gab es in den warmen Ländern schon große und prächtige Städte.

In der Ruine eines Amphitheaters einer solchen großen Stadt wohnt die Heldin der Geschichte, deren hervorstechende Eigenschaft es ist, am besten von allen zuhören zu können. Stets ist sie umringt von Kindern und auch Erwachsenen. Das ändert sich aber, als die Stadt von seltsamen Wesen heimgesucht wird, denen die Heldin ein Dorn im Auge ist. Tatsächlich gelingt es diesen Wesen, fast alle Bewohner der Stadt für ihre Pläne einzunehmen, und die Heldin kommt durch ihren Widerstand in größte Gefahr. Als Einzige weiß sie genau, was die Eindringlinge vorhaben. Von einer Schildkröte, die zwar nicht reden, aber schreiben kann und auch immer genau weiß, was innerhalb der nächsten halben Stunde passieren wird, wird sie auf merkwürdigen Wegen zu einem Mann gebracht, der sich selbst als Verwalter bezeichnet. Er erklärt ihr, wie sie die Stadt von den gefährlichen Besatzern befreien kann. Danach legt er sich schlafen, die Zeit steht still und der Heldin, die die Schildkröte und eine ganz persönliche Blume bei sich hat, gelingt das schier Unmögliche: die Besatzer werden vernichtet. Danach haben alle endlich wieder Zeit, Zeit für sich und für andere. Ende gut, alles gut.

149

Diese Zeilen – sie sind in Indien geschrieben – richte ich an meine Verwandten in England.

Die Geschichte ist, dem Genre gemäß, ziemlich verwickelt, aber da der Autor die Kunst des Erzählens perfekt beherrscht und auf die für ihn typische Art für Abwechslung sorgt, ist das Aufspüren des Geheimnisses, das seinen Ausgang in Indien genommen hat, durchaus ein großes Vergnügen. Also: Entwendet und gesucht wird ein Kleinod, das einst einer indischen Götterstatue angehört hat. Alle möglichen Leute bemühen sich, das Kleinod zu finden, darunter ein Polizeiinspektor mit einem Faible für Rosen (eine herrliche Figur!), ein minderbegabter Polizist, ein paar Dilettanten und nicht zuletzt – der Mann, der das Kleinod entwendet hat. Ein junges Mädchen bringt sich auf qualvolle Weise um und ein Mann wird ermordet. Zum Schluss geht das Kleinod aber wieder an seinen rechtmäßigen Besitzer zurück. Neben dem Inspektor mit den Rosen gibt es noch eine Reihe bemerkenswerter Figuren, z. B. einen Hausverwalter, der ein erklärter Robinson-Crusoe-Fan ist, eine von Rechtschaffenheit und Frömmigkeit geradezu triefende Dame, drei Brahmanen sowie einen armen Zigeuner und einen nicht gerade drogenfreien Arzt. Das Buch ist nach dem gesuchten Kleinod benannt. Der Autor war auch Maler und hatte großes juristisches Wissen.

150

Die Geisteszüge, welche landläufig für analytische gelten, sind, an und für sich, der Analyse selbst nur wenig zugänglich.

Was so beginnt, mag viele abschrecken, und doch handelt es sich bei dem Text um eine der originellsten Kriminalgeschichten, die je geschrieben worden sind, und zwar eine, die das Genre eigentlich ad absurdum führt, schließlich ist der Täter aus einem ganz bestimmten Grund gar nicht verantwortlich zu machen für die Tat, die grauenhafte Tötung zweier Frauen. Er hat also weder vorsätzlich noch fahrlässig gehandelt. Der Mann, der in Gegenwart seines Freundes, des Ich-Erzählers, den Fall löst, ist ein äußerst seltsamer Vogel, der tagsüber die Fenster verdunkelt und nachts mit seinem Freund durch Paris zieht, dessen Gedanken liest und ab und an mit schriller Stimme schreit. Er ist ebenso überzeugt von seinen Fähigkeiten wie von der Unfähigkeit der Polizei. Er liebt es offenbar, andere mit seiner außergewöhnlichen Kombinationsfähigkeit zu verblüffen. Diese Tatsache hat Legionen von Kriminalautoren auf den Plan gerufen. Zurück zur Geschichte: Was der eine Ohrenzeuge für Deutsch hält, andere für Italienisch, Englisch oder auch Russisch, die Sprache des Täters nämlich, das stellt sich als eine für Paris, wo die Geschichte spielt, wahrhaft exotische Sprache heraus. Womöglich hat der Autor dieser Geschichte überhaupt die Kriminalgeschichte erfunden.

151

Es war Morgen, und die neue Sonne flimmerte golden über dem Wellengekräusel der stillen See.

Bücher, in denen Tiere die Hauptrolle spielen, werden gern als reine Kinderbücher abgetan, obwohl die Tierfiguren zumeist zur Illustration menschlicher Verhaltensweisen herangezogen werden. Mag sein, dass das Buch, nach dem hier gefragt wird und das mit der Musik eines amerikanischen Pop-Sängers verfilmt worden ist, am meisten Anziehungskraft auf junge Menschen ausübt, die noch daran glauben, alles erreichen zu können, wenn sie nur wollen. Jedenfalls ist es ein außergewöhnliches Buch und kommt wie die meisten außergewöhnlichen Bücher ebenso schlicht wie selbstbewusst daher, in der Idee ebenso einfach wie in der Ausführung. Kurz, es geht – vordergründig – um die Freuden des Fliegens, und daraus ergibt sich auch, welche Art von Tieren gemeint ist. Die Hauptfigur hat wie alle, die sich mit der ihnen durch die Tradition und in der Gesellschaft zugedachten Rolle nicht abfinden wollen, mit ärgsten Sanktionen zu kämpfen bis hin zur Verbannung. Aber da sie nicht zurückkehren kann und will, gerät sie in eine Welt, eine esoterische Welt, eine Art Himmel für Eingeweihte, wo Fliegen ein Ausdruck ist für Freiheit und wo als höchstes Ziel gilt, mit Lichtgeschwindigkeit zu fliegen. Der Autor der Geschichte ist Pilot.

152

Die Höhenzüge, tief unter dem Flugzeug, gruben schon ihre Schattenfurchen ins Gold des Abends.

Wer heute zu irgendeiner Tages- oder Nachtzeit im Flugzeug weite Strecken zurücklegt, macht sich dabei nur selten Gedanken über Navigation. Dabei ist dies eine überaus interessante Materie, und es bedurfte einer Reihe kluger und verwegener Menschen, um für den heutigen Standard an Flugsicherheit zu sorgen. Einer dieser Menschen steht im Mittelpunkt des Buches, nach dem hier gefragt wird. Er ist verwegen, klug – und brutal, wenn es um die Erreichung des von ihm verfolgten Zieles geht. Das Ziel ist: Beschleunigung der Flugpost, und diesem Ziel haben sich alle, vor allem die Piloten, unterzuordnen. Auf private Nöte und Ängste kann keine Rücksicht genommen werden. Die Arbeit, die die Piloten ausführen, ist lebensgefährlich, eine Pionierarbeit. Sie fliegen nämlich ohne Sicht, nur nach Funk. Immer zwei Männer, der Pilot und der Funker, sind stundenlang unterwegs, um nicht während der Nacht die Zeit zu verlieren, die sie am Tag gewonnen haben. Es gilt nämlich, im Wettbewerb mit den Zügen zu bestehen. Der Chef der Piloten, der selber am Boden sitzt, war einst selbst Nachtpilot, genauso wie der Autor dieses Buches, der später ein noch viel berühmteres geschrieben hat, in dem ebenfalls ein Pilot vorkommt.

153

Am 16. August 1968 fiel mir ein Buch aus der Feder eines gewissen Abbé Vallet in die Hände:

Die eigentliche Geschichte ereignet sich während weniger Novembertage auf einem von einer Mauer umgebenen Areal. Dem Zweck entsprechend befinden sich dort unter anderem Wohn-, Schlaf-, Wirtschafts- und Arbeitsräume, Ställe, ein Garten, eine Krankenstation und ein Badehaus. Eigentümlich ist ein Gebäude mit vier siebenseitigen Türmen und einem achteckigen Lichthof. Hauptfigur ist ein gut 50-jähriger Mann, der nicht nur über großen Scharfsinn verfügt, sondern auch über eine revolutionäre Erfindung, die es ihm ermöglicht, schwer oder gar nicht entzifferbare Aufzeichnungen lesbar zu machen. Er ist in geheimer Mission unterwegs. Während der Tage, die er und sein Begleiter, der Ich-Erzähler, in der Anlage verbringen, werden sie mit einer Reihe von Todesfällen konfrontiert und der Held ist entschlossen, diesen Todesfällen auf den Grund zu gehen. Dabei geraten er und sein Begleiter in einen verbotenen Teil des Gebäudes mit den vier Türmen und entdecken, dass es sich dabei um eine raffinierte Anordnung von 56 Räumen handelt und dass einige der Todesfälle rätselhaft mit einem dieser Räume in Verbindung stehen. Die Mission des Helden scheitert, doch immerhin löst er das Rätsel der Todesfälle. Was sich daraufhin ereignet, ist aber leider überhaupt nicht zum Lachen.

154

Zu meiner Zeit hat man mir viele Namen gegeben: Schwester, Geliebte, Priesterin, weise Frau und Königin.

Im Laufe von Eroberungen ist es häufig vorgekommen, dass die Urbevölkerung (die selber bisweilen aus den Nachfahren ehemaliger Eroberer bestand) über viele Generationen hinweg ihre Sprache und ihre Kultur behalten konnte, ihre religiösen Gebräuche oft noch viel länger. Daher gab es in den eroberten Landstrichen meistens lange Zeit nicht nur verschiedene Sprachen und Kulturen, sondern auch verschiedene Religionen. Die Geschichte, von der hier die Rede ist, spielt in einem Reich, das bereits mehrmals erobert worden ist. Insgesamt gibt es zumindest zwei Sprachen und drei Religionen, von denen die älteste und die zweitälteste in einer Art Notgemeinschaft zusammenhalten, im gesellschaftlichen Leben jedoch keine besondere Rolle mehr spielen. Oder etwa doch? Immerhin haben sie noch einen großen Einfluss bei der Rekrutierung bzw. Einsetzung des jeweiligen Königs. Dieser König ist zwar der dritten, mittlerweile herrschenden Religion verpflichtet, um beim Volk anerkannt zu werden, muss er aber auch den Bräuchen der alten Religionen folgen. Die Hauptfigur der Geschichte ist die Schwester eines Königs, die verzweifelt versucht, den alten Mythen und Traditionen zum Recht zu verhelfen, dabei ist sie einmal Täterin, einmal Opfer, beides auf grausame Weise.

155

In unserer Verwandtschaft machen sich Verfallserscheinungen bemerkbar, die man eine Zeit lang stillschweigend zu übergehen sich bemühte, deren Gefahr ins Auge zu blicken man nunmehr aber entschlossen ist.

So beginnt die erste einer Reihe von kurzen Geschichten eines europäischen Autors der Nachkriegszeit. In der ersten Geschichte geht es um eine alte Dame, derentwegen ein bedeutendes, mit allen möglichen Erwartungen befrachtetes Fest um einiges öfter als üblich abgehalten werden muss. Zunächst finden das alle in Ordnung, schließlich geht man aber dazu über, nicht mehr persönlich zu erscheinen, sondern sich vertreten zu lassen. In einer anderen Geschichte erweist sich der Held und Ich-Erzähler als mehr oder weniger selbstloser Tierfreund. Es gibt auch eine Geschichte, in der ein Synchronsprecher eine Spezialaufgabe bekommt und sich eine bemerkenswerte Sammlung zulegt, und eine, in der ein kleiner Ort wirtschaftlich zu boomen beginnt, sich eine dazu passende Infrastruktur und Beamte zulegt und schließlich verzweifelt damit fertig zu werden versucht, dass der Boom zu Ende ist und die Infrastruktur samt unkündbarem Personal weiterhin erhalten werden muss. Der Autor der Geschichten, der auch in Irland gelebt und gearbeitet hat, ist vor allem als Romanautor hervorgetreten und gelangte dadurch zu höchsten Ehren.

156

Ein dichter Herbstnebel verhüllte noch in der Frühe die weiten Räume des fürstlichen Schlosses, als man schon mehr oder weniger durch den sich lichtenden Schleier die ganze Jägerei zu Pferde und zu Fuß durcheinander bewegt sah.

Auf dem Schloss wohnen zwei Fürsten, nämlich der junge Fürst und sein Onkel Friedrich. Der junge Fürst hat gerade geheiratet und geht mit seinem Gefolge auf die Jagd. Zurück lässt er seinen Onkel und seinen Diener Honorio. Der Alte hat Zeichnungen mitgebracht, die das Schloss und dessen Umgebung zeigen. Davon angeregt will die junge Fürstin einen Spazierritt unternehmen. Es ist gerade Markt und neben allerlei Krimskrams sind auch Raubtiere zu sehen, ein Tiger und ein Löwe. Da erinnert sich der Alte wieder, wie es auf solch einem Markt einst gebrannt hat und er fast ums Leben gekommen wäre. Von der Ferne sehen sie, wie tatsächlich ein Feuer ausbricht, worauf Onkel Friedrich sich auf den Rückweg macht. In der allgemeinen Panik entkommen die Raubtiere und Honorio tötet den Tiger. Da erscheint eine seltsame Familie, der die Raubtiere gehören. Vater, Mutter und Sohn. Auch der junge Fürst taucht auf, der den Löwen töten will. Die drei Fremden setzen sich jedoch für diesen ein und es gelingt dem Sohn, das Tier mit orientalischem Flötenspiel und einem rätselhaften Gedicht zu besänftigen und ihm einen Dorn zu entfernen.

157

Sage mir, Muse, die Taten des vielgewanderten Mannes […].

Nun, allein schon das Wort »vielgewandert« dürfte viele auf die richtige Spur bringen. Für die anderen hier eine Zusammenfassung der Geschichte: Hauptfigur des Buches, nach dem hier gefragt wird, ist ein Mann mit einem Faible für rustikale und bodenständige Möblierung. Vom Charakter her entspricht dieser Mann sicher nicht dem, was heutzutage als politisch korrekt bezeichnet wird. Mit Gegnern verfährt er alles andere als zimperlich und Frauen, die ihm in die Quere kommen, erleben mit ihm kurz den Himmel auf Erden und danach die Hölle. Gerade solche »bad boys« aber waren seit jeher bei den Damen recht beliebt, und »Dame«, das reicht in seinem Fall vom unberührten Mädchen bis hin zur überirdisch anmutenden Zauberfrau. Aus beruflichen Gründen war der Mann längere Zeit im Ausland und dort als Führungsperson am erfolgreichen Abschluss eines größeren Projektes beteiligt. Die Heimreise gestaltet sich unerwartet schwierig, aber im Notfall ist immer eine Frau zur Stelle, die ihm mit Rat und Tat und Geist und Körper dabei hilft, in bessere Stimmung zu kommen und wieder Mut zu fassen. So gelangt er also nach Hause, aber dort geht es erst recht drunter und drüber und er muss erst noch einmal gehörig böse werden, bevor es ihm vergönnt ist, mit seiner Familie wieder vereint zu sein. Letzter Hinweis: Es ist Niemand!

158

Am 7. Januar 1944 saß ich zum ersten Mal auf einer Schulbank, drei Monate später als meine Kameraden.

Wer sich von der modernen, hektischen Zivilisation abgestoßen fühlt, für den mögen Natur, Ackerbau und Viehzucht auf Selbstversorgerbasis und ein Leben »im Einklang mit der Natur« die perfekte Idylle sein, ein Schäferspiel zum Mitmachen. So mancher, der mit zunehmendem Alter und abnehmender Lernbereitschaft merkt, dass ihm, was die Welt betrifft, sowohl Verständnis als auch Überblick fehlen, tröstet sich vielleicht mit der Erinnerung an Zeiten, in denen die (Macht-)Verhältnisse noch klar waren. Das Buch, nach dem hier gefragt wird, räumt erbarmungslos auf mit der Selbstversorgeridylle und der beruhigenden Klarheit der Verhältnisse. Autobiografisch erzählt wird die Kindheit als Hirte auf Sardinien, das Heranwachsen, das Ausbrechen, das Zerwürfnis mit dem brutalen, uneinsichtigen Vater, der schwere und leidvolle Kampf um Bildung, Selbstverwirklichung und Freiheit. Der Autor war bis zum Alter von 20 praktisch Analphabet und hat sich durch ungeheuren Einsatz das geholt, was ihm durch seinen strengen Vater vorenthalten worden ist.

159

Im achtzehnten Jahrhundert lebte in Frankreich ein Mann, der zu den genialsten und abscheulichsten Gestalten dieser an genialen und abscheulichen Gestalten nicht armen Epoche gehörte.

Und wie es bei Genies so üblich ist, verfügen sie über extreme Begabungen, die man nicht erklären kann. Es gibt – in der Literatur – Genies, die können Glas zersingen, in der Luft gehen, fliegen und anderes mehr. Die Hauptfigur des Buches, nach dem hier gefragt wird, hat, obwohl oder gerade weil sie selber keinen Duft verströmt, ein enormes Geruchsvermögen und erlernt und beherrscht die Kunst, jede Art von Gerüchen, selbst den Duft rothaariger Jungfrauen, kilometerweit zu wittern und schließlich zu destillieren. Dass der Held seine Geruchsspenderinnen töten muss, um ihre Gerüche zu erwerben, macht ihn zum Mörder. Er braucht ihren Geruch für eine Mixtur, an der er arbeitet. Diese Mixtur soll alle anderen dazu bringen, ihn zu lieben. Es kommt denn gegen Ende des Buches auch zu einer großartigen Szene, bei der die Leute, die eigentlich der Hinrichtung des Helden beiwohnen wollten, aufgrund der Mixtur stattdessen einander beiwohnen. Der Held wird begnadigt und schließlich auf einem Friedhof aus lauter Liebe zerrissen und verzehrt. Das Buch ist ein Bestseller und hat einen Rattenschwanz epigonaler Literatur nach sich gezogen.

160

Alle Kinder [...] werden erwachsen.

Das Buch, nach dem hier gefragt wird, ist eines der Bücher, die eigentlich für Kinder geschrieben sind, jedoch eine Reihe von Aspekten enthalten, die von den meisten Kindern sicher nicht verstanden werden. Es ist zum Beispiel ironisch und setzt ein Wissen über die Erwachsenenwelt voraus, das Kinder kaum haben können. Dass die Geschichte trotzdem bei Kindern so erfolgreich war und ist (vor allem als Theaterstück), liegt an der packenden, abenteuerlichen Geschichte und den wunderbaren Gags. Also: Es waren einmal drei Geschwister, die sich eines Nachts in Begleitung eines vierten Kindes durch das Fenster verabschieden und sich zu einer Insel aufmachen, nach der auch das Domizil eines amerikanischen Popstars unbestimmter Hautfarbe benannt ist. Auf der Insel gibt es Indianer, Kinder und Seeräuber sowie ein tickendes Krokodil. Nachdem die Titelfigur den Anführer der Seeräuber erledigt hat, kehren die Geschwister wieder zurück und werden erwachsen, zum Teil nicht unbedingt im besten Sinne, denn sie entwickeln sich zu langweiligen Typen, die jeden Sinn für Phantasie und Abenteuerlust verloren haben. Die Titelfigur bleibt, wie sie ist: »fröhlich, unschuldig und herzlos« – ein Kind.

161

Nach einer glücklichen, jedoch für mich sehr beschwerlichen Seefahrt erreichten wir endlich den Hafen.

Wenn man manchmal einfach nur vorher wüsste, was dabei herauskommt, würde man sich gewisse Dinge wohl nicht antun – schließlich sind wir Menschen ja im Großen und Ganzen bereit, vernünftig zu handeln, wir wollen uns nicht schaden. Der Mensch ist allerdings verführbar und lernt vielleicht gerade aus seinen Fehlern am meisten. Der Held des Buches, nach dem hier gefragt wird, meint zunächst auch, vernünftig gehandelt, das heißt, sich einen Vorteil verschafft oder ein Problem gelöst zu haben. Der Held kommt zu unermesslichem Reichtum, aber der Preis für diesen Reichtum, nämlich der Verlust einer an sich sehr anhänglichen Sache ist unverhältnismäßig hoch. Der Held muss erkennen, dass er trotz seines Reichtums nicht als freier Mann leben kann, denn denen, die ihn nicht gerade verachten, ist er unheimlich. Eine Liebe zerbricht daran. Wie soll er nun den Rest seines Lebens verbringen? Nun, er findet einen Weg, einen einsamen, nützlichen, beglückenden Weg, nicht zuletzt durch den Besitz ganz besonderer Wanderstiefel. Der Autor gibt an, den Helden persönlich zu kennen, dieser habe ihm auch die ganze Geschichte erzählt.

162

Am Rande der kleinen, kleinen Stadt lag ein alter verwahrloster Garten.

In dem alten Haus, das sich in dem Garten befindet, wohnt die Heldin der Geschichte. Sie ist Halbwaise und führt ein exzentrisches Leben. Als Haustier hat sie, was in der Fachsprache »Saimiri sciureus« genannt wird. Die Heldin lebt vom auf nicht gerade konventionelle Weise erworbenen Vermögen ihres Vaters, daher kann sie es sich leisten, sowohl auf eine Ausbildung als auch auf Erwerbsarbeit zu verzichten. Auch was die Kleidung und die Frisur betrifft, macht sie sich einen Spaß daraus, sich gängigen Normen zu verweigern. Überhaupt ist bei ihr vieles anders als üblich, was so manchen provoziert. Andere sind schlicht und einfach besorgt um das Fortkommen der Heldin und versuchen deshalb – erfolglos –, sie zu normalisieren. Die Heldin freundet sich mit zwei Geschwistern aus dem Dorf an, in das sie gezogen ist. Zusammen erleben sie eine Reihe merkwürdiger Abenteuer. Besonders aufregend wird es, wenn die drei den Vater der Heldin aus den Fängen einer kriminellen Vereinigung befreien müssen. Das Buch ist in viele Sprachen übersetzt worden, die Heldin heißt in der französischen Ausgabe Fifi Brindacier, in der deutschen ganz ähnlich wie im Original. Letzter Hinweis: Die Heldin hat auch ein Wort erfunden: Spunk.

163

***B**eim Gardekavallerieoffizier Narumoff wurde einmal gespielt.*

Ein deutscher Offizier, der bei diesem Spiel zusieht, hört eine Anekdote, die fortan seinen Weg bestimmt. Er ist ganz sicher, dass man beim Spielen langfristig nichts gewinnen kann – es sei denn, man verfügt über ein tatsächlich wirksames System. Und genau von solch einem System handelt die gehörte Anekdote. Im deutschen Offizier wachsen kapitalistische Begierden und er macht sich einigermaßen raffiniert an die Beschaffung des Systems. Dazu braucht er eine schillernde alte Dame, und um an die Dame heranzukommen, braucht er deren Pflegetochter. Und um an die jungfräuliche Pflegetochter heranzukommen, genügen im Wesentlichen eine frisch geputzte Uniform, eine Portion Beharrlichkeit und etwas Briefschreibekunst. Er macht also der Pflegetochter den Hof und bringt sie so weit, dass sie sich zu einem Stelldichein bereit erklärt. Statt sich aber mit ihr zu vergnügen, wird er bei der Alten vorstellig. Allerdings ist diese zu Lebzeiten nicht mehr in der Lage, ihm ihr System mitzuteilen. Trotzdem erhält der Mann kurz darauf Gewissheit, doch an das System herangekommen zu sein, und zunächst deutet alles darauf hin, dass es tatsächlich funktioniert. Allerdings kommt ein Spielutensil dazwischen, ein ganz besonderes, nämlich eines, das zwinkern kann.

164

Ich hatte in meiner Jugend einige Fertigkeit im Drechseln und beschäftigte mich sogar wohl etwas mehr damit, als meinen gelehrten Studien zuträglich war; wenigstens geschah es, dass mich eines Tages der Subrektor bei Rückgabe eines nicht eben fehlerlosen Exerzitiums seltsamerweise fragte, ob ich vielleicht wieder eine Nähschraube zu meiner Schwester Geburtstag gedrechselt hätte.

So beginnt eine Novelle eines norddeutschen Dichters. Durch seine mehr oder weniger bedeutsamen Drechselkünste macht der Ich-Erzähler die Bekanntschaft eines Mannes, der in seiner Nachbarschaft wohnt und ihm erzählt, wie er schon als Bub seine Frau kennen gelernt hat, und zwar unter ganz und gar theatralischen Umständen. Durch seine Neugier hätte er als Bub beinahe eine Katastrophe ausgelöst, sein guter Vater hatte allerdings den Schaden wieder gutgemacht. Er verlor das Mädchen, seine zukünftige Frau, dessen allzu gütigen Vater und die strenge Mutter aus den Augen. Erst Jahre später traf er, inzwischen Handwerksbursche auf Wanderschaft, mit der jungen Frau wieder zusammen, befreite ihren Vater aus dem Gefängnis und nahm beide mit heim in seine Werkstatt. Dort konnten er und sein Schwiegervater ihrem Gewerbe allerdings nicht mehr nachgehen, was vor allem den Schwiegervater sehr traurig machte. Einmal noch versuchte er es und scheiterte und nahm am Ende sein wichtigstes Handwerkszeug mit ins Grab.

165

Da er Raat hieß, nannte ihn die ganze Stadt Unrat.

Hinter so mancher Autorität ist bei näherem Hinsehen ein schwacher Mensch erkennbar. Das machtvolle Getue ist oft nur Fassade, und wer sich um die Fassade nicht schert, dringt schnell zum weichen Kern vor. Besonders leicht haben es in dieser Hinsicht Menschen, die von der »Autorität« weder abhängig noch ihr in Bewunderung ergeben sind. Die »Autorität« in dem Buch, nach dem hier gefragt wird, ist ein Lehrer, der es bisher immer gut verstanden hat, andere zur Schnecke zu machen. Die Person, die ihn kleinkriegt, ist eine junge Frau von schlechtem Ruf. Durch sie holt der Lehrer, der einen missratenen Stiefsohn hat, eine Reihe von Dingen nach, von denen er bisher gar nicht gewusst hatte, dass er sie versäumt hat, und der Preis, den er für sein Leben in Saus und Braus zahlt, ist enorm. Die junge Frau, Mutter einer Tochter, ist aber die Letzte, der das Sorgen bereitet, immerhin scheint sie nichts anderes zu kennen. Die beiden heiraten und nachdem die Ersparnisse des Mannes aufgebraucht sind, muss die Frau etwas verdienen. So kommt sie auch wieder mit einem ehemaligen Schüler ihres Mannes zusammen, einem Burschen, der einst ein Lied für sie geschrieben hat. Bei aller Liebe hat doch ihr Mann für die Tatsache, dass ausgerechnet dieser ehemalige Schüler in seinem Hause ist, kein Verständnis. Das Buch ist erfolgreich verfilmt worden.

166

Wenn du zufällig schon ein anderes Buch über [NAME 1] gelesen hast, erinnerst du dich vielleicht daran, dass er mal einen Schwan hatte (oder der Schwan hatte [NAME 1]; ich weiß nicht mehr, wie das war) und dass er diesen Schwan [NAME 2] nannte.

Das Personal des Buches, nach dem hier gefragt wird, besteht aus einer Reihe von Freunden mit hervorstechenden Eigenschaften und, das ist den Illustrationen zu entnehmen, charakteristischem Aussehen. Die Hauptfigur ist ein skurriler Dichter mit einem kurzen Namen, der gern ein Insektenprodukt zu sich nimmt und mehr oder weniger verbissen auf der Sinnsuche ist, leider aber immer wieder erkennen muss, dass seine intellektuellen Fähigkeiten zu seinen Absichten in keinem Verhältnis stehen. Daneben gibt es noch eine Figur, die schier ertrinkt in Defätismus und Selbstmitleid, während eine andere Figur ungestüm ist und »gestüm« gemacht werden soll. Immer wieder tritt auch ein Schulkind auf. Das Buch, nach dem hier gefragt wird – eigentlich sind es zwei Bücher –, besteht aus insgesamt 20 Kapiteln, in denen die aberwitzigsten Dinge passieren, allerdings gehen sie in völlig unvorhersehbarer Weise immer gut aus. Der Autor des Buches hatte ein Kind gleichen Namens wie das erwähnte Schulkind.

167

Die Trottas waren ein junges Geschlecht.

Der erste Adelsträger der Familie Trotta war ein Kriegsheld, der seinem Herrscher, als dieser noch jung war, das Leben gerettet hatte und dabei verwundet worden war. Im Schullesebuch seines Sohnes steht das freilich ganz anders, nicht unbedingt zu seinem Nachteil, vor allem aber zum Vorteil des Herrschers. Diese Lüge kränkt ihn sehr und er lässt seinen Sohn einen Beamten werden. Der Enkel aber wird wieder Soldat und das Buch erzählt im Wesentlichen seine Lebensgeschichte. Er macht seine Erfahrungen mit den Frauen und den Kameraden und notfalls hilft der Herrscher, wenn es Schwierigkeiten zu bereinigen gilt. Als Soldat muss er in einen großen Krieg ziehen. Der Herrscher ist inzwischen alt und mit dem drohenden Zerfall seines Reiches konfrontiert. Der junge Mann fällt schließlich und am Ende des Buches sterben auch der Herrscher und der Vater des jungen Mannes. Das Geschlecht der Trottas ist erloschen. Neben den Haupt- gibt es eine Reihe von interessanten Nebenfiguren, beispielsweise einen Militärarzt, der bei einem Duell ums Leben kommt, einen der Spielleidenschaft verfallenen Hauptmann, der als Spion entlarvt wird, einen schillernden polnischen Grafen, eine verheiratete Frau, die die Geliebte des jungen Mannes wird, oder den liebenswerten Burschen des Soldaten. Das Buch ist nach einem bekannten österreichischen Musikstück benannt.

168

Ich habe heute einen Studiogast, der seinen Namen aus Gründen, die die Hörer später noch zu verstehen lernen werden, nicht nennen will.

Tatsächlich handelt es sich bei dem Studiogast um eine Person, die allen Grund hat, anonym zu bleiben, denn Leute seines Kalibers sind vor Nachstellungen, Beleidigungen, ja sogar Tätlichkeiten nicht sicher. Immerhin tritt dieser Gast wöchentlich unsichtbar vor Publikum auf und überschreitet auf einerseits übliche, andererseits niemals in dieser Form praktizierte Weise Grenzen, manchmal auch die des guten Geschmacks, immer aber die seines Bewusstseins. Jedes Mal ist ein großes Publikum live dabei, jedoch ohne Möglichkeit zur Interaktion. Die Person (sie ist verheiratet, hat Kinder und neben ihren Auftritten einen gewöhnlichen Beruf) bereitet sich auf ihre regelmäßige Show gut vor. Nach den Auftritten ist stets ein Tag zum Ausruhen fällig, danach geht es wieder nach Hause zur nichts ahnenden Familie. Der Moderator und sein Studiogast sprechen über die Geschichte der Auftritte und über deren Sinn und die Reaktionen. Wie nicht anders zu erwarten, findet der Studiogast genug Worte, um sein Tun zu rechtfertigen und gar zur Nachahmung zu empfehlen. Der Moderator, der schon aus Gründen der Wirkung den Advocatus Diaboli spielt, sieht das, wie man zu sagen pflegt, »differenzierter«.

169

Es schüttet, was der Himmel hergibt.

Viele Geschichten funktionieren in der Weise, dass ein Held sich mit einem Gegner oder einem Geheimnis zu befassen hat und durch die Überwindung des Gegners bzw. durch die Lüftung des Geheimnisses wächst und reift. Das Buch, nach dem hier gefragt wird, ist eine Variante: Es gibt zwei Helden, die sich aufmachen, um ein großes Geheimnis zu lüften. Zu zweit erzählen sie ihre Geschichte. Die beiden werden von einem Zeitungsherausgeber beauftragt und kurz darauf befinden sie sich schon in einem legendären Verkehrsmittel und machen sich zu einem nicht weniger legendären Ort auf. Unterwegs treffen sie einen englischen Journalisten, der ebenso nach des Rätsels Lösung sucht, eine geheimnisvolle Frau und einen Geistlichen, der sich in einen Bahnhofsvorsteher verguckt hat. Am gewünschten Ort angekommen, müssen die beiden Helden feststellen, dass irgendjemand ein Interesse daran zu haben scheint, dass das Rätsel nicht gelöst wird. Es passieren erschütternde Dinge. Die beiden Herren sind, zusammen mit dem englischen Journalisten, verwegen genug, sich trotzdem Einlass zu verschaffen, und kurz darauf treffen sie die geheimnisvolle Frau wieder, eine Dissidentin sowie einen Hund, der schon einmal gelebt hat. Was die Lösung des Rätsels betrifft, so machen die Herren eine überwältigende Erfahrung.

170

Einen so heißen Sommer, wie nun vor hundert Jahren, hat es seitdem nicht wieder gegeben.

Zu den Phänomenen, die weltweit am meisten Gesprächsstoff, Grund zum Ärgern und Anlass für Verschwörungstheorien bieten, gehört das Wetter. Üblicherweise beschweren sich immer dieselben Leute über die Hitze, über die Kälte, über die Nässe und über die Trockenheit und nicht zu vergessen: den Wind und die Flaute. Wer auf dieses oder jenes Wetter angewiesen ist, beispielsweise, um eine gute Ernte einzufahren, mag sich ja hin und wieder überlegen, wie dem vermuteten Wetterchaos beizukommen wäre oder, noch interessanter, wer für dieses oder jenes Wetter eigentlich verantwortlich sei und haftbar und wem demnach das Handwerk gelegt werden müsse. Das ist genau der Punkt bei der Geschichte, nach der hier gefragt wird: Wer ist für die entsetzlich lange Trockenperiode verantwortlich und wie kann man dafür sorgen, dass es endlich regnet? Das herauszufinden und die nötigen Konsequenzen zu ziehen, ist eine gewaltige Herausforderung, zumal für ein junges Paar, dessen privates Glück mit dem Gelingen der selbst gewählten Aufgabe verknüpft ist. Also: Innert 24 Stunden müssen sie für Regen sorgen, sonst darf nicht geheiratet werden. Immerhin, das Wesen, das für die Hitze zuständig ist, hat nicht allzu viel Geist.

171

Das Haus Nr. 7 Savile Row, Burlington Gardens – wo übrigens Sheridan im Jahre 1816 das Zeitliche segnete – wurde 1872 von [NAME], Esq., bewohnt.

Hauptpersonen des Buches, nach dem hier gefragt wird, sind ein einigermaßen phlegmatischer und pedantischer Adeliger und sein neuer Diener, der nach einer bewegten Vergangenheit eigentlich nur seine Ruhe haben will. Daraus wird aber nichts, denn sein Herr hat eine Wette abgeschlossen, in der es um viel Geld geht und die die beiden zwingt, schnellstens und für längere Zeit ihren Wohnort zu verlassen. Herr und Diener machen sich also auf, heimlich verfolgt von einem Privatdetektiv, der den Adeligen für einen Bankräuber hält, und müssen, was den Adeligen nicht im Mindesten aus der Ruhe bringt, ständig auf die aberwitzigste Weise improvisieren. Immer wieder haben sie mit den »ortsüblichen« Unbilden zu schaffen, sie lernen aber auch eine bezaubernde Witwe kennen und nehmen sie mit. Sie verbrauchen eine Menge Geld und sind schließlich der festen Überzeugung, die Wette und damit noch mehr Geld verloren zu haben. Dass dem nicht so ist, hat einerseits mit der Rotationsrichtung der Erde zu tun, andererseits mit der Tatsache, dass der Adelige die bezaubernde Witwe heiraten will. Dass der Diener während der langen Abwesenheit das Gas hat brennen lassen, geht auf seine Rechnung. Ordnung muss sein.

172

Alphons Clenin, der Polizist von Twann, fand am Morgen des dritten Novembers neunzehnhundertachtundvierzig dort, wo die Straße von Lamboing (eines der Tessenbergdörfer) aus dem Walde der Twannbachschlucht hervortritt, einen blauen Mercedes, der am Straßenrand stand.

Nicht Alphons Clenin ist der Held der Geschichte, sondern ein todkranker Mann, der, bevor er stirbt, noch etwas zu erledigen hat, das mit seinem Beruf und einer haarsträubenden Wette zusammenhängt. Er ist ein konservativer Mensch, der nicht allzu viel hält von den modernen Methoden, die in seinem Beruf eine höhere Erfolgsquote verheißen. Das, was er vor seinem Tod noch erledigen will, gewissermaßen sein Vermächtnis, ist eine äußerst knifflige Sache, es ist so schwierig, dass er es nicht allein erledigen kann, das zeigt der Titel des Buches. Er weiß auch, dass er seinem »Wettgegner« nicht mit herkömmlichen Mitteln zu Leibe rücken kann, daher greift er zu einem durchaus fragwürdigen Mittel. Der Autor der Geschichte, Sohn eines Pastors, ist vor wenigen Jahren verstorben und durch sein erzählerisches Werk bekannt geworden. Das Werk, nach dem hier gefragt wird, gehört zu seinen wenigen Kriminalgeschichten.

173

Ich wurde im Jahre 1632 in der Stadt York geboren, von guter Familie, die aber nicht aus diesem Lande stammte, denn mein Vater war ein Ausländer aus Bremen.

Aufgrund seiner speziellen Situation ist der Held dieses Buches gezwungen, an seiner Umwelt gewisse Veränderungen vorzunehmen. Die Gegend, in der er gelandet ist, entspricht in nichts seiner Heimatstadt und aufgrund mangelnder Ausbildung tut er sich anfangs recht schwer. Immerhin gilt es, Möbel anzufertigen, Ackerbau und Viehzucht zu betreiben, ein stabiles Haus zu bauen und Bäume zu pflanzen. All dies schafft er, aber mangels einer Frau kann er keinen Sohn zeugen. Allerdings muss der Held nicht bei Null beginnen, er hat Werkzeug und Munition. Das Führen eines Kalenders wird für ihn zu einer äußerst wichtigen Aufgabe, vor allem die Sonntage müssen gewissenhaft verzeichnet werden. Dass es Füße verschiedener Größe gibt, bringt ihn einmal fast um den Verstand. Der Held hat auch sonst mit allerlei Unbill zu kämpfen und darf erst nach vielen Jahren in seine Heimat zurückkehren. Es stellt sich zu seiner nicht geringen Freude heraus, dass er reich ist. Auf sein Leben zurückblickend kann er berichten, dass er Abenteurer, Gefangener, Plantagenbesitzer und der einzige Überlebende einer Schiffskatastrophe war. Der Autor, der unter anderem als Händler und als Journalist gearbeitet hat, war beim Erscheinen des Buches knapp 60 Jahre alt.

174

***D**iese Geschichte zu erzählen, würde eine müßige Nachahmung sein, wenn sie nicht auf einem wirklichen Vorfall beruhte, zum Beweise, wie tief im Menschenleben jede jener Fabeln wurzelt, auf welchen die großen alten Werke gebaut sind.*

Normalerweise ist der Liebesakt etwas sehr Schönes, niemand will hinterher sterben. Anders in dem Buch, nach dem hier gefragt wird. Hauptpersonen sind ein junger Mann und eine junge Frau, ihre Muttersprache ist Deutsch. Die jungen Leute, die einander schon von Kind auf kennen, wissen, dass ihre Liebe unter den herrschenden Umständen keine Chance hat, dass sie nicht heiraten dürfen. Sie leben in bedrückenden wirtschaftlichen Verhältnissen und das hat seine Ursache in einem länger zurückliegenden Streit ihrer Väter, die einst Nachbarn waren. Sie hatten sich aber wegen eines Feldes überworfen, dessen wahrer Eigentümer aufgrund seiner Abstammung seine Ansprüche nicht geltend machen konnte und das der eine schließlich erworben hat. Erst nach dem Streit, als die jungen Leute zufällig aufeinander treffen, verlieben sie sich ineinander. Sie flüchten, treffen auf den rechtmäßigen Eigentümer des Feldes, der sie verhöhnt und anschließend einlädt, mit ihm und seiner Sippe zu ziehen, bereiten sich auf einem losgebundenen Floß ein Liebeslager und ertrinken.

175

Ein lichter Strauß aus rosa und weißen Rosen, einer Kornblume, gelb-rot geflammten Tulpen, einer Narzisse, einem winzigen Stiefmütterchen und einigen Jasminblüten in einem durchsichtigen Pokal.

Wenn, einmal angenommen, jemand ein Verbrechen begeht, der eine familiäre Verantwortung hat, dann leiden, wenn dieser Mensch in das Gefängnis kommt, seine ganzen Angehörigen mit. Kein Stein bleibt auf dem anderen, die ganze Familie wird für die Tat eines einzigen Mitgliedes bestraft. Das alles ist natürlich kein Grund, jemanden, der ein Verbrechen begangen hat, zu verschonen, und insgesamt hätte das alles ja nicht sein müssen, wenn alle in der Familie sich korrekt verhalten hätten. Aber gäbe es nicht eine Möglichkeit, abseits des Justizapparates zu strafen? Hauptfigur und Ich-Erzählerin des Buches, nach dem hier gefragt wird, ist eine Frau zwischen 30 und 40, deren Ehe in großer Gefahr ist zu scheitern. Ihr Mann ist freiberuflich tätig, und sie widmet sich, wenn sie nicht gerade mit Hausarbeit beschäftigt ist, ihren künstlerischen Bedürfnissen. Das Leben könnte mitsamt den kleineren Problemen, die beispielsweise durch die Kinder verursacht werden, so gemütlich sein, gäbe es da nicht eine Frau, die sich brennend für den Ehemann der Ich-Erzählerin interessiert. Eine sehr junge Frau. So weit, so alltäglich. Es gibt aber noch eine andere Frau, die gefährlich wird, mordsgefährlich.

176

Die kleine Stadt Verrières kann für eine der hübschesten der Freigrafschaft gelten.

In dieser malerischen Kleinstadt lebt ein hübscher junger Mann, Sohn eines Sägewerksbesitzers und Lateingenie: Das Neue Testament kann er auswendig, vor- und rückwärts. Nun will er eine Laufbahn als Priester einschlagen, aber da er arm ist, muss er gewisse Umwege machen, um sich seine Studien finanzieren zu können. So kommt er zunächst als Privatlehrer in den Dienst des ebenso reichen wie ahnungslosen Bürgermeisters und kümmert sich bald um dessen ebenso schöne wie liebeshungrige Frau. Nachdem er das Priesterseminar besucht hat, tritt er in die Dienste eines ebenso reichen wie ahnungslosen Marquis und kümmert sich bald um dessen ebenso schöne wie liebeshungrige Tochter. Egal, wohin Julien kommt, sei es die Provinz, sei es Paris, sei es der Landadel, sei es der Hochadel, sei es das Militär oder der Klerus, überall regieren Bosheit, Niedertracht, Vetternwirtschaft und Intrigantentum. Der junge Mann, der machtgierig ist und sich gewissermaßen bei den Oberen dafür rächen will, in den falschen Stand geboren zu sein, unternimmt einen Mordversuch, nachdem er durch einen Brief mit seiner nicht gerade priesterlichen Vergangenheit konfrontiert worden ist. Obwohl das Opfer ihm verzeiht und ihn sogar im Gefängnis besucht, wird der trotzige junge Mann zum Tode verurteilt.

177

In dem Salon der in der Behrenstraße wohnenden Frau von Carayon und ihrer Tochter Victoire waren an ihrem gewöhnlichen Empfangsabend einige Freunde versammelt, aber freilich wenige nur, da die große Hitze des Tages auch die treuesten Anhänger des Zirkels ins Freie gelockt hatte.

Die Geschichte spielt zu Beginn des 19. Jahrhunderts. Frau von Carayon wird allgemein als Schönheit betrachtet, von ihrer Tochter kann man das nur bedingt sagen, je nachdem, welche der fünf im Werk angeführten Arten von Schönheit gemeint ist. Jedenfalls ist Victoire ein nettes, schlichtes Wesen. Die beiden Damen empfangen hin und wieder einen gut aussehenden jungen Mann, und es würde niemanden wundern, wenn der Mann die schöne Mutter heiraten würde. Es kommt aber ganz anders, in einer lauschigen Nacht wird er der Liebhaber der hässlichen Victoire und sieht sich, nachdem alles aufkommt, schließlich gezwungen, diese auch zu heiraten. Aufgrund der Situation, in die er sich gebracht hat, wird er öffentlich verspottet, wobei einerseits auf einen persischen Herrscher, andererseits auf ein bekanntes Brettspiel angespielt wird. Der junge Bräutigam ist nicht Manns genug, diesem Spott mehr entgegenzusetzen als – einen Akt der Verzweiflung.

178

Auf dem großen Passagierdampfer, der um Mitternacht von New York nach Buenos Aires abgehen sollte, herrschte die übliche Geschäftigkeit und Bewegung der letzten Stunde.

Auf dem Schiff, von dem hier die Rede ist, befinden sich zwei außergewöhnliche Männer, die, so verschieden sie auch sein mögen in ihrer Lebensweise, beide von einer Sache nahezu besessen sind. Inzwischen ist diese Sache zu einer offiziellen sportlichen Disziplin avanciert. Der eine verdient, obwohl er eigentlich ein stumpfer Geist ist, mit der Ausübung dieser Disziplin seinen Lebensunterhalt, dem anderen hat die geheime Ausübung der Disziplin einst das Leben gerettet. Sie hat ihm damals die grausame Einzelhaft ertragen helfen. Die beiden Meister geraten aneinander und treten gegeneinander an. Während der eine, der Profi, äußerst langsam und bedächtig vorgeht, handelt der andere, seiner furchtbaren Vergangenheit und seiner »Ausbildung« gemäß, äußerst schnell. Da aber die Disziplin in abwechselnden Aktionen der Gegner besteht und der Profi, nachdem er einmal verloren hat, die Ungeduld seines Gegners durchschaut, macht er diesen so nervös, dass der die Nerven verliert und aufgeben muss. Nur der Ich-Erzähler des Buches ist mit dem Geheimnis des zweiten Mannes, Dr. B. genannt, vertraut.

179

Der Held unserer Geschichte wohnte vor nicht allzu langer Zeit in einem Dorfe [...], auf dessen Namen ich mich nicht besinnen mag; er gehörte zu jenen, die einen Spieß und eine alte Tartsche im Waffenschrank haben, einen dürren Klepper im Stall und ein Windspiel zur Jagd.

Der Klepper hat einen Namen, aufgrund dessen er bisweilen für eine Stute gehalten wird, aber das nur nebenbei. Das Buch enthält über 600 Figuren, eine Reihe von eingeschobenen Erzählungen und ist aufgrund einer darin vorkommenden Auseinandersetzung des Helden mit einer Reihe von Maschinen zur Erzeugung kinetischer Energie überaus bekannt und oftmals bearbeitet worden. Der Held ist ein gnadenloser Idealist mit literarischem Sachverstand, sein Kompagnon ist mehr auf Lebensmittel und Ämter aus und die Geliebte des Helden besitzt nichts außer einem Namen. Es gibt eine Reihe von Abenteuern zu bestehen. Das Buch besteht aus zwei Teilen, die im Abstand von zehn Jahren veröffentlicht worden sind. Der zweite Teil war ursprünglich nicht vorgesehen, wurde gewissermaßen erzwungen. Der Autor hatte nur einen Arm, dafür aber eine unerschöpfliche Phantasie.

180

Es ist etwas merkwürdig, dass mich trotz meiner Abneigung, am häuslichen Herd und im Kreise meiner Freunde allzu viel von mir und meinen Privatangelegenheiten zu sprechen, zwei Mal in meinem Leben eine autobiografische Regung ergriffen hat, als ich mich an die Öffentlichkeit wandte.

So beginnt das erste Fünftel des Textes, eine Art überlange Einleitung zur folgenden Geschichte, zu der der Autor an seinem Arbeitsplatz angeregt worden sein will, kurz bevor er gezwungen war, diesen Arbeitsplatz zu verlassen. Hauptpersonen der Geschichte, die im 17. Jahrhundert spielt, sind eine junge, verheiratete Frau, ein Priester und der alte, verwachsene Ehemann der jungen Frau, Arzt von Beruf. Während der langen Abwesenheit ihres Mannes ist die Frau schwanger geworden und hat eine Tochter geboren. Daraufhin wird sie von der puritanischen Gemeinde verurteilt, den Rest ihres Lebens deutlich sichtbar auf ihre Tat hinzuweisen. Der zweite Beteiligte an der Zeugung bleibt zunächst unbekannt. Als man der Frau das Kind wegnehmen will, setzt der Priester sich für sie ein. Der Ehemann weiß, wer der Vater des Kindes ist, und er setzt alles daran, diesem zu schaden. Als die Frau und ihr ehemaliger Geliebter dies durchschauen, sind bereits Jahre vergangen. Ihre Flucht wird vereitelt. Bevor der Geliebte stirbt, entblößt er seine Brust, auf der ein merkwürdiges Zeichen zu sehen ist.

181

Weil Esquire Trelawney, Dr. Livesey und die übrigen Gentlemen mich gebeten haben, alle Einzelheiten über [ORT] bis zum Ende niederzuschreiben […], greife ich im Jahr des Herrn 17.. zur Feder und gehe in die Zeit zurück, als mein Vater das Gasthaus ›Zum Admiral Benbow‹ führte und der braun gebrannte alte Seemann mit der Säbelnarbe im Gesicht Wohnung unter unserem Dach nahm.

Der Mann mit der Säbelnarbe verfügt über ein Dokument, das jemanden, der ausreichend Mut und die anderen nötigen Voraussetzungen mitbringt, ganz schön reich machen kann. Tatsächlich gibt es gar nicht wenige, die hinter dem Dokument her sind. Der Ich-Erzähler, zum Zeitpunkt des Geschehens ein junger Bursche, macht sich schließlich mit einer Reihe robuster Kameraden auf die Suche nach dem Vermögen. Allerdings muss er bald feststellen, dass viele seiner Kameraden, vor allem ein Mann mit gastronomischen Kenntnissen, einem steinalten Haustier und einer auffallenden Gehbehinderung, die Absicht haben, sich selbst des Vermögens zu bemächtigen. Früher oder später kommt es denn auch zu den unvermeidlichen Auseinandersetzungen, wobei der Bursche mehr als einmal in große Gefahr kommt. Immerhin kehrt er gesund nach Hause zurück. Der Hauptbösewicht aber kommt nicht wie im Märchen ums Leben, sondern er bleibt mithilfe des Burschen unbestraft.

182

Ein Schicksal, das Engländer und Pennsylvania-Deutsche zusammenbringt, ist schon sonderbar genug.

Häufig sind die Helden und Heldinnen der Weltliteratur Einzelkinder. Von einem Bruder von Hamlet ist ebenso wenig etwas bekannt wie von einer Schwester von Don Quixote. Dabei ist die Beschreibung von Geschwisterkonstellationen und komplizierten Familienverhältnissen ein reizvolles Gebiet. In dem Buch, das wie oben zitiert beginnt, hat der Held eine Reihe von Geschwistern. Sein Vater ist ein versoffener, temperamentvoller Steinmetz, die Mutter eine Pensionsbesitzerin und Grundstücksspekulantin, ein Bruder stottert, ein anderer stinkt und der Held selbst sagt: »Ich werde den Rest meiner Tage brauchen, um mein Herz wiederzufinden, um die Wunden auszuheilen und die Narben zu verschmerzen, die mir zugefügt wurden, als ich ein Kind war.« Unser Held flüchtet sich in seine Liebe zur Literatur, um der familiären Zerrissenheit zu entkommen. Als er am Ende des Buches an steinernen Engeln vorbeikommt, beschließt er, sein Glück in der Ferne zu suchen.

183

Was ich zu berichten beabsichtige, ist mir vor reichlich einem halben Jahrhundert im Hause meiner Urgroßmutter, der alten Frau Senator Feddersen, kund geworden, während ich, an ihrem Lehnstuhl sitzend, mich mit dem Lesen eines in blaue Pappe eingebundenen Zeitschriftenheftes beschäftigte; ich vermag mich nicht mehr zu entsinnen, ob von den ›Leipziger‹ oder von ›Pappes Hamburger Lesefrüchten‹.

Ein Lehrer erzählt einem Mann folgende Geschichte: Ein mathematisch begabter und dem Aberglauben abgeneigter Mann in Norddeutschland erreicht nach Jahren ein für die dortige Sicherheit äußerst wichtiges Amt und setzt die Errichtung eines nach modernsten Erkenntnissen konstruierten und nicht eben billigen Bauwerkes durch. Immer wieder kommt es zu Auseinandersetzungen mit einem weniger begabten, dafür bei den Leuten beliebten Mann. Das Kind, das der mit dem Amt betraute Mann und seine Frau haben, ist geistig behindert. Eines Tages bringt er ein weißes Pferd nach Hause, das nicht ganz in Ordnung sein soll. Als er nach einer fiebrigen Krankheit an einem alten Bauwerk grobe Sicherheitsmängel feststellt, ist er zu schwach, sich gegen den minderbegabten Mann durchzusetzen, und das wird seiner Familie und ihm selber zum Verhängnis. Das von ihm konstruierte Werk überdauert freilich die Zeiten.

184

Es war spätabends, als [NAME] ankam.

Nun, wenn der Protagonist dieser Geschichte gewusst hätte, dass seine Ankunft, obwohl er doch eingeladen worden war, offenbar gar nicht besonders erwünscht ist, dann hätte er sich viel ersparen können. Dann gäbe es freilich auch nicht einen der merkwürdigsten Romane der Weltliteratur. Das Buch ist wie andere Bücher desselben Autors ein ausführlich beschriebener Albtraum und handelt davon, dass jemand auch unter größten Anstrengungen nicht das erlangt, was er sich wünscht, sondern sich immer mehr Zwängen, Hierarchien und Absurditäten gegenübersieht, denen er, wie er feststellen muss, nicht gewachsen ist. Es mangelt, was die verschiedenen Werke des Autors anbelangt, nicht an einer Vielzahl von Deutungen, die eventuell mehr über den Deutenden aussagen als über die Werke. Der Autor ist sicher einer der meistgelesensten und nicht zuletzt aufgrund des Buches, nach dem hier gefragt wird, weltberühmt. Man hat aus seinem Namen und einer Nachsilbe sogar ein Eigenschaftswort gemacht, welches vor allem im Zusammenhang mit Auswüchsen des Beamtentums gern verwendet wird. Vor wenigen Jahren sind seine Werke aufgrund des Urheberrechts zu freien Werken geworden, seither gibt es eine Vielzahl von Ausgaben.

185

Der Gefangenenwärter mit dem dreifachen Kinn und der roten Nase brummte etwas von »ewigem G'stürm«, weil ihn [NAME] vom Mittagessen wegholte.

Zunächst einmal geht es um den Mord an einem Handelsreisenden. Schnell ist der »übliche Verdächtige« gefunden, ein Mensch mit dunkler Vergangenheit. Der ermittelnde Polizeibeamte ist aber nicht so leicht zu beeindrucken. Stück für Stück dringt er tiefer in die verworrene Geschichte ein, nichts an der »Atmosphäre« in dem Dorf, in dem er zu tun hat, entgeht ihm. Allerdings ist auch er nicht ohne Fehler. Immerhin hätte er wissen müssen, dass sich Menschen, wenn sie einmal des Mordes überführt sind, in einer besonders heiklen Lage befinden. Gar mancher verliert in solch einer Situation die Nerven. Dem Mörder, mit dem der Polizist es zu tun hat, ist er in gewisser Weise auf Gedeih und Verderb ausgeliefert und das nützt der Täter aus, um sich auf ganz eigentümliche Weise der Bestrafung zu entziehen. Immerhin, der Polizeibeamte kommt mit dem Leben davon und das ist auch gut so, denn er muss noch in anderen Büchern Morde aufklären. Der Autor der Geschichte, der auch ein Buch über seine Zeit in der Fremdenlegion geschrieben hat, war gebürtiger Wiener, seine Kriminalromane spielen aber nicht in Österreich. Ein Literaturpreis für Krimis ist nach ihm benannt.

186

Im Zimmer herrschte Halbdunkel, denn der Richter mochte das Halbdunkel.

Auch wenn der (deutsche) Titel etwas anderes suggeriert, die schöne Frau mit den blonden Haaren und den blauen Augen ist nicht die Hauptfigur. Allerdings steht sie insofern im Mittelpunkt des Geschehens, als die anderen Figuren ihretwegen einander begegnen. Die anderen Figuren, das sind Idealisten, Mitläufer, Denunzianten, Opportunisten, Opfer. Die Geschichte spielt in einem osteuropäischen Land, das drei-, nach anderer Zählung auch viermal geteilt, das heißt, von den beiden größten Nachbarländern einverleibt worden ist. Es herrscht Krieg. Die schöne Frau kommt in eine lebensgefährliche Situation, überlebt und wandert schließlich nach Frankreich aus. Ein großer Teil des Buches ist der Frage gewidmet, wie ein anständiges und würdevolles Leben unter einem totalitären Regime möglich ist, noch dazu im Krieg und als Angehöriger einer verfolgten Minderheit. Auch die Frau mit den blonden Haaren und den blauen Augen ist eine Angehörige der verfolgten Minderheit, das bringt sie in Lebensgefahr. Gerettet wird sie durch eine konzertierte Aktion von Freunden, durch ihre falschen Papiere und wohl auch durch Korruption innerhalb der totalitären Verwaltung. Die Übersetzung des in Paris erschienenen Originaltitels lautet: »Anfang«.

187

Anfang Juli, an einem ungewöhnlich heißen Tag, verließ ein junger Mann gegen Abend die Kammer, die er in der S.-Gasse in Untermiete bewohnte, trat auf die Straße und ging langsam, gleichsam unentschlossen, in Richtung der K.-Brücke fort.

Wenn einer schon ganz genau weiß, wie viele Schritte es von daheim bis zur Pfandleiherin sind (genau 730), dann ist er wohl schon oft dort gewesen. Er, ein mittelloser Student. Was ihn nicht zur Ruhe kommen lässt, ist der Gedanke, dass andere, die für ihn gesellschaftlich keinerlei Nutzen haben, reich sind, während er selbst, voll der guten Absichten, finanziell so wenig zur Verfügung hat. Doch das ist nicht sein einziges Problem: Seine Schwester will, und zwar wegen des Geldes, einen reichen Mann heiraten. Der Student, der einst einen von der Idee des Übermenschen inspirierten Aufsatz geschrieben hat, setzt seine Theorie in die Tat um: Er ermordet die Pfandleiherin und, weil sich das nicht vermeiden lässt, auch deren Schwester, und beraubt sie. Was nun folgt, ist ein endloses Versteckspiel, das den Helden in immer größere Vereinsamung und in sowohl physische als auch psychische Katastrophen führt. Er entdeckt sein Gewissen, sieht seine Theorien grausam widerlegt. Erst das Gestehen des Verbrechens und das Akzeptieren der daraus folgenden Strafe sowie die Liebe einer jungen Frau retten ihn.

188

***D**er Spätsommermorgen war lau, und die Türe zum Klassenzimmer stand offen.*

Reife ist etwas völlig anderes als das, was bei einer »Reifeprüfung« ermittelt wird. Der Held des Buches ist Schüler des letzten Jahrganges in einem Wiener Gymnasium. Sein Vater ist herzkrank, seine Mutter hat schwache Nerven, und die Frau, in die er schon länger verliebt ist, macht ihm damit, dass sie weder weiß, was sie will, noch, was sie braucht, auch mehr Probleme als Freude. Freunde hat der Held nicht. Das alles macht ihn sehr unglücklich. Dazu kommt aber noch die schmerzliche Auseinandersetzung mit einem seiner Lehrer, einer Kapazität in genau den zwei Fächern, für die der Held kein Interesse und schon gar keine Liebe aufbringen kann. Der Lehrer ist überaus »geschickt« darin, Schüler, die er nicht mag, zu demütigen, und auf den Helden der Geschichte hat er es ganz besonders abgesehen. Der Held sollte also auf der Hut sein, aber er kann auch nicht aus seiner Haut und bereitet sich und auch seinen Eltern eine Menge Probleme. Zwischendurch trifft er die von ihm verehrte Frau, schreibt ihr brillante Briefe. Schließlich nimmt er Nachhilfestunden und wird tatsächlich zur Reifeprüfung zugelassen. Der Vater stirbt. Der junge Mann aber kümmert sich nicht darum, ob er die Reifeprüfung bestanden hat.

189

Über die Berge hob sich die Sonne, leuchtete in klarer Majestät in ein freundliches, aber enges Tal und weckte zu fröhlichem Leben die Geschöpfe, die geschaffen sind, an der Sonne ihres Lebens sich zu freuen.

An dem schönen Tag soll eine Kindstaufe stattfinden. Viele Menschen jeglichen Alters sind versammelt und es ergibt sich, dass der Großvater, auf einen im neuen Haus vorhandenen alten, steinharten Pfosten angesprochen, eine uralte Geschichte erzählt, und die geht so: Vor langer Zeit war in der Nähe ein böser Adeliger auf seinem Schloss, der von den Bauern der Umgebung Übermenschliches verlangt und kein Einsehen gezeigt hat. In ihrer Not haben sich die Bauern an den Teufel gewandt. Der hat ihnen geholfen und als Lohn ein ungetauftes Kind verlangt. Die Bäuerin, die das Kind bekommen sollte, hat er auf die Wange geküsst, wodurch sie ein eigenartig geformtes Mal bekommen hat. Das Kind ist geboren und schnell getauft worden, um es vor dem Teufel zu retten. Die ganze Gegend aber ist, ausgehend von der Beule im Gesicht der Bäuerin, von einer großen Katastrophe mit vielen Toten heimgesucht worden. Auch der böse Adelige ist daran gestorben. Endlich ist es gelungen, die Gefahr zu bannen, sprich: in ein Stück Holz zu sperren. Viele Jahre später ist das Unglück durch Leichtsinn aber wieder ausgebrochen. Nun liegt es an den folgenden Generationen, neues Unglück zu verhüten.

190

Sie erinnerte mich an die Tochter, die ich mir manchmal gewünscht habe.

Der Held des Buches ist ein Mann, der auf die siebzig zugeht, Witwer ist und dessen Privatleben von seiner Lebensgefährtin, einem Freund und seinem Kater ausgefüllt ist. Seine ersten beruflichen Erfahrungen reichen noch auf die Zeit des Zweiten Weltkriegs zurück; damals war er Teil des Justizapparates. Nunmehr ist er selbstständiger Gewerbetreibender mit unregelmäßigem Einkommen. Da kommt es ihm gerade recht, dass er einen gut dotierten Auftrag erhält. Er wendet also die in langen Jahren erworbenen Fähigkeiten an und bedient sich, um seine Arbeit erfolgreich zu bewältigen, seiner Kontakte. Bald muss er allerdings feststellen, dass sein Auftraggeber nicht der ist, als der er sich ausgegeben hat, und dass die ganze Angelegenheit, in deren Dienst er sein Können stellt, alles andere als eine saubere Sache ist. Als es sogar einen Toten gibt, einen Mann, den er zuvor kennen gelernt hat, verbeißt sich der Held noch mehr in seine Aufgabe, allerdings nunmehr in eigenem Auftrag bzw. in dem eines neuen Auftraggebers. Der Held, der Zigarren raucht und auf einem Schlüsselbund etwa 100 Schlüssel hat, ist einigermaßen sportlich und das kann er bei seiner Arbeit auch gut brauchen. Wichtiger für den Erfolg seiner Arbeit sind freilich seine guten Kontakte und seine Schläue.

191

Ummmr nnnnss / rrfnn ummr nnnnss / fnnn

Welcher Autor hört nicht gern den Satz: »Ich habe alle Ihre Bücher gelesen.« Wer aber liest schon alles von einem Autor? Wozu auch? Das Buch, von dem hier die Rede ist, handelt vom Zusammentreffen eines Autors mit einer Leserin, die wirklich alle seine Bücher gelesen hat, zumindest die bisher erschienenen. Dass so ein Treffen nicht unbedingt Harmonie bedeuten muss, wird auf vielen Seiten anschaulich beschrieben. Es ist nämlich so: Der Autor hat es gewagt, sich über das Niveau seiner bisherigen Romane hinauszubewegen und mal ein richtiges Kunstbuch zu schreiben, etwas, worüber vielleicht auch mal eine Dissertation geschrieben werden könnte. Um seinen Sinneswandel zu bekräftigen, hat er die Bücherserie, mit der er reich und berühmt geworden ist, konsequent abgeschlossen. Und schon bekommt der Satz »Ich habe alle Ihre Bücher gelesen« eine andere Bedeutung: Sie haben gefälligst nur Bücher zu schreiben, für die ich Sie lieben kann! Und die Leserin verfügt über gewisse Mittel, ihren Willen auch durchzusetzen. Und der Autor wächst über sich hinaus. In jeder Hinsicht.

192

Um neunzehn Uhr Bordzeit stieg ich, vorbei an den Leuten, die den Schacht umstanden, über die Metallsprossen ins Innere der Kapsel hinab.

Diese Geschichte spielt in einer fernen Zeit an einem fernen Ort, an dem drei Männer in einer Forschungsstation arbeiten und wohnen. Einer der drei ist inzwischen gestorben, dafür gibt es regelmäßig »Gäste«. Der Ich-Erzähler, ein Psychologe, begibt sich an diesen Ort und in die Forschungsstation und hat bald schon selbst einen Gast: seine verstorbene Frau. Als Psychologe macht er sich Theorien über das Phänomen und denkt an Wahnsinn, Traum und Halluzination, muss jedoch feststellen, dass diese »Gäste« in irgendeiner Form tatsächlich existieren. Als er seinen »Gast« näher untersucht, stellt er fest, dass er nicht aus Atomen besteht, keinen Schlaf und keine Nahrung braucht – und dass dies auch dem »Gast« selbst langsam unheimlich wird. Einmal versucht er, seinen »Gast« loszuwerden, aber wie ein tief sitzendes Schuldgefühl kommt der immer wieder. Ständig kommt es zwischen den Forschern zu Auseinandersetzungen, Misstrauen ist angesagt, aber die beobachteten Phänomene lassen sich einfach nicht deuten, nur die »Gäste« wird man los. Zum Schluss macht der Psychologe einen Rundflug und ist ganz gebannt von der Schönheit und Erhabenheit des Ortes.

193

Der Amerikaner reichte Leamas noch eine Tasse Kaffee und sagte: »Warum gehen Sie nicht heim und legen sich schlafen?«

Der etwa 50-jährige Alec Leamas ist, sachlich formuliert, in leitender Außendienstposition für ein »Dienstleistungsunternehmen« tätig. In letzter Zeit war er offensichtlich nicht besonders erfolgreich und muss daher damit rechnen, in Zukunft mit weniger interessanten und lukrativen Dingen betraut oder gar entlassen zu werden. In dieser Situation lässt er sich auf etwas ein, wovon er sich und dem »Dienstleistungsunternehmen«, für das er arbeitet, große Vorteile verspricht. Er erhält genaue Instruktionen, wie er seinen persönlichen Niedergang inszenieren soll, und tatsächlich: Der schärfste Konkurrent will ihn haben. Er wird in ein anderes Land gebracht und bekommt es mit zwei hochrangigen Mitarbeitern seiner Branche zu tun. Er weiß, dass die zwei einander hassen, und freut sich schon darauf, den seiner Ansicht nach schlimmeren der beiden ausgeschaltet zu sehen. Alles scheint nach Plan zu verlaufen, doch eine Frau bringt unabsichtlich die Wende. Leamas durchschaut das schmutzige Spiel, für das er benützt wurde, und verliert die restlichen Illusionen. Die Frau, seine Freundin, wird erschossen. Zum Schluss fällt er von einer Mauer auf die westliche Seite. Ist das seine Rettung?

194

Im Norden der Grafschaft Ruppin, hart an der mecklenburgischen Grenze, zieht sich von dem Städtchen Gransee bis nach Rheinsberg hin (und noch darüber hinaus) eine mehrere Meilen lange Seenkette durch eine menschenarme, nur hie und da mit ein paar alten Dörfern, sonst aber ausschließlich mit Förstereien, Glas- und Teeröfen besetzte Waldung.

Der Autor sagt selbst über den Inhalt seines letzten Romans: »Zum Schluss stirbt ein Alter, und zwei Junge heiraten sich; – das ist so ziemlich alles, was auf 500 Seiten geschieht.« Solche Angaben schrecken einen entweder ab oder sie machen einen neugierig. Jedenfalls besteht das Buch hauptsächlich aus Gesprächen zwischen Menschen verschiedenster Berufe und gesellschaftlicher Stellungen. Orte des Geschehens sind ein Schloss in der nördlichen Mark Brandenburg und dessen Umgebung sowie Berlin. Der Roman spielt vor mehr als 100 Jahren. Benannt ist das Buch nach dem sagenumwobenen See, an dem das Schloss liegt, aber auch der Wald, das Schloss selbst und dessen Besitzer heißen so. Eine der Maximen des gutmütigen Schlossherrn ist: »Unanfechtbare Wahrheiten gibt es überhaupt nicht und wenn es welche gibt, so sind sie langweilig.« Der Sohn hat zwei Schwestern zur Auswahl und heiratet schließlich die langweiligere. Sein Vater stirbt bald darauf.

195

Dieses Buch enthält die uns gebliebenen Aufzeichnungen jenes Mannes, welchen wir mit dem Ausdruck, den er selbst mehrmals gebrauchte, den [TIER] nannten.

Wenn ein Mensch sein Wollen und Können, seinen Geist und seine Sinne, seine Ziele und das, was aus ihnen geworden ist, halbwegs in Einklang weiß, kann er eigentlich schon zufrieden sein. Es kommt aber für jeden, sofern er sich nicht mit dem Einfachsten begnügt, die Zeit, wo er merkt, wie Wollen und Können, Geist und Sinne, die Ziele und deren Verwirklichung weitgehend auseinander klaffen, wo er sich also in einer ordentlichen Krise befindet. Er merkt, dass er in die Art von Ausgeglichenheit, in der er sich vor der Krise befunden hat, nicht zurückkann, dass er sich also völlig neu definieren muss und dass, bevor dieser Prozess nicht abgeschlossen ist, Zufriedenheit nicht möglich ist, höchstens Ablenkung. Genauso geht es dem Helden des Buches: Er hat seine Ausgeglichenheit verloren, seine Harmonie, und er weiß nicht, wie er sie wieder erlangen soll, er weiß nur, dass es so wie bisher nicht mehr geht. Ziellos irrt er umher, wohnt bald hier, bald dort, lässt sich treiben und wird dabei mit äußerst aufwühlenden Erlebnissen konfrontiert. Dies alles schreibt er auf und er lässt seine Aufzeichnungen zurück, als er wieder einmal aus einem Zimmer auszieht und sich woandershin auf den Weg macht.

196

Ich bin nicht [NAME].

Früher oder später kommt wohl jeder Mensch einmal in die Lage, sich zu wünschen, er wäre jemand anderer. Sofern diese Phasen vorübergehend sind, ist das kein Problem, und es ist auch sehr wichtig, sich von anderen, die es anscheinend besser machen, etwas abzuschauen. So mancher verstrickt sich im Laufe seines Lebens, verrennt sich, macht Fehler, deren Folgen er sich durch Flucht zu entziehen wünscht. Einige fassen sogar ernsthaft ins Auge, in eine andere Rolle zu schlüpfen, sich eine neue Identität zuzulegen, alles hinter sich zu lassen. Der Held dieses Buches probiert es mit einer neuen Identität und er meint, dafür auch allen Grund zu haben. Aber so leicht ist das nicht mit dem Wechsel der Identität, denn sie ist etwas ungeheuer Vielschichtiges, Kompliziertes, Wandelbares; es ist wohl unendlich mühsamer, sich eine neue Identität samt neuem Charakter, neuer Biografie, neuen Verhaltensmustern, neuen Zweifeln, neuen Talenten und Vorlieben, neuen Wünschen und Träumen zu schaffen als das, was vorhanden ist, einfach anzunehmen und gegebenenfalls zu kultivieren. Der Held, der meint, er sei nicht der, für den ihn die anderen halten, stellt fest, dass er vor allem Möglichen davonlaufen kann, nur nicht vor sich selbst. Schrecklich und tröstlich zugleich.

197

Es ist eine weltweit anerkannte Wahrheit, dass ein allein stehender Mann, der im Besitze eines ordentlichen Vermögens ist, nach nichts so sehr Verlangen haben muss wie nach einem Weibe.

In diesem Buch geht es ums Heiraten bzw. um die Suche nach dem geeigneten Lebenspartner. Das ist auch kein Wunder, schließlich hat die Familie, deren Geschichte hauptsächlich erzählt wird, fünf Töchter, die alle keinen Beruf haben und von denen keine das Haus erben kann, in dem sie alle wohnen. Dass die Töchter keinen Beruf haben, hängt damit zusammen, dass die Geschichte in einer Zeit spielt, in der die meisten Frauen einfach keinen Beruf hatten. Die Berufe der Männer, die in dem Buch vorkommen, sind jedoch auch nicht von großer Bedeutung, die meisten haben ein Vermögen, von dessen Zinsen es sich gut leben lässt. Die Mutter der fünf Töchter fühlt sich von solchen Männern magisch angezogen, für jede ihrer Töchter hätte sie gern eine richtig gute Partie, und es will ihr nicht in den Kopf, dass weder die Töchter noch ihr Ehemann sich ihren Plänen kritiklos unterwerfen.

198

1801.

In diesem in seiner Erzählweise ungeheuer komplexen Buch geht es um eine unglückliche Liebe, von deren Folgen eine Reihe von Personen betroffen ist. Der Ich-Erzähler, ein Pächter, erzählt von einer Frau, die ihm erzählt hat, was ihr jemand anderer erzählt hat. Nach und nach dringt er immer tiefer in die Geschichte ein, die einst eine Liebesgeschichte zwischen einem wilden, dunkelhäutigen Mann und einer zarten jungen Frau war. Dieser Mann rächt sich grausam dafür, dass seine »unsterbliche« Liebe einst zerstört worden ist. Zu den Nebenpersonen gehören ein frömmelnder Knecht und die Bedienerin des Ich-Erzählers. Ein Lied, das nach dem Originaltitel dieses Romans benannt ist, wurde einst, komponiert und interpretiert von einer jungen Frau, zu einem internationalen Hit. Die Autorin des Buches hatte noch zwei Schwestern und einen Bruder und verbrachte die meiste Zeit ihres Lebens in einem völlig abgeschiedenen Pfarrhaus in Yorkshire. Die Kinder erfanden und erzählten einander abenteuerliche Geschichten, die zum Teil aufgezeichnet sind.

199

Ich werde, hoffe ich, dir alles anvertrauen können, wie ich es noch bei niemandem gekonnt habe, und ich hoffe, du wirst mir eine große Stütze sein.

Die Ich-Erzählerin bekommt zu ihrem Geburtstag ein leeres Buch und sie beschließt, Gedanken und Erlebnisse aufzuschreiben. Dabei entscheidet sie sich für die Briefform. Kurz darauf sind sie und ihre Familie (insgesamt vier Personen) gezwungen, sich aufgrund einer lebensgefährlichen Bedrohung zu verstecken. Im Versteck befinden sich schließlich noch vier weitere Personen sowie eine Katze. Etwa zwei Jahre halten sich die acht Personen versteckt, die Ich-Erzählerin macht immer wieder Aufzeichnungen. Dabei kommt sie zu bemerkenswerten Einsichten und spart nicht an Kritik, weder an sich noch an den anderen. Im Laufe der Zeit verliebt sie sich und nimmt große Veränderungen an ihrem Körper und ihrer Seele wahr. Dies wird ebenso genau geschildert wie die Leiden an ihrem Dasein, die kleinen Freuden des Alltags und die ständigen Auseinandersetzungen zwischen den acht Personen, woraus die Heldin die Erkenntnis zieht: »Man lernt die Menschen erst gut kennen, wenn man einmal richtigen Streit mit ihnen gehabt hat. Erst dann kann man ihren Charakter beurteilen.« Wahrscheinlich aufgrund einer Denunziation werden die acht Personen entdeckt, bis auf eine kommen alle unter entsetzlichen Umständen ums Leben.

200

Tom blickte sich um.

So manchem Menschen begegnet im Laufe seines Lebens jemand, bei dessen Ableben er gern behilflich wäre, und zwar ungebeten. Das ist Mord, kommt vor und wird fast immer aufgeklärt. Eine solche Tat planen ist das eine, eine solche Tat ausführen etwas ganz anderes, und fast noch schwieriger dürfte es sein, mit den Folgen der Tat fertig zu werden. Ein Mord lässt keinen kalt, schon gar nicht den Mörder. In dem Buch, nach dem hier gefragt wird, geht es um einen jungen Mann, der bisher vom Leben arg gebeutelt worden und weder beruflich noch privat erfolgreich ist. Mit Jobs und Betrügereien hält er sich über Wasser. Da er Zeit hat und Geld braucht, nimmt er einen weiteren Job an, es verschlägt ihn nach Europa. Dort trifft er mit einer Reihe reicher amerikanischer Nichtstuer zusammen, die ungeheure Probleme wälzen wie: Trinken wir noch einen Martini? Oder: Sollen wir uns einen Kühlschrank kaufen? Die eigentliche Mission des Helden scheitert, aber diese eigentliche Mission wäre ja auch kein Buch wert. Umso spannender wird es, als der junge Mann einen Mord begeht und all sein Geschick und seine Fähigkeiten dareinsetzt, einen Verdacht gegen ihn selbst erst gar nicht aufkommen zu lassen. Das Buch ist unter zwei verschiedenen Titeln verfilmt worden, über den Helden gibt es noch weitere Bücher.

201

***A**ls ihm die Sache mit der [LEBEWESEN] widerfuhr, die seine Existenz von einem Tag zum andern aus den Angeln hob, war Jonathan Noel schon über fünfzig Jahre alt, blickte auf eine wohl zwanzigjährige Zeitspanne von vollkommener Ereignislosigkeit zurück und hätte niemals mehr damit gerechnet, dass ihm überhaupt noch irgendetwas anderes Wesentliches würde widerfahren können als dereinst der Tod.*

Die besten Geschichten sind meiner Auffassung nach immer die, in denen der Held genau das erlebt, was ihn an die Grenzen seiner körperlichen und geistig-seelischen Existenz führt und uns einen Blick in sein Innerstes tun lässt. Bei manchen Charakteren ist dafür ein gewaltiger Aufwand nötig, bei anderen jedoch genügt ein ganz winziges Ereignis und schon öffnet sich vor und in ihnen der Abgrund. Jonathan Noel ist einer von diesen anderen. Er ist auf unerwartete Ereignisse schlicht und einfach nicht eingestellt. Eines Tages trifft er völlig unvorbereitet auf seinen Gegner und verliert die Kontrolle über sein Leben. Er macht berufliche Fehler, wechselt den Wohnort und denkt sogar daran, sich umzubringen. Erst als er sich, in einem fremden Bett liegend, mit Erlebnissen konfrontiert, die lange zurückliegen, erlangt er die Entschlossenheit, sich seinem Gegner zu stellen. Dieser ist jedoch spurlos verschwunden.

202

Wenn einem der Haupttreffer beschert ist, hört Ihr, Reb Scholem-Alejchem, so kommt er zu einem ganz von selbst ins Haus, wie es in den Psalmen heißt: ›Vorzusingen auf der Githith‹: – wenn man Glück hat, so kommt es von allen Seiten gelaufen; und es gehört gar kein Verstand und keine Tüchtigkeit dazu.

Das Glück kommt also, wenn schon, von allein (= von Gott), es hat keinen Sinn, dem Glück nachzulaufen. Das ist die tiefe Überzeugung der Hauptfigur, die die Geschichte mit eigenen Worten erzählt. Bei dieser Hauptfigur handelt es sich um einen Mann, der eine Frau und sieben Töchter hat und sich und seine Familie mühsam durch den Verkauf landwirtschaftlicher Produkte ernährt. Er lebt in einem russischen Städtchen und gehört zur dortigen jüdischen Gemeinde. Im Lauf der Geschichte gibt es allerlei Probleme, hervorgerufen einerseits durch die Töchter und deren Verehrer, andererseits durch die politischen und wirtschaftlichen Entwicklungen. Als treuherziger, naiver Mensch kann er kaum ein Geschehnis richtig deuten, seien es nun die immer wieder stattfindenden Pogrome, sei es das Heranwachsen einer kommunistischen Bewegung, sei es auch nur das Erwachsenwerden seiner Töchter und deren Liebesleid. Zum Schluss, nachdem seine Frau gestorben ist, muss er alles aufgeben und die schon von seinen Vorfahren bewohnte Stadt verlassen.

203

Zu der Zeit, da der Oberstleutnant Hubert Fabiani nach erfolgter Pensionierung aus seinem letzten Standort Wien – nicht wie die meisten seiner Berufs- und Schicksalsgenossen nach Graz, sondern – nach Salzburg übersiedelte, war [NAME] eben sechzehn Jahre alt geworden.

Das Werk schildert das Leben der Hauptfigur von der Übersiedlung nach Salzburg bis zu ihrem Tod wenige Jahrzehnte später. Die Hauptfigur, das ist eine Frau, der es nicht gelingt, ein normales, bürgerliches Leben zu führen. Sie ist auch gar nicht gewillt, das, was sie hat, für ein normales, bürgerliches Leben aufzugeben. Im Laufe ihres Lebens lernt sie eine Reihe von Männern kennen, von denen viele zu ihren Liebhabern werden. Aus einer ihrer nicht gerade glücklichen Beziehungen stammt ein Kind, das sie aber aus finanziellen Gründen nicht selbst großziehen kann. Weder privat noch beruflich stellt sich der große Erfolg ein, ihre erotischen Beziehungen sind genauso wenig von Dauer wie ihre Arbeitsstellen. Von denen, die es gut mit ihr meinen, will sie sich meistens nicht helfen lassen, und die, auf deren Hilfe sie zählt, lassen sie großteils im Stich. Dass sich ihr Kind nicht unbedingt mustergültig entwickelt hat, begründet sie mit ihrem Versagen als Mutter und auf dem Sterbebett fordert sie Milde für das Kind.

204

Im großen Gebäude des Gerichtshofes hatten sich in einer Pause, durch die die Verhandlung des Prozesses Melwinskij unterbrochen wurde, die Mitglieder des Gerichts und der Staatsanwalt im Zimmer von Iwan Jegorowitsch Schebek versammelt und unterhielten sich über den berühmten Fall Krasow.

Hauptfigur des Buches ist ein hoher Justizbeamter, verheiratet und Vater von zwei Kindern. Bis zu seinem 45. Lebensjahr war er immer auf der Suche nach neuen Karriere- und Verdienstmöglichkeiten. Er hat gelernt, sich rechtzeitig ins Spiel zu bringen, und er hat auch die Erfahrung gemacht, dass vor allem der Tod eines Spitzenbeamten der eigenen Karriere überaus förderlich sein kann. Als er karrierebedingt eine neue Wohnung an einem neuen Wohnort bezieht, verletzt er sich am Bauch und ein kurz darauf einsetzendes Leiden – Wanderniere oder Blinddarmerkrankung – zwingt ihn zum Einnehmen starker Medikamente und zur Auseinandersetzung mit dem Tod. Nur sein Diener ist ihm wirklich eine Stütze, die anderen Leute empfindet er hauptsächlich als Belästigung. Er muss mitansehen, wie gewisse Leute darauf warten, dass sich nach seinem Tod das Postenrad erneut zu drehen beginnt. Die letzten Tage verbringt er schreiend vor Schmerzen. Erst als er erkennt, was er sein Leben lang falsch gemacht hat, kann er friedlich sterben.

205

… Wind kam auf, ja, es wehte ein ganz warmer Wind.

So beginnt die eigentliche Geschichte, der ein so genanntes Vorspiel vorangestellt ist. Die Geschichte, das sind Aufzeichnungen eines, wie es heißt, am 17. Mai 1936 geborenen Mannes, dünn, mit schütterem Haar, Brillenträger. Er hat seinen erlernten Beruf aufgegeben, ist geschieden, erhält gelegentlich Besuch von seinen Kindern und lebt allein in einem kleinen Haus an einem See. Eigentlich könnte er ein recht unbeschwertes Leben führen, könnte sich ganz seinem Hobby widmen, mit dem sich auch Geld verdienen lässt, wäre da nicht ein gravierendes gesundheitliches Problem. Der Mann, aus dessen Aufzeichnungen hervorgeht, dass er alles andere als ein sinnlicher Typ ist, dass er sich zur Fröhlichkeit nie besonders geeignet hat, weigert sich, über seine Krankheit letzte Gewissheit zu erlangen. Er ahnt freilich, dass nichts mehr zu machen ist. Seine Aufzeichnungen sind denn auch eine Art Bestandsaufnahme seines Lebens, durchsetzt mit einem mehrmals zitierten Satz von Nietzsche. Kurz versucht er sich auch als eine Art Sciencefiction-Autor, um ein junges Publikum zu beeindrucken, aber es kann mit seinem Niveau nichts anfangen und rät ihm zu mehr Action. Irgendwann holt ihn ein Krankenwagen ab und die Aufzeichnungen enden.

206

Tom!

Dies ist der kürzeste erste Satz, den ich kenne und es ist ein genialer erster Satz, denn er drückt ungemein viel über die Hauptfigur Tom aus: Tom! – das heißt: Wo steckst du schon wieder? Tom! – das heißt: Benimm dich! Tom! – das heißt: Was stellst du denn jetzt gerade wieder an? Tom! – das heißt: Na warte, wenn ich dich erwische! Dieser Tom ist also ein großer Schlingel und die Person, die ihn zu Anfang ruft, erleidet viel Kummer durch ihn. Dabei ist er gar nicht bösartig, er ist nur abenteuerlustig und raffiniert und lässt sich nichts gefallen. Das Buch konfrontiert Tom und später auch seinen Landstreicherfreund mit allen Bestandteilen einer zünftigen Abenteuergeschichte: Lebensgefahr, Verbrechen, Verlust des Kontaktes zur Außenwelt und schließlich Erwerb eines Schatzes. Die Geschichte von Tom ist die klassische Lausbubengeschichte, sämtliche kindlichen Detektive und Abenteurer, wie sie zumeist in Endlos-Buch- und -Fernsehserien auf die Kinder und Jugendlichen losgelassen werden, dürften in dem Buch, nach dem hier gefragt wird, und dem zweiten bekannten Buch des amerikanischen Autors ihr Vorbild haben. Berühmt sind zwei Szenen des Buches: In der ersten muss Tom sich als Strafe heimwerkerisch betätigen, in der zweiten wohnt er zusammen mit zwei Freunden seinem eigenen Begräbnis bei.

207

Vierundzwanzig braune Sklaven ruderten die prächtige Galeere, die den Prinzen Amgiad zu dem Palast des Kalifen bringen sollte.

Wenn zwei schon Jahre miteinander verheiratet sind, heißt das noch lange nicht, dass sie einander wirklich kennen und verstehen, und bisweilen bringt gerade das tiefere Erkennen eines Menschen die Liebe zu diesem Menschen ernsthaft in Gefahr. So geschieht es auch in dem Buch, nach dem hier gefragt wird. Ein Mann und seine Frau (sie haben eine Tochter, die den oben zitierten Satz aus einem Buch vorliest), beichten einander nach einer gemeinsamen Liebesnacht sexuelle Gelüste, die sie für andere empfunden haben. Der Mann ist daraufhin ziemlich verwirrt und gerät Stunden später aus Lust und Neugier auf ein eigenartiges Fest mit maskierten Männern sowie Frauen, die allerdings nur im obersten Achtel ihres Körpers verhüllt sind. Er wird als Eindringling erkannt und zur Rede gestellt und kann einer angedrohten Strafe nur entrinnen, weil sich eine fremde Frau, die ihn mehrmals gewarnt hat, für ihn opfert. Der Mann, er ist Arzt, will der Sache auf den Grund gehen, aber das stellt sich als unmöglich heraus. Seine Frau erzählt ihm, als er nach Hause kommt, einen Traum, der einerseits erotisch, andererseits überaus grausam ist. Der Mann ist völlig fertig und voll Hass auf sie. Erst als er ihr die Erlebnisse jener Nacht wie einen Traum erzählt, finden die beiden – auf einer höheren Stufe – wieder zusammen.

208

***F**ür eure Wissbegier, denke ich, bin ich ganz gut gewappnet.*

Das Buch, nach dem hier gefragt wird, handelt von einem gesprächigen Zusammentreffen mehrerer Männer (die einzige Frau wird bald weggeschickt), darunter ein Arzt, ein Dichter und ein berühmter Philosoph. Der Abend schreitet fort und wird zur Nacht. Die Männer liegen und trinken mit Wasser vermischten Wein und unterhalten sich, aber es ist alles andere als Smalltalk, was sie betreiben, sondern sie sprechen, jeder auf seine Weise, über etwas, das bald als Gott, bald als Eigenschaft, bald als Sehnsucht, bald als Idee bezeichnet wird, je nach Sprecher. Der Philosoph hält seinen Stegreifvortrag ganz zum Schluss. Der Autor der Geschichte, man sagt wohl auch des Dialogs (der oben zitierte Satz wird einem gewissen Apollodoros in den Mund gelegt), ist auf der Seite des Philosophen – oder wird der Philosoph zum Sprachrohr des Autors? Jedenfalls ist der Autor die wichtigste Quelle für Leben und Werk des Philosophen, denn dieser hat selbst keine Aufzeichnungen hinterlassen. Auch heutzutage gibt es noch Versammlungen, die so heißen wie das Buch in seinem Original, aber auf diesen Versammlungen geht es viel nüchterner und gesitteter zu als einst. Statt Wein gibt es üblicherweise Mineralwasser und Orangensaft, und kaum einer käme auf die Idee, sich zum Zuhören gemütlich hinzulegen.

209

»*Was soll es denn geben, mh?*«

So beginnen der erste, der zweite und der dritte Teil des Buches. Hauptfigur ist ein Jugendlicher. Tagsüber geht er mehr oder weniger regelmäßig zur Schule, nachts aber bringt er sich mit drei anderen zuerst mit gewissen, in Milch aufgelösten Drogen und Alkohol in »Stimmung«, zieht danach durch die Straßen und ist zu wirklich allen Schandtaten bereit. Am meisten Lust auf Gewalt macht ihm klassische Musik. Einmal dringt er in das Haus eines Schriftstellers ein und findet und zerstört dort ein Manuskript mit einem überaus bekannten Titel. Nachdem eines seiner Opfer an den schweren Verletzungen stirbt, wird er zu einer hohen Gefängnisstrafe verurteilt. Zwei Jahre darauf gelangt er auf eigenen Wunsch in eine Art Erziehungsanstalt, wo an ihm eine neue »Behandlungsmethode« für Schwerverbrecher getestet wird. Was für die Entwickler dieser Methode ein Erfolg zu sein scheint, ist freilich ethisch äußerst fragwürdig, immerhin werden die Insassen in ihrem freien Willen eingeschränkt. Kurz nach seiner Entlassung macht er einen Selbstmordversuch und wird erneut »behandelt«. Schließlich findet er Gewalt langweilig und will ein »normales« Leben mit Frau und Kind. Das Buch ist in einer germanischen Sprache verfasst worden, jedoch besteht ein Großteil der Wörter aus »Nadsat«. Übrigens ist das Buch auch verfilmt worden.

210

***S**tattlich und feist erschien Buck Mulligan am Treppenaustritt, ein Seifenbecken in Händen, auf dem gekreuzt ein Spiegel und ein Rasiermesser lagen.*

Erster Hinweis: Viele Gestalten der antiken Mythologie hatten bei den Römern und bei den Griechen unterschiedliche Namen. Der griechische Zeus hieß bei den Römern Jupiter, aus Herakles wurde Herkules, und auch Odysseus hat einen anderen Namen bekommen, und zwar einen, der zwar in der englischsprachigen Welt geläufig ist, in der deutschsprachigen aber nicht – abgesehen von einer Ausnahme. Zweiter Hinweis: Das Leben ist nicht nur voller Arbeit, Mühsal, Kummer und Sorgen, es gibt je nach kultureller, religiöser, nationaler oder sonst welcher Zugehörigkeiten auch eine Menge festlicher Tage. Es soll eine Gruppe von Menschen geben, verstreut über die ganze Erde, die einen Tag im Frühling für einen ganz besonderen halten und ihn auch dementsprechend feiern. Es ist der Jahrestag einiger in einem Buch beschriebener Ereignisse. Für Außenstehende mögen diese Ereignisse langweilig, banal und alles andere als aufzeichnungswürdig sein, für die Gruppe, die den Feiertag begeht, sind sie wahrscheinlich auch banal, aber die Beschreibung ist genial und bahnbrechend!

211

ANTIQUARIAT ***Inhaber Karl Konrad Koreander***

Es gab einmal eine Zeit, da wurde nicht mehr per Hand und noch nicht per Computer geschrieben, sondern mit einer Schreibmaschine. Die meisten Schreibmaschinen hatten Farbbänder in Rot und Schwarz. Mit einem Trick (Kohlepapier) konnte man mit einer Schreibmaschine auch spiegelverkehrte Zeichen aufs Papier bringen. Das Buch, nach dem hier gefragt wird, enthält Zeichen in zwei Farben und es enthält spiegelverkehrte Zeichen. Das Manuskript ist wohl maschinegeschrieben. Was haben die anderen Autoren jener Zeit mit dem roten Teil des Farbbandes gemacht? Zum Buch: Oft werden Menschen, die Außerordentliches durchmachen müssen, beispielsweise den Verlust eines lieben Menschen, dadurch insofern verändert, als sie ihre Persönlichkeit schlechter entfalten können als zuvor. Es wäre also eine Therapie nötig, um diesen Menschen zu helfen. Genau um solch eine Therapie geht es in dem Buch. Der Held liegt aber nicht auf einer Couch, er liegt auf einem Dachboden. Die Therapie dauert auch nicht Jahre, sondern 24 Stunden, und sie kostet auch kein Vermögen, sondern nur ein wenig Schlaf. Was der Held in jenen 24 Stunden erlebt, ist erstaunlich, und was er lernt, ist noch erstaunlicher. Er lernt, was er lernt, fürs Leben. Dass er es in einer Schule lernt, ist pure Ironie. Jedenfalls kommt die Geschichte vom Ende zum Ende.

212

Vor einiger Zeit hatte der unbewegliche König Heinrich von England, der Achte dieses Namens, ausgezeichnet durch alle Gaben eines hervorragenden Herrschers, mit dem erlauchten Prinzen von Kastilien über mehrere nicht unerhebliche Fragen Meinungsverschiedenheiten und schickte zu ihrer Behandlung und Regelung mich als Gesandten nach Flandern.

Unterwegs lernt der Ich-Erzähler über seinen Freund einen Mann kennen, der ihnen ausführlich von seinem Aufenthalt in einem fremden Land erzählt und dabei dessen Gesetze, Bräuche, Kulte und wirtschaftliche Gegebenheiten schildert. Dies alles vermittelt er so brillant, dass seine Zuhörer zu Bewunderern des fremden Staates und seiner Bewohner werden. Dort arbeiten alle nur sechs Stunden täglich, Gold ist ohne jeden Wert, potenzielle Brautleute werden einander nackt vorgeführt und alle leben in Frieden. Das Glück geht zwar auf Kosten der Freiheit und der Individualität, die Bewohner werden ständig kontrolliert, Reiselust und Abweichung von der Norm sind verpönt, das alles stellen die Zuhörer aber gar nicht infrage, sie lassen den Bekannten reden, reden, reden. Das Buch wurde in lateinischer Sprache geschrieben, der Autor Jahre später im Auftrage seines »hervorragenden Herrschers« geköpft und 400 Jahre darauf heilig gesprochen.

213

»Nun, Pjotr? Noch nichts zu sehen?«, fragte am zwanzigsten Mai des Jahres 1859 ein Herr in der Mitte der Vierziger mit verstaubtem Mantel und karierten Hosen, der ohne Mütze auf die niedrige Freitreppe des Rasthauses auf der ...er Chaussee herausgetreten war, seinen Diener, einen jungen und pausbäckigen Burschen mit einem weißlichen Flaum am Kinn und kleinen trüben Äuglein.

Der Herr mit dem trübäugigen Diener wartet auf seinen Sohn, einen Studenten. Dieser kommt bald und bringt einen Freund mit, einen Medizinstudenten, die Hauptfigur der ganzen Geschichte. Dieser Medizinstudent ist überaus selbstbewusst und schlagfertig. Es ist sein erklärter Wille, sich keiner Autorität unterzuordnen und mehr oder weniger alles zu verneinen. Die herrschende Politik, Aristokratie, Kunst, Liebe, alles lehnt er ab. Besonders mit dem Onkel seines Freundes, einem Nichtstuer und ehemaligen Salonlöwen, führt das zu immer heftiger werdenden Auseinandersetzungen, schließlich gar zum Duell. Parallel dazu lernt der Medizinstudent, dessen Leidenschaft das Sezieren ist, eine aufregende Witwe kennen, verliebt sich in sie – und wird abgewiesen. Immer größer werden die Differenzen mit seinem Freund. Das Duell mit dessen Onkel übersteht er unverletzt, aber seine Leidenschaft für das Sezieren wird ihm schließlich zum Verhängnis.

214

Jener Platz in Kopenhagen, an dem die Königliche Oper steht, heißt der Kongens Nytorv.

Die Geschichte nimmt also in Dänemark ihren Ausgang, verlagert sich dann aber südöstlich und endet in der deutschen Millionenstadt, aus der alle Beteiligten kommen. Eine der Hauptfiguren ist ein eingefleischter Gewerbetreibender, eine andere ein unter falschem Namen reisender Versicherungsangestellter und es gibt auch eine mit einer schwierigen Aufgabe betraute Sekretärin. Das sind, grob gesprochen, die Guten. Auf der Gegenseite stehen, fahren und laufen eine Reihe mehr oder weniger finsterer Gestalten, angeführt von einem Mann, der sich, wohl beeindruckt von seiner eigenen Intelligenz, Professor nennen lässt. Die ganze Geschichte verläuft äußerst turbulent, am Ende hat der eingefleischte Gewerbetreibende einen nicht unbeträchtlichen Gewichtsverlust zu konstatieren, er ist aber entgegen seinen Befürchtungen nicht gezwungen, seinen Betrieb zu veräußern. Die Sekretärin und der Versicherungsangestellte könnten eine gemeinsame Zukunft haben, und für einen geregelten Lebensabend des Anführers der Gegenseite wird wohl auch gesorgt. Das Buch ist benannt nach einem kleinen, abhanden gekommenen Bild. Die Bücher des Autors wurden 1933 von den Nazis verboten und verbrannt. Das zu erratende Buch ist 1935 in der Schweiz publiziert worden.

215

Eine kleine Station an der Strecke, welche nach Russland führt.

Da es für das Verständnis dieses Buches unerlässlich ist, sich bei den irrationalen Zahlen auszukennen, hier eine kurze Einführung: Irrationale Zahlen sind Zahlen, die sich nicht als Bruchzahlen darstellen lassen. Beispiele: Die meisten Quadratwurzeln und die Zahl Pi. Sie sind für die Lösung bestimmter Rechenaufgaben unbedingt notwendig, lassen sich aber manchmal wegkürzen. Die Gleichung hat dann einen rationalen Anfang und einen rationalen Schluss, aber eine irrationale Mitte. In bestimmten Fällen also ohne irrationale Mitte kein rationaler Schluss! Die Geschichte spielt aber nicht in der Mathematikstunde, überhaupt kommt so gut wie nichts vom Unterricht vor, obwohl sich die Hauptperson im Internat einer Militärakademie in der Provinz befindet. Der junge Mann kommt mit drei anderen in Kontakt, wobei sich zwei aus verschiedenen Motiven gegen den Dritten verschworen haben und diesen quälen. Der Dritte hat Geld gestohlen und ist den anderen ausgeliefert. Die Hauptperson kann dem Gequälten nicht helfen, lässt ihn aber einmal zu sich ins Bett. Schließlich lassen die Quäler ihr Opfer wegen des Diebstahls »hochgehen« – und kommen selber ungeschoren davon.

216

Als ich fünfzehn war, hatte ich Gelbsucht.

Monatelang muss der Held und Ich-Erzähler wegen der Krankheit das Bett hüten, bevor er seinen ersten Spaziergang machen kann – und eine Frau kennen lernt, die ihn auf recht ungewöhnliche Weise durch sein Leben begleitet. Die Frau ist bedeutend älter als er, so fällt es ihr leicht, ihn zu verführen. Er genießt das Zusammensein mit ihr, aber seine Eltern und seine Klassenkameraden erfahren davon nichts. Eines Tages ist die Frau, eine Straßenbahnschaffnerin, verschwunden, und der junge Mann sieht sie erst Jahre später, inzwischen Student, bei einem KZ-Prozess wieder. Die Frau war, wie sich herausstellt, KZ-Aufseherin und hat den Tod vieler Frauen und Mädchen zu verantworten. Hauptbeweismittel ist ein Buch zweier überlebender Frauen. Dass die Angeklagte sich äußerst ungeschickt verteidigt und als Einzige von allen lebenslänglich bekommt, liegt an einem Geheimnis, das bis dahin auch ihrem Ex-Geliebten verborgen war. Als er die Wahrheit herausfindet, will er mit dem Richter sprechen, aber der lässt ihn nicht zu Wort kommen. Die Frau kommt also ins Gefängnis, der Mann hat ein paar wenig erfolgreiche Liebesbeziehungen, kann die Ex-Geliebte aber nicht vergessen. Er schickt ihr Tonbandkassetten ins Gefängnis, sie lernt dadurch, was sie vorher nicht gekonnt hat. Aus dem Gefängnis kommt sie aber nicht mehr lebend heraus.

217

Als ich die folgenden Seiten […] schrieb, wohnte ich eine Meile weit von meinem nächsten Nachbar entfernt, in einem Haus, das ich mir selbst […] gebaut hatte, allein im Walde und verdiente meinen Lebensunterhalt einzig mit meiner Hände Arbeit.

Dies ist eine Robinsonade mit umgekehrten Vorzeichen. Ein Mann will auf sich allein gestellt sein und verlässt für etwa zweieinhalb Jahre die Zivilisation, deren Einfluss er für schädlich hält. In dieser Zeit hat er kaum menschlichen Kontakt, zumeist nur als Tagelöhner, ansonsten widmet er sich der Beobachtung der Natur, vor allem des Teiches, nach dem das Buch benannt ist. Er beschreibt ihn mit Bewunderung, ja Liebe. Das Buch ist in essayartige Abschnitte geteilt (»Der Teich im Winter«, »Töne«, »Einsamkeit« etc.), die Sprache ist jugendlich-pathetisch. Der Autor scheint keinerlei Zukunftsangst zu haben, für ihn ist die Welt, zumindest die, in die er sich zurückgezogen hat, noch in Ordnung. Fortschritt und Technik werden radikal abgelehnt. Kein Wunder, dass das Buch, nach dem hier gefragt wird, zur Bibel sowohl von Hippies wurde als auch von Dichtern wie Hermann Hesse. Dieser meinte, die amerikanische Literatur habe kein »schöneres und tieferes Buch aufzuweisen«, immerhin lässt es sich auch als radikale Fortschritts- und Technikverweigerung lesen.

218

Gutbürgerlich, vor dem Spiegel im Schlafzimmer meiner Eltern, gutbürgerlich, das ist das wichtigste.

Dieses Buch handelt von einer Frau, die sich weigert und es auch gar nicht schafft, die ihr zugedachte Rolle zu spielen. Es beginnt mit ihrer Hochzeit und endet mit der Scheidung. Dazwischen liegt eine Ehe voller Verletzungen, Missverständnisse und enttäuschter Erwartungen. Schon immer hat sich die Frau auf Dinge eingelassen, die sie gar nicht wollte. Sie ist nach wie vor auf der Suche danach, was sie eigentlich will. Einstweilen weiß sie nur, dass ihr das, was sie hat, nicht gefällt. Ihr Mann hat sich einmal für etwas entschieden und damit einfach aufgehört, etwas zu suchen. Der Vater der Frau ist Arzt und schätzt seinen Schwiegersohn sehr. Als Freund hat die Frau einen Lehrer, als Liebhaber schließlich einen Arzt und Freund ihres Mannes. Der Liebhaber treibt das Kind, das er mit ihr gezeugt hat, eigenhändig ab, von ihrem eigenen Mann wird die Frau nicht schwanger. Mehr schlecht als recht versucht sie sich als Hausfrau oder auch als Sekretärin, wieder Rollen, die sie gar nicht spielen kann und will. Ihr Mann zählt auf sie als Karrierehelferin, dafür ist er auch bereit, ihr Leben zu regeln und vor allem darauf zu achten, dass sie immer beschäftigt ist. Sie soll ein Tagebuch führen, sie bekommt einen Hund. Nach außen hin wird der Schein gewahrt: »Mutter ist froh, dass ich eine gute Ehe führe.« Nach der Scheidung kann die Frau ihren Ex-Mann wieder lieben.

219

Um das Jahr 1850 ließ sich im Elsass ein Lehrer mit allzu großer Kinderschar dazu herab, Krämer zu werden.

So beginnt der erste Teil einer zweiteiligen autobiografischen Kindheitsbeschreibung einer bekannten Persönlichkeit des 20. Jahrhunderts. Der Autor der Biografie, der über sieben Ecken mit Albert Schweitzer verwandt war, wuchs ohne Vater auf, dafür aber unter starker Prägung durch den Großvater mütterlicherseits. Vor allem hinsichtlich der Ausbildung hatte der Großvater bedeutsamen Einfluss. Bis in kleinste Einzelheiten wird dieser Mensch denn auch beschrieben. Der Autor räsoniert, teils lakonisch, teils pathetisch, über die Einzigartigkeit seines Bildungsweges und spart nicht mit der Aufzählung seiner eigenen Schwächen, Irrtümer und der Darstellung seines Geltungsdranges. Im zweiten Teil seiner Kindheitsbeschreibung geht er auf seine ersten literarischen Versuche ein, Nachahmungen von Trivialliteratur, hochtrabende Abenteuergeschichten, alles nicht eben geschätzt vom dominanten Großvater mütterlicherseits, der aus dem Enkel einen Gymnasiallehrer machen möchte. Das war der Autor später auch, allerdings ist er als solcher nicht zu Berühmtheit gelangt. Wäre er es geblieben, hätte wohl auch niemanden seine Biografie interessiert. Das Buch hat er als, wie man zu sagen pflegt, reifer Mann geschrieben.

220

Ich trat meine Reise nach Russland von Haus ab mitten im Winter an, weil ich ganz richtig schloss, dass Frost und Schnee die Wege durch die nördlichen Gegenden von Deutschland, Polen, Kur- und Livland, welche, nach der Beschreibung aller Reisenden, fast noch elender sind als die Wege nach dem Tempel der Tugend, endlich, ohne besondere Kosten hochpreislicher wohlfürsorgender Landesregierungen, ausbessern müsste.

In Russland sowie zahlreichen, zum Teil noch weiter entfernten Gegenden will der Erzähler, der Bescheidenheit ausdrücklich für eine Tugend hält, Abenteuer erlebt haben, die zum großen Teil äußerst amüsant klingen und wohl den Eindruck erwecken sollen, der Held habe nicht nur ein Leben voller Gefahren und Bedrohungen gehabt, sondern auch jede Menge Spaß. Von einem lebensrettenden gefrorenen Harnstrahl ist ebenso die Rede wie von einer aufgrund einer Wette notwendigen kleinen Attacke auf den Weinkeller der Kaiserin Maria Theresia. Über all seinen Abenteuern ist der Held älter geworden und mit seiner Gesundheit steht es nicht mehr zum Besten. Doch sein Geist ist frisch und immer noch mehr auf Jugendtorheit als auf Altersweisheit eingestellt. Das Buch ist zum Teil eine Übersetzung aus dem Englischen, der Bearbeiter hat sich zeitlebens zu seinem Werk nie öffentlich bekannt.

So hieß das Buch

Die Lösungen

1

1984. Von George Orwell

Das Buch ist 1948 geschrieben worden, der Titel entstand durch Vertauschung der letzten zwei Ziffern. Der Satz »Der Große Bruder sieht dich an« ist zum Slogan von Computerkritikern geworden. Als Nachwort zum Roman hat George Orwell (= Eric Arthur Blair, 1903–1950) eine höchst interessante »Kleine Grammatik« der »Neusprache« verfasst.

2

Die Abenteuer des braven Soldaten Schwejk. Von Jaroslav Häsek

Das Buch von Jaroslav Hašek (1883–1923) ist 1920–1923 erschienen, blieb jedoch unvollendet. Die Figur des Soldaten Schwejk ist eine der prägnantesten in der Literatur, auch die Nebenfiguren sind hinreißend gestaltet, hier seien nur der Feldkurat und der Einjährigfreiwillige erwähnt. Josef Schwejks Geschichten sind voll von grimmiger Ironie.

3

Der abenteuerliche Simplicissimus. Von Hans Jakob Christoph von Grimmelshausen

Das Buch von Hans Jakob Christoph (Christoffel) von Grimmelshausen (1621 oder 1622–1676) ist 1668 unter dem Anagramm German Schleifheim von Sulsfort erschienen. Das Buch ist ein Schelmenroman und erzählt die Geschichte eines Menschen, der zu dem Schluss kommt, dass es sich nicht auszahlt, in einer brutalen, unmenschlichen Welt den Erfolg zu suchen.

4

Die Abtei. Von Alois Brandstetter

Wer ein Buch von Alois Brandstetter (geb. 1938) mag, der mag sie alle, egal ob er das Gesagte ernst nimmt oder nicht. Alois Brandstetter stammt aus Oberösterreich und ist Professor für Germanistik. Man könnte ihn als das katholische Gegenstück zu Thomas Bernhard bezeichnen, dabei ist sein Witz noch grotesker, seine Lamentiererei noch vergnüglicher.

5

Alexis Sorbas. Abenteuer auf Kreta. Von Nikos Kazantzakis

Wesentlich berühmter als das Buch (erschienen 1946) ist die Verfilmung mit Anthony Quinn in der Rolle des Alexis Sorbas und die Musik von Mikis Theodorakis. Leider kommen im Film viele Aspekte des Buches zu kurz, etwa Alexis' philosophische Betrachtungen und sehr viel vom Witz und Charme des Dorflebens. Nikos Kazantzakis lebte von 1883 bis 1957.

6

Alice im Wunderland. Von Lewis Carroll

Das Buch von Lewis Carroll (= Charles Lutwidge Dodgson; 1832–1898) ist 1865 erschienen und ein Meisterwerk des absurden Humors. Der Autor soll ein menschenscheuer Eigenbrötler gewesen sein, er war Mathematiklehrer in Oxford. Alice Pleasance Liddell, die Tochter des Dekans, erhielt die Geschichte 1864 als Weihnachtsgeschenk.

7

Der alte Mann und das Meer. Von Ernest Hemingway

Diese Erzählung (erschienen 1952) ist von der Geschichte her genial einfach, wie ein Gleichnis oder eine Fabel, dabei so kurz, dass man sie zwischendurch immer wieder lesen kann. Wogegen kämpft der alte Mann »wirklich«? Gegen das Alter? Gegen das Schicksal? Oder einfach gegen einen Fisch? Ernest Hemingway (1899–1961) war selbst begeisterter Sportfischer.

8

Anna Karenina. Von Leo Tolstoi

Das Buch von Leo Tolstoi (1828–1910) ist erstmals 1878 in Buchform erschienen. Themen des Buches sind u.a. Ehebruch und Familie. Die Charakterisierungen zeugen von genialer Beobachtungsgabe, die Romankomposition ist äußerst raffiniert.

9

Ansichten eines Clowns. Von Heinrich Böll

Das überaus erfolgreiche Buch von Heinrich Böll (1917–1985) ist 1963 erschienen. Böll wurde damals Antikatholizismus vorgeworfen, dabei sind die Ressentiments seines Helden Hans Schnier aus dem zu erklären, was ihm widerfährt. Hans ist eine Figur, die erbarmungslos die Lebenslügen der anderen aufdeckt, seine eigenen Probleme aber nicht lösen kann. Das Buch ist nicht nur düster, sondern auch komisch.

10

Anton Reiser. Ein psychologischer Roman. Von Karl Philipp Moritz

Das zu erratende Buch (erschienen 1785–1790) ist die Autobiografie von Karl Philipp Moritz (1756–1793), die dieser als Professor für Altertumskunde in Berlin verfasst hat. Moritz war ein Zeitgenosse und Freund Goethes. Jede Verletzung, jede Demütigung, jeden Zweifel scheint sich der Verfasser sein Leben lang gemerkt zu haben.

11

Aphorismen. Von Marie von Ebner-Eschenbach

Die Aphorismensammlung von Marie von Ebner-Eschenbach (1830–1916) ist 1880 erschienen und zählt zu den beliebtesten Büchern der Autorin. Die Sprüche zeugen von einer Weisheit, die dadurch entstanden ist, dass man selber viele Fehler und Irrtümer begangen und an sich gearbeitet hat. Immer wieder kommt man beim Lesen auf verschlungene Pfade und findet sich auf einer Lichtung wieder, und immer wieder, und das ist besonders vergnüglich, immer wieder fühlt man sich ertappt.

12

Die Apologie des Sokrates. Von Platon

Der Text von Platon (427–347 v. Chr.) ist um 392 v. Chr. entstanden, ca. sieben Jahre nach dem erzwungenen Selbstmord des Sokrates. Die Rede, die dem großen Philosophen von seinem Schüler hier in den Mund gelegt wird, ist brillant und hätte unter anderen Umständen wohl ihre Wirkung nicht verfehlt. Sie gibt Zeugnis von einem außergewöhnlichen Lehrer und seinem berühmtesten Schüler.

13

Die Apothekerin. Von Ingrid Noll

Das Buch von Ingrid Noll (geb. 1935) ist 1994 erschienen. Die Geschichte ist unglaublich spannend, einfühlsam und mitunter überaus humorvoll erzählt, die einzelnen Charaktere sind gut geschildert, vor allem natürlich die Apothekerin selbst. In dieser Geschichte gibt es nicht die Bösen und die Guten, es gibt hier einfach Menschen, die vielschichtig und mit erzählerischer Hingabe präsentiert werden.

14

Der arme Spielmann. Von Franz Grillparzer

Das Buch von Franz Grillparzer (1791–1872) ist 1848 erschienen. Obwohl keine besondere Dramatik aufkommt, ist der alte Musiker eine wirklich gelungene Figur und seine Schonungslosigkeit die eigene Vergangenheit betreffend ist bemerkenswert. Einsamkeit, Verbitterung, Trotz und das Leiden an einer unerfüllten Liebe werden glaubhaft beschrieben.

15

Die Asche meiner Mutter. Irische Erinnerungen. Von Frank McCourt

Das Buch von Frank McCourt (geb. 1930) ist 1996 erschienen und verdientermaßen ein Welterfolg geworden. Denn hier wird ohne

Weinerlichkeit, ohne Hass, ohne Eitelkeit, ohne Beschönigung, ohne Selbstgerechtigkeit und ohne Zynismus, dafür mit Witz und großem Herzen erzählt.

16

Auf freiem Fuß. Von Gernot Wolfgruber

Das Buch von Gernot Wolfgruber (geb. 1944) ist 1978 erschienen. Mit ungeheurer, fast schon masochistischer Präzision werden die Menschen und die Zwänge und Illusionen beschrieben, denen sie ausgeliefert sind. Die Werke von Gernot Wolfgruber kreisen unter anderem um die Frage, wie weit ein selbstbestimmtes Leben möglich ist und welche Probleme sich ergeben, wenn jemand mit dem, was ihm geboten wird, nicht zufrieden ist.

17

Babettes Fest. Von Tania Blixen

Die Geschichte von Tania Blixen (= Karen Blixen-Finecke, 1885–1962) ist unter dem Pseudonym Isak Dinesen 1958 zugleich auf Englisch und Dänisch (beide Versionen von der Verfasserin) erschienen. Die Köchin Babette ist eine großartige Figur, sie ist die Künstlerin par excellence, ein Mensch, der alles tut, um sein Bestes geben zu können. »Eine große Künstlerin«, sagt sie, »ist niemals arm. Wir haben etwas […], wovon andere Leute nichts wissen.«

18

Bahnwärter Thiel. Von Gerhart Hauptmann

Die Novelle von Gerhart Hauptmann (1862–1946) ist 1892 erschienen. Schritt für Schritt wird gezeigt, wie es unter der Oberfläche des nach außen hin geradezu zwanghaft zuverlässigen und aufopfernden Mannes immer mehr gärt und brodelt, wie er immer mehr die Kontrolle verliert, wie er immer mehr hineingerät in namenlose Verzweiflung.

19

Bel-Ami. Von Guy de Maupassant

Guy des Maupassant (1850–1893) ist ein Meister der Charakterzeichnung und der Darstellung menschlicher Nöte und Leidenschaften, an und von Gustave Flaubert geschult. Das Buch ist 1885 erschienen. Der Journalist heißt Duroy/du Roy, das Ende des Buches ist, obwohl niemand stirbt, von atemberaubender Grausamkeit.

20

Berlin Alexanderplatz. Von Alfred Döblin

Der eigentliche »Held« des Buches ist nicht der ehemalige Transportarbeiter, Zuhälter und Kleinkriminelle Franz Biberkopf, sondern die Stadt Berlin, so, wie sie sich 1928 darstellt, darum wird das Buch als Großstadtroman bezeichnet. Alfred Döblin (1878–1957) zitiert immer wieder Werbesprüche und Schlager, aber auch die Bibel und verwendet viele Dialekt- und Gaunerausdrücke. Das sprachlich geniale Buch ist 1929 erschienen und war sehr erfolgreich.

21

Die Besessenen. Von Witold Gombrowicz

Dieses Buch von Witold Gombrowicz (1904–1969) ist ein Leckerbissen für alle, die Grusel und geheimnisvolle Phänomene lieben. Daneben bietet es einen herrlichen Einblick in die Abgründe des menschlichen Charakters. Walczak/Leszczuk und Maja leiden, reifen und genesen aneinander – eine Liebesgeschichte ersten Ranges! Der dritte Gegenstand ist übrigens ein Handtuch. Das Buch ist 1939 erschienen.

22

Bewohnte Frau. Von Gioconda Belli

Der Roman von Gioconda Belli (geb. 1948) ist 1988 erschienen und war ein großer Erfolg für die nicaraguanische Autorin, die selbst jahrelang im Untergrund gegen das ehemalige Militärregime gekämpft hat. Das Buch enthält eine Reihe interessanter und hervorragend beschriebener Figuren. Es ist überaus poetisch, packend und erotisch.

23

Das Bildnis des Dorian Gray. Von Oscar Wilde

Dieses Buch von Oscar (Fingal O'Flahertie Wills) Wilde (1854–1900) ist 1891 erschienen. Neben dem höchst originellen Plot sorgen auch die aberwitzigen und boshaften Bemerkungen von Lord Henry Wotton für Lesegenuss.

24

Bleakhaus. Von Charles Dickens

Der viel und daher oft falsch verwendete Ausdruck »Opus magnum« trifft auf dieses Werk zu. Die Geschichte (erschienen 1852/53) ist überaus verwickelt, aber man verliert dank der Kunst des Autors Charles Dickens (1812–1870) nie die Übersicht. Die Figuren, darunter Mr. Skimpole, Mr. Turveydrop, Mr. Bucket, Jo, Mr. Snagsby, Mr. Krook, Mrs. Jellyby, Mr. Smallweed und Lady Dedlock, sind brilliant gezeichnet.

25

Die Blechtrommel. Von Günter Grass

Das berühmte Buch, Teil I der »Danziger Trilogie«, ist 1959 erschienen. Günter Grass war damals 32 Jahre alt und hatte ebenso wie sein Held Oskar Mazerath als Bildhauer und Jazzmusiker gearbeitet. Bis heute hat Günter Grass kein Buch geschrieben, das ähnlichen Ruhm erlangt hat, er bekam den Nobelpreis dafür.

26

Blumen-, Frucht- und Dornenstücke oder Ehestand, Tod und Hochzeit des Armenadvokaten F. St. Siebenkäs im Reichsmarktflecken Kuhschnappel. Von Jean Paul

Das Buch von Jean Paul (= Johann Paul Friedrich Richter, 1763–1825) ist 1796/97 bzw. 1818 erschienen. Wie bei Jean Paul üblich, wird die Geschichte alles andere als ökonomisch erzählt, aber seine Personenschilderungen, seine Vergleiche und seine Exkurse sind überaus reizvoll. Die Auflage von 1818 enthält gegenüber der Erstauflage eine Reihe von Änderungen und Erweiterungen.

📖

27

Bonjour Tristesse. Von Françoise Sagan

Dies ist ein phänomenaler Debütroman, der auch verfilmt worden ist. Françoise Sagan ist 1935 geboren, das Buch ist 1954 erschienen und hat aufgrund seiner Offenheit und seiner Radikalität einen Skandal ausgelöst. Die Autorin hat einige ihrer Romane auch selbst verfilmt. Der Titel des Romans ist einem Gedicht von Paul Eluard entnommen, das dem Werk vorangestellt ist.

📖

28

Brief an den Vater. Von Franz Kafka

Dieser Brief ist von Franz Kafka (1883–1924) 1919 geschrieben und postum veröffentlicht worden. Der Autor gibt einen tiefen und schonungslosen Einblick in seine inneren Qualen und seine ungelösten Konflikte und er zeichnet ein anschauliches, natürlich subjektives Bild von seinem Vater, gegen den er sich zeitlebens nicht durchsetzen konnte.

📖

29

Briefe in die chinesische Vergangenheit. Von Herbert Rosendorfer

Das Buch von Herbert Rosendorfer (geb. 1934) ist 1983 erschienen. Abgesehen davon, dass es ungeheuer witzig ist, bietet es eine Fülle von köstlichen Szenen. Die Kritik des chinesischen Mandarins an der Rastlosigkeit, dem Konsumwahnsinn und den Selbstzerstörungsaktivitäten des modernen Menschen stimmt nachdenklich.

30

Die Brüder Karamasow. Von Fjodor M. Dostojewskij

Das Buch von Fjodor M. Dostojewskij (1821–1881) ist 1879/80 erschienen. Es ist sein letzter Roman und nicht zuletzt aufgrund des darin vorkommenden Mordes und des Prozesses ist er bis zuletzt spannend und facettenreich. Berühmt ist der eingeschobene Text über den Großinquisitor. Ursprünglich war das Werk wohl als erster Teil einer Trilogie gedacht.

31

Buchbinder Wanninger. Von Karl Valentin

Der Dialog von Karl Valentin (= Valentin Ludwig Fey, 1882–1948) ist einer der bekanntesten des Autors. Karl Valentin ist zu Unrecht als bloßer Volksschauspieler bezeichnet worden. Zusammen mit seiner kongenialen Partnerin Lisl Karlstadt ist er jahrzehntelang aufgetreten und hat unter anderem Bert Brecht beeinflusst.

32

Die Buddenbrooks. Verfall einer Familie. Von Thomas Mann

Das Buch von Thomas Mann (1875–1955) ist 1901 erschienen. Wie auch immer das Buch zustande gekommen ist (Plündern der Familienchronik etc.), es handelt sich dabei um ein in jeder Hinsicht geniales Werk. Hanno Buddenbrook und Kai Graf Mölln sowie die junge Tony Buddenbrook sind nur einige der trefflich gezeichneten Charaktere. Es ist schwer zu sagen, was besser ist: dieses Buch schon gelesen oder das Lesen noch vor sich zu haben.

33

Candide oder Der Optimismus. Von Voltaire

Das Buch von Voltaire (= François Marie Arouet, 1694–1778) ist 1759 erschienen und wurde sofort verboten. 1762 kam es auch auf den Index des Vatikans. Dabei handelt es sich um ein ungeheuer gescheites und trotz all der beschriebenen Grausamkeiten köstliches Werk. Neben den Erzählungen, Dramen und seinem philosophischen Werk hat Voltaire auch Tausende von Briefen geschrieben.

34

Casanovas Heimfahrt. Von Arthur Schnitzler

Die Novelle von Arthur Schnitzler (1862–1931) ist 1918 erschienen und unterscheidet sich sprachlich ganz erheblich von anderen Geschichten des Autors, allerdings ist der Autor auch hier ein Meister der Charaktergestaltung. Casanova ist alt geworden und kommt nur noch durch Geld und Betrug an sein Ziel und die größte Strafe ist für ihn, dass sich ihm die begehrte Geliebte in der erschlichenen Liebesnacht zwar hingibt wie keine vor ihr, sich danach aber vor seinem Alter ekelt.

35

Der Chinese. Von Friedrich Glauser

Erst lange nach dem Tod von Friedrich Glauser (1896–1938) wurde dessen Bedeutung als Kriminalschriftsteller erkannt. *Der Chinese* entstand 1937/38 aufgrund eines Literaturwettbewerbs der Basler »National-Zeitung«, wo eine Version des Romans 1938 erschienen ist.

36

Dame, König, Ass, Spion. Von John LeCarré

Das Buch von John LeCarré (= David John Moore Cornwell, geb. 1931) ist 1974 erschienen, spielt in der Zeit des Kalten Krieges und zeigt, der Vorliebe des Autors gemäß, die Welt der Spionage, eine Welt fast ohne Vertrauen und voller Verrat, Gier und Rücksichtslosigkeit. Die Geschichte ist äußerst verwickelt, die Dialoge sind vom Feinsten. Der Held George Smiley ist bereits in *Der Spion, der aus der Kälte kam* aufgetreten.

37

De profundis. Von Oscar Wilde

Das Werk von Oscar Wilde (1854–1900) ist 1897 im Zuchthaus von Reading geschrieben und 1905 veröffentlicht worden. Der Autor rechnet mit seinem Freund Lord Alfred Douglas ab, schreibt über sich und seine Arbeit (»Ich gehöre zu denen, die für die Ausnahmen geschaffen sind, nicht für die Regel.«), entwirft ein sehr persönliches Christus-Bild und versucht, mit den erlittenen Demütigungen fertig zu werden.

38

Das Dekameron. Von Giovanni di Boccaccio

Das Buch von Giovanni di Boccaccio (1313–1375) ist 1348 erschienen. Viele der Geschichten sind einigermaßen deftig, ohne jemals vulgär oder pornografisch zu sein, und/oder überaus komisch, die Figuren sind bravourös skizziert. In späteren Jahren haben sich zahlreiche Autoren, z. B. Hans Sachs, bei Boccaccio bedient.

39

Dichtung und Wahrheit. Aus meinem Leben. Von Johann Wolfgang von Goethe

Das Werk von Johann Wolfgang von Goethe (1749–1832) ist ab 1811 in vier Teilen erschienen. Wie in wohl jeder Autobiografie wird so manches, was peinlich sein könnte, beschönigt oder weggelassen, die Bücher geben jedoch einen spannenden und sprachlich meisterhaften Einblick in den beneidenswerten Bildungsweg des »Dichterfürsten« und in die Entstehungsgeschichte früher Werke.

40

Doge und Dogaresse. Von E. T. A. Hoffmann

Die Novelle von E. T. A. Hoffmann (1776–1822) ist 1819 erschienen und auch in den *Serapionsbrüdern* enthalten. Der Autor hat historische Quellen verwendet, aber auch ein Bild von Wilhelm Kolbe. Die Geschichte ist spannend, geheimnisvoll und klug erzählt.

41

Doktor Gräsler, Badearzt. Von Arthur Schnitzler

Das Buch von Arthur Schnitzler (1862–1931) ist 1914 erschienen. Die Geschichte ist gekonnt und raffiniert aufgebaut, die erzählerischen Mittel sind sparsam und umso treffender eingesetzt, in jedem Satz und vor allem in den Dialogen offenbaren sich wunderbare Beobachtungsgabe und Gestaltungskraft.

42

Don Camillo und Peppone. Von Giovannino Guareschi

Das Buch von Giovannino Guareschi (1908–1968) ist 1948 erschienen. Die Geschichten, die ja auch erfolgreich verfilmt worden sind, leben vom Wettstreit zwischen dem wehrhaften Priester Don Camillo und dem kommunistischen, ebenfalls wehrhaften Bürgermeister Peppone. Ihr Kampf wirkt sich, da sie einander ständig übertrumpfen wollen, letztlich positiv auf das Dorf aus.

43

Dracula. Von Bram Stoker

Das Buch von Bram (= Abraham) Stoker (1847–1912) ist 1897 erschienen und mehrmals verfilmt worden. Der Autor erzählt die spannende und ziemlich gruselige Geschichte des Vampirs Graf Dracula. Neben dem Grafen Dracula werden der Arzt Van Helsing und der Irre Renfield sowie einige »Männer aus dem Volk« in hervorragender Weise beschrieben, und mit Lucy Westenra und Mina Harker gibt es auch recht gelungene Frauenfiguren. Immer lesenswert!

44

Drehn Sie sich um, Frau Lot. Von Ephraim Kishon

Das Buch von Ephraim Kishon (geb. 1924) ist 1961 erschienen. Es ist der erste einer Reihe von satirischen Bänden. Besondere Leckerbissen sind die Satiren »Jüdisches Poker«, »Ein Oldtimer«, »Nehmen Sie Platz«, »Kettenreaktion«, »Achimaaz und die Schuhe«, »Chamsin und Silberrausch«, »Besuchszeiten: Montag und Donnerstag«, »Ich bin Zeuge« und »Mit Mazzes versehen«. Ephraim Kishon ist gebürtiger Ungar und lebt seit 1949 in Israel.

45

Die Drehung der Schraube. Von Henry James

Das Buch von Henry James (1843–1916) ist 1898 erschienen und hat in seiner genialen Gruseligkeit seither eine Unzahl von Leserinnen und Lesern fasziniert und hingerissen. Zentrale Frage: Wer ist hier eigentlich verrückt? Der eine oder andere (Horror-)Autor, beispielsweise Stephen King *(Shining)*, hat sich wohl beeinflussen lassen.

46

Drei Frauen. Von Robert Musil

Das Buch von Robert Musil (1880–1942) ist 1924 erschienen. Die Männer scheitern mit all ihrer Bildung, all ihrem Intellekt daran, ihre Frauen zu verstehen – und finden diese vielleicht gerade deswegen so interessant. Robert Musils Sprache ist von berauschender Schönheit. Bekannt wurde Musil durch seinen Roman *Der Mann ohne Eigenschaften.*

47

Die drei gerechten Kammmacher. Von Gottfried Keller

Diese äußerst vergnügliche und kluge Geschichte von Gottfried Keller (1819–1890) ist 1856 erschienen. Züs Bünzlin, eine Jungfer von zarten 28 Jahren, ist eine grandios gestaltete Figur, die drei »gerechten« Kammmacher tragikomisch bis zuletzt. Glanzvoller Höhepunkt und extrem spannend: Das Wettrennen unter Anwesenheit der ganzen Gemeinde.

48

Dshamilja. Von Tschingis Aitmatow

Das Buch von Tschingis Aitmatow (geb. 1928) ist 1958 erschienen. Es ist wunderbar zu lesen und wird sich so oder so ähnlich nicht nur in Kirgisien zugetragen haben. Dafür gebührt dem Autor Respekt: eine alltägliche Geschichte so gut geschrieben zu haben!

49

Du meine Pappel im roten Kopftuch. Von Tschingis Aitmatow

Das Buch von Tschingis Aitmatow (geb. 1928) ist 1970 erschienen. Die Geschichte des Lastwagenfahrers zeigt anschaulich, wohin eine gewisse Art von Stolz führen kann. Herrlich sind die Beschreibungen der kirgisischen Straßen, Steppen und Berge und es gibt neben dem Lastwagenfahrer noch ein paar einprägsame Charaktere.

50

Effi Briest. Von Theodor Fontane

Das Buch ist 1895 erschienen, der Autor (1819–1898) hat sich damals zu seinem Roman von einer wahren Begebenheit inspirieren lassen. Fontane thematisiert in seinem Roman Unreife und überkommene Gesellschaftsnormen und die daraus resultierenden Katastrophen. Die Charaktere und Dialoge der Geschichte sind großartig gestaltet.

51

Elsi, die seltsame Magd. Von Jeremias Gotthelf

Die Geschichte von Jeremias Gotthelf (1797–1854; richtiger Name Albert Bitzius, er hat sich später nach der Titelfigur seines ersten Buches benannt!) ist 1843 erschienen. Elsi ist von ihrer Familie, ihrer Herkunft, davongelaufen. Zu spät erkennt sie, dass man sich, wenn man mit seiner eigenen Familie nicht zufrieden ist, auch eine andere suchen kann.

52

Die Entdeckung der Langsamkeit. Von Sten Nadolny

Es gibt wohl nicht viele Biografien, die mit solcher Virtuosität und solchem Einfühlungsvermögen geschrieben sind wie dieses Buch, das 1983 erschienen ist. Keine Frage, dass dieses Buch sehr langsam geschrieben worden ist. Der Autor Sten Nadolny (geb. 1942) hat eine Reihe weiterer Romane veröffentlicht sowie den Band *Das Erzählen und seine guten Absichten.*

53

***Er lasst die Hand küssen.
Von Marie von Ebner-Eschenbach***

Die Geschichte von Marie von Ebner-Eschenbach (1830–1916) ist 1886 erschienen. Das eigentliche Geschehen ist äußerst geschickt in eine Rahmenhandlung verpackt. Die besondere Tragik der Geschichte liegt darin, dass die Herrin es, ihrer Lebenseinstellung gemäß, gut und ehrlich meint und damit nichts als Unglück stiftet.

54

Eugénie Grandet. Von Honoré de Balzac

Das Buch von Honoré de Balzac (1799–1850) ist 1832 im Rahmen der *Szenen aus dem Provinzleben* erschienen. Die Geschichte zeigt die außerordentlichen handwerklichen Fähigkeiten des (nicht zuletzt wegen seiner gewaltigen Schulden) rastlosen Schreibers und seine genaue Kenntnis menschlicher Begierden und Sehnsüchte. So wie der Vater der Titelfigur sich keine Bequemlichkeit gönnt, so gönnt Eugénie sich keinen Mann.

55

Der ewige Gatte. Von Fjodor M. Dostojewskij

Das Buch von Fjodor M. Dostojewskij (1821–1881) ist 1869 erschienen. Das Buch ist freilich nicht nach seinem Helden benannt, sondern nach dessen Gegenspieler. Die Geschichte ist voller grotesker Einschübe und die Beschreibung des nervlich einigermaßen zerrütteten Junggesellen Weltschaninoff und des »ewigen Gatten« Trussozkij, der mehr weiß, als er zu wissen vorgibt, ist einfach grandios.

56

Fabian. Die Geschichte eines Moralisten. Von Erich Kästner

Das Buch von Erich Kästner (1899–1974) ist 1931 erschienen. In einem 1950 geschriebenen Vorwort sagt der Autor: »Der ursprüngliche Titel [...] lautete ›Der Gang vor die Hunde‹. Damit sollte [...] deutlich werden, dass der Roman ein bestimmtes Ziel verfolgte: Er wollte warnen. Er wollte vor dem Abgrund warnen, dem sich Deutschland und damit Europa näherten.«

57

Das Fähnlein der sieben Aufrechten. Von Gottfried Keller

Das Buch von Gottfried Keller (1819–1890) ist 1861 erschienen. Obwohl die Geschichte an sich sehr einfach ist, wird sie durch die köstlichen Figuren und nicht zuletzt durch den Schluss ungeheuer farbig. Dass Kellers Novellen neben ihrer Kurzweiligkeit und ihrem Humor auch noch klug und sprachgewaltig erzählt sind, erfreut den Autor dieser Rätsel immer wieder.

58

Der Fänger im Roggen. Von J. D. Salinger

Das Buch von Jerome David Salinger (geb. 1919) ist 1951 erschienen. Es bietet eine Fülle von komischen und auch peinlichen Situationen, die Charaktere sind locker beschrieben und die Dialoge zeugen von immenser Sprachbeherrschung. Ein Buch für jene, die wieder einmal wissen wollen, wie es ist, wenn man noch nicht erwachsen ist. Der Autor lebt völlig zurückgezogen.

59

Farm der Tiere. Ein Märchen. Von George Orwell

Dieses Märchen von George Orwell (1903–1950), das 1945 erschienen ist, ist eine bitterböse Satire auf den Kommunismus russischer Prägung. Die Schweine übernehmen die Führung auf dem Bauernhof und sind schließlich genauso brutal und besoffen wie der Bauer Mr. Jones. Die siebte Regel hieß ursprünglich: Alle Tiere sind gleich. Daraus wird dann: Alle Tiere sind gleich, aber manche sind gleicher.

60

Fiktionen. Von Jorge Luis Borges

Das Buch von Jorge Luis Borges (1899–1986) ist 1941/44 erschienen. Die Geschichten sind verblüffend und sehr amüsant.

Jorge Luis Borges gilt als der Begründer des magischen Realismus. Er stammt aus Argentinien, hat aber viele Jahre im Ausland gelebt und seine Eindrücke aus anderen Kultur- und Literaturkreisen in seine Werke einfließen lassen. Die letzten Jahrzehnte seines Lebens war er blind.

61

Das Foucaultsche Pendel. Von Umberto Eco

Das Buch von Umberto Eco (geb. 1932) ist 1988 erschienen. Für Liebhaber von Zahlen- und anderer Mystik mögen die Erkenntnisse, die der Autor vermittelt, ernüchternd sein. Wer will, das wird anschaulich gezeigt, der kann hinter allem eine Verschwörung wittern, für den ist alles ein Beweis für seine Theorie.

62

Die Frau in Weiß. Von Wilkie Collins

Wer sich für Wilkie Collins (1824–1899) und dessen 1860 erschienenes Buch interessiert, dem sei der Dialog »Der Titel aller Titel« von Arno Schmidt (Bargfelder Ausgabe, Werkgruppe II, Studienausgabe 3/2, Haffmans Verlag) empfohlen, dem die Zitate entnommen wurden.

63

Fräulein Else. Von Arthur Schnitzler

Das Buch von Arthur Schnitzler (1862–1931) ist 1924 erschienen. Der Text ist als innerer Monolog geschrieben, Dialogstellen sind durch Kursivdruck hervorgehoben. Fräulein Else wird in genialer Weise dargestellt als naive, neugierige Frau, die auf die Brutalität der Welt nicht vorbereitet worden ist.

64

Das Fräulein von Scuderi. Von E. T. A. Hoffmann

Es gibt sicher nicht viele, die sich dem Reiz dieses Buches (erschienen zwischen 1819 und 1821) entziehen können. Das Werk ist sowohl eine herrliche Gruselgeschichte als auch eine wirklich spannende Auseinandersetzung zu den Themen Kunst, Moral und Gerechtigkeit. Die Figur des Künstlers Cardillac ist ein Glanzstück. E. T. A. (Ernest Theodor Amadeus) Hoffmann (1776–1822) beeinflusste unter anderen Edgar Allan Poe.

65

Der Fremde. Von Albert Camus

Das Buch von Albert Camus (1913–1960) ist 1942 erschienen. Die Geschichte von dem Mann, der erst im Gefängnis und in Erwartung der Todesstrafe erkennt, wie schön die Freiheit ist, wie wunderbar es ist, sich entscheiden und sich engagieren zu können, ist äußerst präzise und ohne Pathos oder erhobenen Zeigefinger erzählt. Albert Camus wird meist zusammen mit Jean Paul Sartre genannt, dabei waren die beiden intellektuelle Kontrahenten.

66

Die fromme Helene. Von Wilhelm Busch

In seiner, auch zeichnerisch sehr gelungenen Geschichte behandelt Wilhelm Busch (1832–1908) anhand seiner frommen Helene (erschienen 1872) das Scheitern einer lebenslustigen, naiven, der rauen Wirklichkeit nicht gewachsenen Frau. Es gibt eine Reihe köstlicher Figuren, etwa den Diener »Schang«. Die Beschreibung der frustrierenden Ehe und des sich daraus ergebenden Ehebruchs ist großartig und herrlich diskret.

67

Frost. Von Thomas Bernhard

Das Buch von Thomas Bernhard (1931–1989) ist 1963 erschienen und war sein Durchbruch. Wie kaum ein anderer österreichischer Schriftsteller hat Thomas Bernhard die Gemüter erhitzt und es dadurch bis auf die Titelseiten nicht nur der Boulevardpresse geschafft. Daneben hat er auch eine Reihe bedeutender Literaturpreise bekommen.

68

Die fünfte Frau. Von Henning Mankell

Das Buch von Henning Mankell (geb. 1948) ist 1997 erschienen. Dem Autor geht es nicht um die bloße Erzeugung von Spannung, sondern um eine Kritik an der modernen Gesellschaft. Die Bücher sind also Zeitkritik im Mantel des Kriminalromans.

69

Ganz unten. Mit einer Dokumentation der Folgen.
Von Günter Wallraff

Das Buch von Günter Wallraff (geb. 1942) ist 1985 erschienen und hat zu Recht breite Diskussionen über die Rolle von ausländischen Arbeitskräften ausgelöst und es dürfte sich auch einiges zum Positiven verändert haben.

70

Gefährliche Liebschaften.
Von Choderlos de Laclos

Das Buch von Pierre Ambroise François Choderlos de Laclos (1741–1803) ist 1782 anonym erschienen. Die Briefe sind faszinierende Charakterzeugnisse der jeweiligen Verfasser und führen souverän durch die komplizierte Geschichte. Sie sind auch ein Zeugnis der Sitten kurz vor der Französischen Revolution. Laclos war Soldat, schrieb als solcher über Kriegführung und war auch Redenschreiber für Robespierre.

71

Das Geheimnis des Fahrradhändlers.
Von Sempé

Die entzückenden Illustrationen und die leichtfüßig erzählte Geschichte machen dieses Buch (erschienen 1995) zu einem großen Lese-Ereignis. Das Buch ist relativ groß, aber wer will, kann es auf jeden Fall zum Radfahren mitnehmen. Die deutsche Ausgabe des Buches ist ein Beispiel für die erfolgreiche Zusammenarbeit zwischen Sempé (geb. 1932) und Patrick Süskind.

72

Der Gehülfe. Von Robert Walser

Robert Walser (1878–1956) hat in diesem Roman seine Mitarbeit in einer ähnlichen Firma verarbeitet. Die Sprache und das Werk wurden von Franz Kafka sehr geschätzt. Seit 1929 galt Walser als schizophren und lebte in Nervenheilanstalten, wo er eine Fülle von Prosaskizzen anfertigte. Der zu erratende Roman ist 1908 erschienen. Er ist verfilmt worden.

73

Das Geisterhaus. Von Isabel Allende

Das 1982 erschienene Buch der chilenischen Autorin Isabel Allende (geb. 1942) war ein internationaler Bestseller. Streckenweise ist es eine einzige Aneinanderreihung von Skurrilitäten. Es gibt einige wirklich großartige Charaktere, allen voran der Gutsbesitzer, Wüstling und politisch naive Esteban Trueba sowie die übersinnlich begabte Clara. Der Schluss ist wunderbar.

74

Das Gemeindekind. Von Marie von Ebner-Eschenbach

Das Buch von Marie von Ebner-Eschenbach (1830–1916) ist 1887/88 erschienen. Die Geschichte ist kunstreich verschachtelt und verwoben, es gibt eine Reihe hervorragend gestalteter Charaktere, darunter den Lehrer Habrecht, die Baronin und das Mädchen Vinska. Armut, dörfliche Grausamkeit, brutale Machtstrukturen und Mitläufertum werden eindringlich geschildert.

75

Die Geschichte von Herrn Sommer. Von Patrick Süskind

Das Buch des weltbekannten Autors Süskind (geb. 1949) ist 1991 erschienen. Es ist ein herrliches »Kindheitsbuch« mit einer Reihe grotesker und tief berührender Szenen. Die Figur des Herrn Sommer ist meisterhaft gestaltet, besonders ihr Untergang (im wahrsten Sinn des Wortes). Ein Buch für einen sonnigen Nachmittag.

76

Der Glöckner von Notre Dame. Von Victor Hugo

Der Roman von Victor Hugo (1802–1885) ist 1831 erschienen. Das Buch bietet eine Fülle herrlich gestalteter Charaktere (Esmeralda, Quasimodo, Pierre Gringoire, Claude Frollo und dessen Bruder Jehan) und Szenen und ist neben seiner Traurigkeit und Brutalität auch herzerfrischend komisch und berührend. Der deutsche Titel enspricht nicht dem des Originals, der lautet: *Notre-Dame de Paris.*

77

Der goldne Topf. Von E. T. A. Hoffmann

Das Buch von E. T. A. Hoffmann (1776–1822) ist 1814/1819 erschienen. Der Student Anselmus ist einerseits ein Träumer und Tollpatsch, andererseits hochbegabt und zweifellos zu etwas anderem als einer Juristenlaufbahn berufen. Das Werk strotzt vor phantastischen Ideen, großartig sind die Übergänge zwischen den zwei Welten. Das Buch gilt vielen als Hoffmanns bestes.

78

Die göttliche Komödie. Von Dante Alighieri

Das Werk von Dante Alighieri (1265–1321) ist noch zu Lebzeiten des Autors erschienen. Ursprünglich hieß es einfach »La Commedia«. Dante war neun Jahre alt, als er zum ersten Mal Beatrice begegnete. Sie starb mit 24 und spielt gewissermaßen aus dem Himmel herab eine große Rolle in Dantes Werk. Das Buch gliedert sich in drei Teile (Inferno, Purgatorio, Paradiso) und ist ein Sprachkunstwerk ersten Ranges. Dante gilt als Erfinder der Terzine, einer ganz speziellen dreizeiligen Strophe.

79

Grieche sucht Griechin. Von Friedrich Dürrenmatt

Das Buch von Friedrich Dürrenmatt (1921–1990) ist 1955 erschienen. Wer in der richtigen Stimmung ist und den Dürrenmatt'schen Humor liebt, kommt hier sicher auf seine Kosten.

80

Der große Gatsby. Von Francis Scott Fitzgerald

Die Figuren des Buches von Francis Scott Key Fitzgerald (1896–1940), allen voran natürlich der verzweifelt Liebende Jay Gatsby, sind großartig gestaltet. Das Buch ist 1925 erschienen und wurde auch verfilmt. Wie etwa Hemingway war Fitzgerald ein Vertreter der so genannten Lost Generation, für die der Erste Weltkrieg ein Symbol des allgemeinen Zusammenbruchs war.

81

Der grüne Heinrich. 1. Fassung. Von Gottfried Keller

Das Buch von Gottfried Keller (1819–1890) ist in zwei Fassungen erschienen: Fassung 1 1854, Fassung 2 1879/80. Die hier verwendete 1. Fassung unterscheidet sich von der 2. vor allem durch das bittere Ende. Ebenso wie sein Protagonist hat auch Gottfried Keller gemalt und gezeichnet, die im Buch geschilderten Erlebnisse sind auf weite Strecken seine eigenen. Die durch die Malerei besonders geschulte optische Wahrnehmungsfähigkeit des Autors ist beim Lesen immer spürbar.

82

Gullivers Reisen. Von Jonathan Swift

Weltbekannt, verfilmt und zum Kinderbuch verarbeitet sind die Reisen zu den Liliputanern und nach Brobdingnag. Weniger bekannt sind die Reisen drei und vier. Wer meint, das 1726 erschienene Buch »schon als Kind« gelesen zu haben, sollte ruhig einmal den köstlich-satirischen Originaltext zur Hand nehmen. Jonathan Swift lebte von 1667 bis 1745.

83

Der Hahn ist tot. Von Ingrid Noll

Das Buch von Ingrid Noll (geb. 1935) ist 1991 erschienen. Die Charaktere in der Geschichte, vor allem natürlich die Hauptfigur, die liebeshungrige Rosemarie Hirte, sind gekonnt geschildert. Es wird mit ungeheurer Präzision und so viel Witz erzählt, dass man das Buch auch verschlingen würde, wenn es weniger spannend wäre.

84

Die Handschrift von Saragossa. Von Jan Potocki

Das Buch von Jan Potocki (1761–1815) ist 1803–1815 entstanden und erstmals 1958 (!) vollständig erschienen. Jan Potocki war ein vielseitig begabter Mensch, er hat das Buch auf Französisch, also nicht in seiner polnischen Muttersprache, verfasst. Die Geschichten sind von entzückender Skurrilität und auch die Erotik kommt nicht zu kurz.

85

Harry Potter und der Stein der Weisen. Von Joanne K. Rowling

Das Buch von Joanne K. Rowling (geb. 1965) ist 1997 erschienen und nicht nur bei Kindern und Jugendlichen sehr beliebt. Die Bücher sind meisterhaft komponiert, daher überaus spannend, die phantasievollen Geschichten sind witzig und klug erzählt. Zudem kann man sich daran erfreuen, wie das englische Schulsystem und die englische Gesellschaft aufs Korn genommen werden.

86

Die Häupter meiner Lieben. Von Ingrid Noll

Das Buch von Ingrid Noll (geb. 1935) ist 1993 erschienen und inzwischen auch verfilmt worden. Es gibt eine Reihe höchst interessant und pointiert gestalteter Charaktere, und auch wenn bisweilen zu dick aufgetragen wird, ist die Geschichte äußerst spannend und vergnüglich zu lesen.

87

Haus, Frauen, Sex. Von Margit Schreiner

Das Buch von Margit Schreiner (geb. 1953) ist 2001 erschienen. Es schildert aus der Sicht des verlassenen Mannes die Ehe und schließlich den Bruch zwischen den Ehepartnern. Die Geschichte ist mit allerfeinster Ironie und großem Einfühlungsvermögen erzählt und wird wohl keine Frau und erst recht keinen Mann kalt lassen.

88

Ein Held unserer Zeit. Von Michail Lermontow

Das Buch von Michail Lermontow (1814–1841) ist 1840 erschienen. Der Autor war als Soldat zwei Mal in den Kaukasus strafversetzt worden. Er beschreibt episodenhaft seinen tragischen Helden Petschorin. Die Figur ist eine Art Katalysator, sie stürzt nur andere ins Verderben und bleibt selbst unberührt. Das Buch ist ein psychologisches und literarisches Meisterwerk und hatte allergrößten Einfluss auf die Literatur jener Zeit.

89

Helen Keller, Anne Sullivan. Öffne mir das Tor zur Welt! Von Helen E. Waite

Das Buch von Helen E. Waite (erschienen 1959) ist sicher kein literarisches Meisterwerk, aber wen lässt diese Geschichte zweier Personen, die wirklich gelebt haben, schon unberührt? Die Schriftstellerin Helen Keller (1880–1968) wurde als Kleinkind taub und blind und erst ihre Lehrerin Anne Sullivan, die selbst schlechte Augen hatte, konnte ihr das Tor zur Welt öffnen.

90

Herbstmilch. Lebenserinnerungen einer Bäuerin. Von Anna Wimschneider

Das Buch von Anna Wimschneider (geb. 1919) ist 1984 erschienen. Obwohl unter literarischen Gesichtspunkten »wertlos«, gibt es einen hervorragenden Einblick in die Lebens- und Gedankenwelt voriger Generationen, in die Brutalität des Existenzkampfes sowie in das dörfliche Leben, und das ist wohl Grund genug, es zu lesen.

91

Der Herr der Fliegen. Von William Golding

Die ganze Geschichte (erschienen 1954) ist reichlich konstruiert und die Charaktere haben nicht besonders viel Tiefgang, aber das Buch von William Golding (1911–1993) ist trotzdem lesenswert: Erstens ist es eine gute Studie zu den Themen Zivilisation, Gewaltentstehung, Gruppenverhalten und Entscheidungsfindung und zweitens gibt es wunderbar poetische Stellen.

92

Der Herr der Ringe. Von J. R. R. Tolkien

Das Buch von John Ronald Reuel Tolkien (1892–1973) ist 1954/55 erschienen und gilt als eines der meistgelesenen Bücher aller Zeiten. Wahrscheinlich geht die gesamte Fantasy-Literatur auf dieses gewaltige Werk zurück. Das Buch ist teilweise als Zeichentrickfilm ins Kino gekommen (1982), bekannter ist natürlich die Verfilmung von Peter Jackson (2001–2003).

93

Herrenjahre. Von Gernot Wolfgruber

Das Buch von Gernot Wolfgruber (geb.1944) ist 1976 erschienen. Der Autor erzählt auf sprachlich unverwechselbare und höchst kompetente Weise die Geschichte eines Anti-Helden, sofern mit Held einer gemeint ist, der zum Schluss mit Glanz und Ruhm bekleckert ist. Wer starke Helden sucht, wird enttäuscht sein, wer Menschen sucht, wahrscheinlich nicht.

94

High Fidelity. Von Nick Hornby

Das Buch von Nick Hornby (geb. 1957) ist 1995 erschienen. Der Autor zeigt sich als brillanter, schonungsloser und äußerst humorvoller Analytiker der wunden Männerseele. Dabei sind ihm aber gerade die weiblichen Charaktere am besten gelungen. Ein Männerbuch, das auch Frauen eine Menge zu sagen hat. Der Roman ist auch verfilmt worden.

95

Himmel, der nirgendwo endet. Von Marlen Haushofer

Das Buch von Marlen Haushofer (1920–1970) ist 1969 erschienen und erzählt mit spürbarer Wehmut Erinnerungen der Autorin und Kindheitserlebnisse. Eine prägende Gestalt ist vor allem der Vater, aber es tauchen eine ganze Reihe hervorragend beschriebener Figuren auf. Der größte Einschnitt im Leben der Hauptfigur ist der unfreiwillige Eintritt ins Internat.

96

Hiob. Roman eines einfachen Mannes. Von Joseph Roth

Das Buch von Joseph Roth (1894–1939) ist 1930 erschienen. Der Autor erzählt seine starke und erschütternde Geschichte in einer märchenartig schlichten Sprache und ohne jede Gefühlsduselei. Mendel Singer, die Hauptfigur, ist facettenreich und zutiefst menschlich gezeichnet. Darüber hinaus bietet das Buch eine hervorragende Schilderung (ost)jüdischen Dorf- und Stadtlebens.

97

Holzfällen. Eine Erregung. Von Thomas Bernhard

Das Buch von Thomas Bernhard (1931–1989) ist 1984 erschienen und hat wilde Diskussionen darüber ausgelöst, was ein Künstler darf und was nicht. Der Autor ist darin seiner furiosen Sprache treu geblieben, und wer das Buch zu lesen vermag als die Geschichte eines Menschen, dessen Urteile aufgrund seiner augenblicklichen Verfassung nicht wirklich ernst zu nehmen sind, kann sich bestens unterhalten.

98

Homo Faber. Von Max Frisch

Die Lehre, die man aus dem Buch ziehen könnte: Die Statistik mag für manches gut sein, zum Vorhersagen zukünftiger Ereignisse ist sie jedoch völlig untauglich. Das Buch von Max Frisch (1911–1991) ist 1957 erschienen. Wie oft bei Frisch geht es auch hier um die Freiheit, ein anderes Leben führen zu können bzw. um das Nichtvorhandensein dieser Freiheit.

99

Hunger. Von Knut Hamsun

Dies ist ein wirklich modernes Buch, in dem der Norweger Knut Hamsun (= Knut Pedersen, 1859–1952) in drastischer und eindringlicher Weise Einsamkeit und Existenzkampf beschreibt. Das Buch ist erstmals 1890 erschienen. Hamsun bekam 1920 den Nobelpreis, 1945 wurde er als Anhänger der faschistischen Quisling-Partei verhaftet und im selben Zusammenhang 1948 zu einer hohen Geldstrafe verurteilt.

100

Der Idiot. Von Fjodor M. Dostojewskij

Das Buch von Fjodor M. Dostojewskij (1821–1881) ist 1869 erschienen. Laut eigenen Worten ging es dem Autor darum, einen »vollkommen schönen Menschen darzustellen, etwas Schwierigeres gibt es nicht auf der Welt«. Neben dem »Idioten« Myschkin gibt es eine Reihe weiterer großartiger Figuren, etwa das junge Genie Ippolit.

101

In der Strafkolonie. Von Franz Kafka

Die Erzählung von Franz Kafka (1883–1924) ist 1914 entstanden und 1919 erschienen. Obwohl die Erzählung ein heikles Thema behandelt, ist sie niemals moralisierend, der Offizier ist sogar die »Identifikationsfigur«.

102

In Swanns Welt. Auf der Suche nach der verlorenen Zeit 1. Von Marcel Proust

Das Buch von Marcel Proust (1871–1922) ist 1913 auf eigene Kosten gedruckt worden. Von 1909 bis 1922 hat der Autor, der seit dem neunten Lebensjahr asthmakrank war, an seinem insgesamt siebenbändigen Werk geschrieben. Proust war aufgrund seines Reichtums finanziell unabhängig, hielt sich viel in Salons auf und hat eine Reihe von genialen Porträts in unglaublich schöner Sprache verfasst.

103

Ivanhoe. Von Walter Scott

Walter Scott lebte von 1771–1832 und gilt als Erfinder des historischen Romans. Das gefragte Werk ist 1819 anonym erschienen. Scott verdiente als Rechtsanwalt sehr gut, als Schriftsteller allerdings noch besser.

104

Jakob der Lügner. Von Jurek Becker

Der Roman wurde 1969 von dem damals 32-jährigen Jurek Becker veröffentlicht. Er erzählt die Geschichte ohne Pathos und Sentimentalität, dafür mit Humor und Leichtigkeit, wie es nur einem zusteht, der selbst im Ghetto gelebt hat. Jurek Becker (1937–1997) hat auch Drehbücher verfasst, unter anderem zur Serie »Liebling, Kreuzberg«.

105

Die Kameliendame.
Von Alexandre Dumas Sohn

Das Buch von Alexandre Dumas (Sohn; 1824–1895) ist 1848 erschienen. Vier Jahre später wurde es vom Autor dramatisiert, darauf aufbauend schuf Verdi seine Oper »La Traviata«. Das Buch enthält neben der Kurtisane Marguerite Gautier und ihrem Liebhaber Armand Duval (man beachte dessen Initialen!) noch eine Reihe hervorragend gestalteter Figuren und ist spannend erzählt.

106

Die Kapuzinergruft. Von Joseph Roth

Dieses Buch von Joseph Roth (1894–1939) ist 1938 erschienen und gewissermaßen die Fortsetzung von *Radetzkymarsch*, worauf ja schon im ersten Satz angespielt wird. Aus dem Werk spricht eine große Liebe zur Donaumonarchie und eine große Enttäuschung über deren Zerfall. Die Kapuzinergruft ist die Gruft der Habsburger, also auch von Kaiser Franz Joseph.

107

Die Karawane. Von Wilhelm Hauff

Der »Märchen Almanach« von Wilhelm Hauff (1802–1827) ist 1826 erschienen. Insgesamt drei solcher Sammlungen von Geschichten samt Rahmenhandlung hat der Dichter geschrieben. Die bekanntesten Märchen in *Die Karawane* sind »Kalif Storch« und »Der kleine Muck«. Die Geschichten sind durchwegs spannend.

108

Ein Kind. Von Thomas Bernhard

Dies ist ein wirklich mitreißendes Stück »Kindheitsliteratur« von Thomas Bernhard (1931–1989). Das 1982 erschienene Buch zeigt einen überaus sensiblen und trostbedürftigen Menschen, der in ärmlichen Verhältnissen aufwächst und ohne die Hilfe und Fürsprache seines Großvaters, eines Schriftstellers, sicher bald gebrochen worden wäre. Bei dem beschlagnahmten Buch handelt es sich um *Holzfällen*, bei dem Theaterstück um *Heldenplatz*.

109

Die Klavierspielerin. Von Elfriede Jelinek

Das Buch von Elfriede Jelinek (geb. 1946) ist 1983 erschienen. Die Klavierlehrerin Erika Kohut ist eine Figur, der es nicht gelingt, mit einem anderen Menschen einen beglückenden Austausch zustande zu bringen. Sie kann weder sich selbst lieben noch andere. Mit Witz und Spannung wird die Düsternis und Grausamkeit des Geschehens zum Teil aufgehoben.

110

Klein Zaches genannt Zinnober. Von E. T. A. Hoffmann

Das Werk von Ernst Theodor Amadeus Hoffmann (1776–1822; den dritten Vornamen Wilhelm hat er zu Ehren Mozarts geändert) ist 1819 erschienen. Die Hauptfigur Zaches, genannt Zinnober, ist geistig und körperlich behindert und wird verzaubert. All die Anerkennung, die Zaches daraufhin unverdient erhält, macht keinen besseren Menschen aus ihm. Wieder einmal erweist sich der Autor als höchst origineller Erzähler.

111

Der kleine Prinz. Von Antoine de Sainte-Exupéry

Antoine de Sainte-Exupéry (1900–1944) erzählt in dem 1943 erstmals erschienenen Buch eines der großen Märchen des 20. Jahrhunderts. Die Geschichte ist im besten Sinne rührend und bewegend, sie kann einen wirklich durchs ganze Leben begleiten. Sainte-Exupéry war jahrelang Pilot und Flugleiter, 1944 ist er vermutlich abgestürzt.

112

Der Kontrabass. Von Patrick Süskind

Das Stück von Patrick Süskind (geb. 1949) ist 1981 uraufgeführt worden und 1984 erschienen. Es ist eine äußerst amüsante Geschichte. Das Verhältnis des Helden zu seinem Kontrabass ist gelinde gesagt ein gestörtes und sein Verhältnis zum Rest der Welt ist auch nicht gerade von Harmonie geprägt. Sehr interessant sind die Kommentare des Helden zu diversen Komponisten und zum Musikerberuf.

113

Krambambuli. Von Marie von Ebner-Eschenbach

In dieser sowohl kurzen als auch einprägsamen Geschichte (erschienen 1883) geht es um den Konflikt zwischen Treue und

Liebe. Der Hund Krambambuli zerbricht daran, dass er seinem neuen Herrn treu sein will, den alten aber mehr liebt und schließlich beide verliert. Marie von Ebner-Eschenbach (1830–1916) ist auch als Verfasserin von Aphorismen bekannt. Die Geschichte ist mehrfach verfilmt worden.

📖

114

Die Kreutzersonate. Von Leo N. Tolstoj Mit einem Nachwort des Autors

Das Buch von Leo Tolstoj (1828–1910) ist 1891 erschienen. In Sprache und Inhalt ist es schonungslos und modern, in seiner Thesenhaftigkeit ist es heftig umstritten. In seinem Nachwort sieht Tostoj – ebenso wie sein Held Posdnyschew – die Lösung des »Problems Liebe« allein in lebenslänglicher Enthaltsamkeit.

📖

115

Die Kürze des Lebens/De brevitate vitae. Von Lucius Anneus Seneca

Das Buch von Lucius Anneus Seneca (um 4 v. Chr. – 65) ist als Brief im Jahre 49 erschienen. Der Autor ist berühmt als Erzieher des Nero, bei dem er jedoch (wie so viele andere) in Ungnade fiel und von dem er den Todesbefehl, also den Befehl, sich umzubringen, erhielt. Seneca hat außer seinen philosophischen Schriften auch Tragödien verfasst.

📖

116

Lausbubengeschichten. Von Ludwig Thoma

Das Buch von Ludwig Thoma (1867–1921) ist 1905 erschienen und hat mit dem Band *Tante Frieda* eine Fortsetzung gefunden. Die Geschichten sind in schlichter Sprache und voll Witz und Sarkasmus erzählt. Kaum jemand wird sich wünschen, es mit einem solchen Bengel tagtäglich zu tun zu haben, auch wenn seine Streiche sehr unterhaltsam sind ...

117

Leben des vergnügten Schulmeisterlein Maria Wutz in Auenthal. Von Jean Paul

Dieses Werk von Jean Paul (= Johann Paul Friedrich Richter, 1763–1825) ist 1793 erschienen. Die Idee, dass sich da einer, ausgehend von den gerade aktuellen Büchern und deren in Katalogen verzeichneten Größen, seine Bibliothek selber schreibt, ist einfach köstlich. Das Schulmeisterlein Maria Wutz ist auch sonst ein absonderlicher Mensch und wen die häufigen Abschweifungen nicht stören, der wird sich auch bei diesem Werk gut unterhalten.

118

Des Lebens Überfluss. Von Ludwig Tieck

Das Buch von Ludwig Tieck (1773–1853) ist 1838 erschienen. Es steht unter dem Einfluss von Jean Paul. Das Werk zählte er selbst zu seinen bedeutendsten. Ludwig Tieck war ebenso wie sein Held Heinrich ein Bewunderer und Sammler außergewöhnlicher Bücher. Von der im Buch erwähnten Chaucer-Ausgabe bei Caxton (gedruckt 1474) sollen überhaupt nur noch zwei Exemplare übrig sein.

119

Die Legende vom heiligen Trinker. Von Joseph Roth

Das Buch von Joseph Roth (1894–1939) ist 1939 erschienen. Damals hat Joseph Roth, ein Jude, der zum Katholizismus übergetreten ist, schon seit vier Jahren in Paris gelebt. Es handelt sich bei der Geschichte um ein leichtfüßig erzähltes, wunderbares Märchen, die letzte Erzählung des Autors, von diesem selber als »mein Testament« bezeichnet.

120

Die Leiden des jungen Werther. Von Johann Wolfgang Goethe

Dieses Buch wirkt wohl am meisten auf jene Leute, die selber in der verzweifelten Situation sind, jemanden zu lieben, der mit jemand anderem verbunden ist. Es ist 1774 erschienen. Ein genialer Kunstgriff von Goethe (1749–1832) war es, gleich auch seine eigene Übersetzung des *Ossian* im Buch unterzubringen.

121

Lenz. Von Georg Büchner

Georg Büchner (1813–1837) hat mit seiner Erzählung (der Titel ist nicht von ihm) einen herrlichen, wenn auch unvollendeten Text hinterlassen. Überhaupt gehört er zu den interessantesten Autoren deutscher Sprache. Sein Werk ist erst 1839 erschienen. J. M. R. Lenz lebte von 1751 bis 1792, ab 1781 in Russland, und starb in bitterer Armut auf der Straße.

122

Leutnant Gustl. Von Arthur Schnitzler

Die Geschichte von Arthur Schnitzler (1862–1931) ist 1900 erschienen und das erste deutschsprachige Werk, das ausschließlich als innerer Monolog erzählt wird. Leutnant Gustl erscheint als unreifer Mensch. Die Einsamkeit, die er als Nachtwanderer erlebt, sein Selbstmitleid und seine Unfähigkeit, die zweifelhaften Ehrbegriffe zu hinterfragen, werden großartig geschildert.

123

Licht im August. Von William Faulkner

Das Buch von William Faulkner (1897–1962) ist 1932 erschienen. Obwohl die Anhäufung von Zufällen, die es in der Geschichte gibt, schier unglaublich ist und so manches erzählt wird, was für die Geschichte nicht notwendig ist, hat das Werk genug Großartiges zu bieten, vor allem die Figur des Außenseiters Joe Christmas und die virtuose Erzählsprache.

124

Die Liebe in den Zeiten der Cholera. Von Gabriel García Márquez

Das Buch von Gabriel García Márquez (geb. 1928) ist 1985 erschienen. Freunde von Kuriositäten werden beim Lesen ebenso auf ihre Kosten kommen wie Menschen, die viel von Romantik halten.

125

Liebesleben. Von Zeruya Shalev

Das Buch von Zeruya Shalev (geb. 1959) ist 1997 erschienen. Der Roman ist spannend und erinnert teilweise an einen Albtraum. Endlich wird die Geschichte alter Mann/junge Frau einmal aus der Sicht der Frau erzählt.

126

Der Liebhaber ohne festen Wohnsitz. Von Carlo Fruttero und Franco Lucentini

Das Buch von Carlo Fruttero (geb. 1926) und Franco Lucentini (geb. 1920) ist 1986 erschienen. Neben dem herrlichen Titel gibt es noch eine Reihe weiterer Merkmale, die zum großen Erfolg des Buches beigetragen haben: die zartbittere Liebesgeschichte, der äußerst elegante Erzählstil und nicht zuletzt das große Geheimnis um die männliche Hauptfigur Mr. Silvera.

127

Ein Liebhaber ungerader Zahlen. Von Herbert Rosendorfer

Der Bestsellerautor heißt bei Herbert Rosendorfer (geb. 1934) Florious Fenix, der westpreußische James Joyce Harro Berengar und auch sonst wimmelt es von skurrilen Namen. Die Auszüge aus den Werken von Florious Fenix klingen so interessant, dass man es schade finden mag, dass es diese Werke gar nicht gibt. Freunde überschäumender Phantasie werden von diesem Buch (erschienen 1993) sicher gut bedient.

128

Lolita. Von Vladimir Nabokov

Das Buch von Vladimir Nabokov (1899–1977) ist 1955 erschienen und behandelt ein leider nur allzu aktuelles Thema, aus der Sicht des Täters Humbert Humbert erzählt, und zwar in äußerst souveräner Weise. Das Werk ist trotz all der Tristheit bisweilen überaus komisch und Dolores/Lolita ist eine meisterhaft gestaltete Figur.

129

Madame Bovary. Von Gustave Flaubert

In dem Buch (erschienen 1857) gibt es eine Reihe berühmter Szenen, die sich auch hervorragend zur Verfilmung eignen, beispielsweise die Hochzeit von Karl und Emma Bovary, das Jahrestreffen der Landwirte, die misslingende Operation des Klumpfußes, die Kutschfahrt mit Leo und natürlich Emmas grausamer Tod. Gustave Flaubert lebte von 1821 bis 1880.

130

Magdalena Sünderin. Von Lilian Faschinger

Das Buch von Lilian Faschinger (geb. 1950) ist 1995 erschienen. Sprachlich erinnert es teilweise an Thomas Bernhard, im Gegensatz zu dessen Büchern spielt bei diesem Buch aber Erotik eine große Rolle und diverse kleine und große Verbrechen werden ausführlich geschildert. Lilian Faschinger ist auch Übersetzerin.

131

Maler Klecksel. Von Wilhelm Busch

Die letzte fertig gestellte Bildergeschichte von Wilhelm Busch (1832–1908) ist 1884 erschienen. Busch, der selber dreimal erfolglos versucht hat, sich als Maler zu etablieren, zeigt einen Menschen, der sich irgendwann damit abfindet, dass er sich für eine künstlerische Karriere nicht eignet. Ironie des Schicksals: Während Buschs damals arrivierte Malerkollegen heute kaum noch bekannt sind, ist er mit etwas Neuem unsterblich geworden.

132

Malina. Von Ingeborg Bachmann

Das Buch, das eher eine Montage von Texten ist als eine durchgehende Geschichte, ist 1971 erschienen und spielt hauptsächlich in

Wien. Ingeborg Bachmann hat von 1926 bis 1973 gelebt, ist in Klagenfurt geboren und in Rom gestorben. Der Roman bildet den ersten Teil der nicht vollendeten Trilogie *Todesarten*. Das Buch ist trotz der düsteren Geschichte streckenweise sehr unterhaltsam. Berühmt ist die Autorin vor allem wegen ihrer Gedichte.

133

Die Mansarde. Von Marlen Haushofer

Das Buch von Marlen Haushofer (1920–1970) ist 1969 erschienen. In die Schilderung des Alltags einer Hausfrau flicht die Autorin immer wieder überaus kluge und faszinierende Betrachtungen über alles Mögliche ein, ohne jemals den Faden zu verlieren und auch ohne zu polemisieren oder zu lamentieren. Die wenigen Charaktere werden brillant geschildert, allen voran der Jäger und Herr X und natürlich die Ich-Erzählerin.

134

Mario und der Zauberer. Ein tragisches Reiseerlebnis. Von Thomas Mann

Das Buch von Thomas Mann (1875–1955) ist 1930 erschienen. Sehr einfach lässt sich die Geschichte politisch interpretieren: Die Menschen als hypnotisierbare Masse, eine Führerfigur, die allen ihren Willen aufzwingt, die Menschen verblendet und sie zu Dingen veranlasst, die ihnen hinterher äußerst unangenehm sind. Doch diese Novelle ist noch wesentlich mehr als eine bloße Vorwegnahme politischer Entwicklungen.

135

Martin Salander. Von Gottfried Keller

Das Buch von Gottfried Keller (1819–1890) ist 1886 erschienen. Trotz gewisser Längen und einer zeitweisen Abwesenheit jeglicher Spannung ist die Geschichte in jedem Fall lesenswert. Großartig sind die Charaktere Martin Salander und Louis Wohlwend geschildert. Martin Salander ist wohl weniger ein guter Mensch als einer, der unfähig ist, unmoralisch zu sein.

136

Matto regiert. Von Friedrich Glauser

Das Buch von Friedrich Glauser (1896–1938) ist 1936 erschienen. Der Autor erweist sich auch hier als Meister sowohl der realistischen Beschreibung des menschlichen Elends als auch der zartesten Poesie und wie immer geht es bei ihm auch um weltanschauliche Fragen, um Freiheit, um Zwang und Ausgeliefertsein, um die Verhältnismäßigkeit von Strafe. Er erzählt seine Geschichten in unnachahmlichen Bildern und höchst spannend.

137

Meister Martin der Küfner und seine Gesellen. Von E. T. A. Hoffmann

Das Werk von Ernst Theodor Amadeus Hoffmann (1776–1822; den dritten Vornamen Wilhelm hat er zu Ehren Mozarts geändert) ist 1819 erschienen. Die Geschichte ist spannend und vergnüglich erzählt, Hoffmann soll durch eine Meistersinger-Darstellung von 1697 und ein Bild inspiriert worden sein. Ein Küfner wird auch als Fassbinder oder Böttcher bezeichnet.

138

Der Meister und Margarita. Von Michail Bulgakow

Dieses Werk von Michail Bulgakow (1891–1940) ist erst 27 Jahre nach dessen Tod erschienen und bietet eine Reihe tiefgründiger und diabolischer Charaktere. Sogar der Teufel ist dabei. Das Buch kann gelesen werden als Abrechnung mit den gottlosen, saturierten Staatskünstlern sowjetischer Prägung, die ein Werk beispielsweise über Pontius Pilatus überflüssig und lächerlich finden.

139

Merkwürdige Kriminalfälle des Richters Di. Herausgegeben von Robert van Gulik

Dieses Buch eines unbekannten Autors ist in deutscher Sprache 1960 erschienen. Wer verzwickte Geschichten und starke Charaktere mag und einen großen Schuss Exotik vertragen kann, wird dieses Buch sicher mögen. Der Herausgeber Robert van Gulik hat auch selbst eine Reihe von Richter-Di-Büchern verfasst.

140

Eine Messe für die Stadt Arras.
Von Andrzej Szczypiorski

Das Buch von Andrzej Szczypiorski (1924–2000) ist 1971 erschienen. Der Geschichte liegen reale Ereignisse zugrunde. Knapp und dennoch ausführlich wird beschrieben, wie eine Gemeinschaft mehr oder weniger religiöser Menschen mit einer unerklärlichen Katastrophe fertig zu werden sucht und dabei außer Rand und Band gerät. Exzellent geschildert sind die zwei Gegenspieler David und Albert.

141

Michael Endes Zettelkasten. Skizzen & Notizen.
Von Michael Ende

Das Buch von Michael Ende (1929–1995), herausgegeben ist das Buch von Roman Hocke, ist 1994 erschienen und gibt einen überaus interessanten Einblick in die Denk- und Arbeitsweise des Autors. Was den herrschenden Literaturbetrieb und die Kritik betrifft, so schien er davon nicht viel zu halten und auch seinerseits nicht die Anerkennung bekommen zu haben, die ihm Millionen Leser sehr wohl gezollt haben.

142

Michael Kohlhaas. Aus einer alten Chronik.
Von Heinrich von Kleist

Das Buch von Heinrich von Kleist (1777–1811) ist 1810 in Buchform erschienen und ungeheuer packend geschrieben. Michael Kohlhaas ist zum Inbegriff des Menschen geworden, der, um »Gerechtigkeit« zu erlangen, jedes Augenmaß verliert und damit neues Unrecht schafft. Ein Blick auf moderne Krisenherde zeigt, dass dieser Menschentypus auch in unserer Zeit sehr häufig anzutreffen ist.

143

Mr. Hitchcock, wie haben Sie das gemacht. Von François Truffaut

Das Buch ist 1966 erschienen, François Truffaut ist 1932 geboren, Alfred Hitchcock lebte von 1899 bis 1980. Mr. Hitchcock führte die Begriffe »Suspense« (nur ungenau mit Spannung zu übersetzen) und »McGuffin« (bloßer Vorwand zum Auslösen einer spannenden Handlung) in die Filmgeschichte ein. Das Buch zeigt sehr anschaulich, wie schwierig es für Hitchcock war, seine Ideen umzusetzen.

144

Die missbrauchten Liebesbriefe. Von Gottfried Keller

Diese unterhaltsame Geschichte von Gottfried Keller (1819–1890) ist erstmals im Jahre 1865 erschienen und im zweiten Band der *Leute von Seldwyla* enthalten. Sie zeichnet sich aus durch subtilen Humor und amüsiert durch die Verspottung des literarischen Dilettantismus.

145

Moby Dick. Von Herman Melville

Moby Dick ist der berühmte weiße Pottwal, der einst Kapitän Ahab, dem Kommandanten eines Walfangschiffes, ein Bein abgebissen hat. Sehr eindringlich beschreibt Melville (1829–1891) den Pottwal und den Walfang in seinem 1851 erschienenen Roman. Laut Interview hat Gerhard Roth einst, um eine Schreibblockade zu überwinden, über 200 Seiten des Buches mit der Hand abgeschrieben …

146

Der Mohr Peters des Großen. Von Alexander Puschkin

Das Buch von Alexander Puschkin (1799–1837) ist 1827 entstanden und 1837 veröffentlicht worden. Es ist schade, dass dieses Buch nicht vollendet wurde. Puschkin war der Urenkel eines afrikanischstämmigen Leibeigenen namens Hannibal und soll etwa so ausgesehen haben wie der amerikanische Popkünstler Prince, also alles andere als typisch russisch. Der Autor Alexander Puschkin gilt als der eigentliche Schöpfer der russischen Literatursprache.

147

Moira. Von Julien Green

Das Buch von Julien Green (1900–1998) ist 1950 erschienen. Der Held des Buches scheitert bei dem Versuch, seine Triebe zu unterdrücken und ist völlig unfähig, auf andere einzugehen. Wie auch in anderen Werken Julien Greens sind die zentralen Themen Religion, Sexualität und Selbstzerstörung.

148

Momo. Von Michael Ende

Michael Ende lebte von 1929 bis 1995. In seinem Buch, das 1972 erschienen ist, schreibt er sehr poetisch, witzig und spannend über das Abhandenkommen von Zeit, Phantasie und Poesie in der modernen, nach funktionellen und rationellen Gesichtspunkten ausgerichteten Welt. Das Buch wurde erfolgreich verfilmt.

149

Der Monddiamant. Von Wilkie Collins

Das Buch von Wilkie Collins (1824–1899) ist 1868 erschienen und mehrfach ins Deutsche übersetzt worden. Der Autor versteht es hervorragend, Handlungsfäden und Personenkonstellationen zu konstruieren und die Kapitelschlüsse so zu gestalten, dass man einfach nicht aufhören kann zu lesen. Wie üblich bei Collins wird die Geschichte von verschiedenen Personen erzählt.

150

Die Morde in der Rue Morgue. Von Edgar Allan Poe

Dies ist die Geschichte (erschienen 1843), mit der der Sonderling C. Auguste Dupin in die Weltliteratur eingeführt worden ist. Offenbar aus Unterbeschäftigung und um seinen Scharfsinn unter

Beweis zu stellen, ist er an der Klärung von insgesamt drei Kriminalgeschichten beteiligt. Edgar Allan Poe lebte von 1809 bis 1849 und gilt als Erfinder der short story.

151

Die Möwe Jonathan. Von Richard Bach

Richard Bach (geb. 1935) hat dieses Buch 1970 herausgebracht. Wahrscheinlich haben junge Menschen mehr davon als Erwachsene, die mit den Idealen ihrer Jugend bereits abgeschlossen haben. Die Musik zum Film von Hal Bartlett stammt übrigens von Neil Diamond.

152

Nachtflug. Von Antoine de Sainte-Exupéry

Das Buch von Antoine de Sainte-Exupéry (1900–1944) ist 1931 erschienen, damals war der Autor Flugleiter in Argentinien. Er hat in dem Buch eine Reihe eigener Erfahrungen verarbeitet, die packenden Informationen stammen also aus erster Hand. Während des Zweiten Weltkrieges war Sainte-Exupéry wieder Pilot, 1944 ist er vermutlich abgestürzt.

153

Der Name der Rose. Von Umberto Eco

Das Buch von Umberto Eco (geb. 1932) ist 1980 erschienen. Es ist ein äußerst raffiniert aufgebauter und klug geschriebener historischer Roman à la Walter Scott oder Victor Hugo und beschäftigt sich in unnachahmlicher Weise mit dem Ketzertum und dem Lachen. William von Baskerville, der Brillenträger, ist Sherlock Holmes in der Kutte. Das Buch wurde auch verfilmt.

154

Die Nebel von Avalon. Von Marion Zimmer Bradley

Das Buch von Marion Zimmer Bradley (1930–1999) ist 1982 erschienen. Auch wenn das Buch in der zweiten Hälfte gewisse Längen und Wiederholungen aufweist, hat es seine Qualitäten: hervorragend gestaltete Charaktere, brillante Dialoge und eine ganz besondere Sichtweise auf den bekannten Artus-Mythos. Sehr schön zu lesen sind auch die erotischen Szenen, geschrieben aus der Sicht einer leidenschaftlichen Frau.

155

Nicht nur zur Weihnachtszeit. Erzählungen. Von Heinrich Böll

Die Geschichten von Heinrich Böll (1917–1985) sind 1951 erschienen. Die erste (»Nicht nur zur Weihnachtszeit«) ist eine Satire auf die Gemütlichkeit und gewisse menschliche Verdrängungsmechanismen. Die anderen im Rätsel genannten Erzählungen des Buches sind »Unberechenbare Gäste«, »Dr. Murkes gesammeltes Schweigen« und »Der Bahnhof von Zimpren«.

156

Novelle. Von Johann Wolfgang Goethe

Dieses Werk Goethes (1749–1832) stammt aus dem Jahr 1826. Goethe ging es in seiner märchenhaft anmutenden Novelle darum: »Zu zeigen, wie das Unbändige, Unüberwindliche oft besser durch Liebe und Frömmigkeit als durch Gewalt bezwungen werde.«

157

Odyssee. Von Homer

Das Werk ist im achten Jahrhundert v. Chr. entstanden. Es besteht aus 24 Gesängen in Hexametern. Vermutlich stammt es nicht von einem einzelnen Autor, sondern von einem Kollektiv und einer Art Redakteur, wird aber im Allgemeinen Homer zugeschrieben.

158

Padre Padrone. Mein Vater, mein Herr. Von Gavino Ledda

Das Buch von Gavino Ledda (geb. 1938) ist 1975 erschienen. Es ist ein großartiges, befreiendes Werk, das nicht nur jenen Mut macht, die unter despotischen Müttern und Vätern zu leiden hatten oder haben. Auch die Verfilmung durch die Brüder Taviani ist sehr empfehlenswert.

159

Das Parfüm. Die Geschichte eines Mörders. Von Patrick Süskind

Angeblich war das Buch (erschienen 1985) lange Zeit an keinen Verlag zu bringen. So lag es in der Schublade von Patrick Süskind (geb. 1949), der es schließlich auch nicht mehr für so gut hielt und erst auf Verlangen seinem späteren Verleger zeigte. Das Buch wurde darauf weltweit zu einem Riesenerfolg.

160

Peter Pan. Von James Matthew Barrie

Das Buch von James Matthew Barrie (1860–1937) ist 1912 auf Basis seines Theaterstückes von 1904 erschienen. Die Geschichte ist überaus humorvoll erzählt und regt zum Nachdenken über die Kindheit und das Erwachsensein an. Michael Jackson hat seinen Wohnsitz »Neverland« genannt – nach der Insel von Peter Pan.

161

Peter Schlehmils wundersame Geschichte. Von Adelbert von Chamisso

Das Buch von Adelbert von Chamisso (= Louis Charles Adélaide de Chamisso, 1781–1838), der eigentlich aus Frankreich stammt, ist wirklich entzückend, originell und geistreich. Aus dem unglücklichen Außenseiter wird ein in sich selbst ruhender Exzentriker. Das Märchen vom Mann ohne Schatten wird als Parabel der Heimatlosigkeit gedeutet.

162

Pippi Langstrumpf. Von Astrid Lindgren

Das millionenfach verkaufte Buch von Astrid Lindgren (1907–2002) ist 1945 erschienen, angeregt wurde die Autorin durch ihre Tochter. Wer will, kann auch als Erwachsener seinen Spaß an Pippi haben, die Kinder wissen sowieso, dass es ein wunderbares Buch ist. Astrid Lindgren hat auch die Drehbücher zu den Pippi-Filmen geschrieben.

163

Pique-Dame. Von Alexander S. Puschkin

Die Novelle von Alexander S. Puschkin (1799–1837) ist 1834 erschienen. Spannungsaufbau und Charakterdarstellung sind großartig, vor allem die alte Gräfin ist eine herrliche Figur. Bei dem zwinkernden Spielgerät handelt es sich um die Karte Pique Dame. Der geniale Dichter, der übrigens einen afrikanischen Vorfahren gehabt hat, ist bei einem Duell ums Leben gekommen.

164

Pole Poppenspäler. Von Theodor Storm

Nicht viele abendfüllende Geschichten sind so entzückend wie die Novelle von Theodor Storm (1817–1888). Er beschreibt darin sehr eindringlich die Welt des Puppentheaters und seine Galionsfigur, den Kasperl, und bewegt sich dabei souverän auf dem komischen und dem tragischen Gebiet, beispielsweise anhand des »Schicksals« der Faust-Puppe.

165

Professor Unrat. Von Heinrich Mann

Das Buch von Heinrich Mann (1871–1950) ist 1905 erschienen. Großartig gestaltet sind die Charaktere Raat/Unrat, Fröhlich und Lohmann. Die gemeinsamen Szenen von Professor Unrat und der Künstlerin Fröhlich sind schlicht umwerfend. Das Buch ist 1930 unter dem Titel »Der blaue Engel« (so heißt das Lokal, in dem die beiden einander kennen lernen) von Joseph von Sternberg mit Emil Jannings und Marlene Dietrich verfilmt worden.

166

Pu der Bär. Von A. A. Milne

Die beiden Pu-Bücher von Alan Alexander Milne (1882–1956) sind 1926/28 erschienen. Milnes Sohn hieß tatsächlich Christopher Robin und war in späteren Jahren nicht unbedingt begeistert davon, als lebende Kinderbuchfigur betrachtet zu werden. Die

Geschichten sind überaus lustig und sehr raffiniert gebaut, die Charaktere hervorragend gestaltet, die Illustrationen äußerst charmant.

167

Radetzkymarsch. Von Joseph Roth

Das Buch ist 1932 erschienen und beschreibt in meisterhafter Weise anhand der Familie Trotta sowie an anderen Personen, zum Beispiel Kaiser Franz Joseph I., den allmählichen Niedergang der Donaumonarchie. Joseph Roth lebte von 1894 bis 1939. Er war Jude aus Galizien und emigrierte 1933 nach Frankreich.

168

Die Radiotrinkerin. Von Max Goldt

Die Geschichte (eigentlich ein Hörspiel) ist 1987 erschienen. Es handelt sich um einen ungemein amüsanten Dialog, dessen Hörspielfassung (gesprochen vom Autor mit verschiedenen Stimmen) besonders zu empfehlen ist. Max Goldt (geb. 1958) schreibt unter anderem Beiträge für die Satirezeitschrift *Titanic*.

169

Der rätselhafte Sinn des Lebens. Ein philosophischer Roman. Von Carlo Fruttero und Franco Lucentini

Das Buch von Carlo Fruttero (geb. 1926) und Franco Lucentini (geb. 1920) ist 1974 erschienen. Die Bücher der beiden Herren besitzen allerfeinsten Humor und sind spannend und lehrreich; so auch dieses Buch. Mögliche Deutung des Schlusses: Die Lösung der Frage nach dem Sinn des Lebens ist für Menschen einfach zu hoch.

170

Die Regentrude. Von Theodor Storm

Dieses Märchen von Theodor Storm (1817–1888) ist 1866 erschienen und stellt den durchaus gelungenen Versuch dar, aus etwas so Alltäglichem wie dem Wetter eine besondere Geschichte zu machen. Theodor Storm war Jurist und wirkte unter anderem als Rechtsanwalt und Richter. Aus politischen Gründen musste er während der dänischen Besetzung seine holsteinische Heimat verlassen.

171

Reise um die Erde in achtzig Tagen. Von Jules Verne

Das Buch von Jules Verne (1828–1905) ist 1873 erschienen und ist nicht zuletzt eine köstliche Parodie auf die englische Lebensart. Es bietet eine Fülle grotesker und komischer Szenen und Charaktere und ist überaus spannend. Die Geschichte ist mehrfach verfilmt und dramatisiert worden.

172

Der Richter und sein Henker. Von Friedrich Dürrenmatt

Diese überaus spannende Geschichte von Friedrich Dürrenmatt (1921–1990) ist 1952 erschienen. Wie meistens bei Dürrenmatt geht es auch hier um Schuld und Verantwortung. Mithilfe eines »Henkers« bringt Kommissar Bärlach seinen Gegner, der einst mit ihm gewettet hat, er werde für seinen Mord nicht zur Verantwortung gezogen, zur Strecke.

173

Robinson Crusoe. Von Daniel Defoe

Das Buch von Daniel Defoe (1660–1731) ist 1719 erschienen. Es erzählt eine der berühmtesten und wohl auch besten Geschichten der Weltliteratur.

174

Romeo und Julia auf dem Dorfe. Von Gottfried Keller

Der Titel des Werkes (erschienen 1873) von Gottfried Keller (1819–1890) weist auf die bekannte Liebesgeschichte von Shakespeare hin. Die Menschen, die Landschaft, alles wird eindringlich beschrieben. Die Jungen zerbrechen am Hass der Alten, ihre Verzweiflungstat wird nur als Ausdruck für den Sittenverfall gehalten, dabei liegt der eigentliche Sittenverfall ganz woanders.

175

Röslein rot. Von Ingrid Noll

Das Buch von Ingrid Noll (geb. 1935) ist 1998 erschienen und wie die anderen Bücher der Autorin hervorragend in der Charakterisierung der Personen. Typisch für ihre Romane ist der feine Humor. Frau Nolls Geschichten spielen üblicherweise im gehobenen Mittelstand und in der Umgebung ihres eigenen Wohnortes. Die Morde passieren in ihren Büchern aus der Sehnsucht heraus, endlich oder wieder ein ruhiges bürgerliches Leben zu führen.

176

Rot und Schwarz. Von Stendhal

Das Buch von Stendhal (= Henri Beyle, 1783–1842), ist ein richtiger Klassiker. Goethe hat es sich gemütlich vorlesen lassen. Hippolyte Taine will es sechzigmal gelesen haben. Das Buch ist 1830 erstmals erschienen und kam damals nicht zuletzt wegen seiner Ironie nicht sehr gut an. Rot steht für das Militär, Schwarz für die Kirche.

177

Schach von Wuthenow. Erzählung aus der Zeit des Regiments Gensdarmes. Von Theodor Fontane

Das Buch von Theodor Fontane (1819–1898) ist 1883 erschienen. Es handelt sich um eine wirklich tragische Geschichte, die auf Tatsachen beruht. Die Titelfigur scheitert nicht zuletzt an ihrem verworrenen Ehrbegriff. Theodor Fontane ist ein Meister des Dialogs und der dadurch möglichen Charakterzeichnung und er ist ebenso ein Meister der Beschreibung von Stimmungen.

178

Schachnovelle. Von Stefan Zweig

Der Profi ist ein junger »Weltschachmeister«, der mit Schaukämpfen in Amerika viel Geld verdient hat, der Amateur ist ein ehemaliger Anwalt, der unter den Nazis in grausame Einzelhaft genommen worden ist und dort, um sich zu retten, ein gestohlenes Schachbuch mit Meisterpartien studiert hat. Das Buch von Stefan Zweig (1881–1942) ist 1942 erschienen.

179

Der scharfsinnige Ritter Don Quixote von der Mancha. Von Miguel de Cervantes Saavedra

Der erste Teil des Buches von Miguel de Cervantes Saavedra (1547–1616) ist 1605 erschienen. Da anonym eine »Fortsetzung« erschien, musste Cervantes allen zeigen, wie man so etwas wirklich macht. Der zweite Teil (1615) spielt oft auf den ersten und die »Fortsetzung« an. Ein reines Vergnügen!

180

Der scharlachrote Buchstabe. Von Nathaniel Hawthorne

Das Buch von Nathaniel Hawthorne (1804–1864) ist 1850 erschienen. In der Einleitung beschreibt der Autor zum Teil seine Zeit als Zollinspektor in Boston. Die eigentliche Geschichte spielt in Salem, wenige Jahre vor den berüchtigten Hexenprozessen Ende des 17. Jahrhunderts und ist unter anderem eine hervorragende Schilderung puritanischer Denk- und Lebensweise.

181

Die Schatzinsel. Von Robert Louis Stevenson

Das Buch von Robert Louis Stevenson (1850–1894) ist 1881/82 erschienen und ist ein Klassiker nicht nur der Kinder- und Jugendliteratur. Es gibt eine Reihe hervorragender Figuren – allen voran der Schurke Long John Silver. Das Buch ist sehr oft bearbeitet und gekürzt worden, es sollten am besten vollständige Ausgaben (mit Karte der Insel!) herangezogen werden.

182

Schau heimwärts, Engel! Eine Geschichte vom begrabnen Leben. Von Thomas Wolfe

Das Buch von Thomas Wolfe (1900–1938, nicht zu verwechseln mit Tom Wolfe!) ist 1929 erschienen. Großartig beschrieben sind die Geschwister des Helden Eugen sowie das ewig gespannte Verhältnis zwischen seinem Vater und seiner Mutter. Immer wieder spricht der Held von seiner Einsamkeit und von seiner Liebe zur Literatur.

183

Der Schimmelreiter. Von Theodor Storm

Das Buch von Theodor Storm (1817–1888) ist 1888 erschienen. Hauke Haien, der Deichgraf, ist ein verantwortungsbewusster, rationaler Mensch, der immer wieder gegen Aberglauben und Mythen zu kämpfen hat und als Schimmelreiter schließlich selber eine Sagengestalt wird. Theodor Storm war Jurist und führte ein bewegtes Leben. Das Werk ist seine letzte vollendete Novelle.

184

Das Schloss. Von Franz Kafka

Das Buch von Franz Kafka (1883–1924) ist 1926 erschienen, es war Kafkas letzter Roman und er blieb unvollendet. Seit vielen Jahren werden Auswüchse der Bürokratie gern als »kafkaesk« bezeichnet. Kafkas Werke sind von ungeheurer Wirkung auf die gesamte Literatur, aber davon hat Herr Kafka ebenso wenig wie seine Figur K. von seiner Berufung als Landvermesser im Schloss.

185

Schlumpf Erwin Mord. Wachtmeister Studer. Von Friedrich Glauser

Das Buch von Friedrich Glauser (1896–1938) ist 1936 erschienen, allerdings unter dem banalen Titel *Wachtmeister Studer.* Das Werk war der Durchbruch für Friedrich Glauser, der mehrmals in psychiatrischen Anstalten und morphiumsüchtig war. Großartig an seinem durchwegs spannenden und niveauvollen Kriminalroman sind die Beschreibungen des ganz und gar nicht idyllischen dörflichen Lebens.

186

Die schöne Frau Seidenman. Von Andrzej Szczypiorski

Das Buch von Andrzej Szczypiorski (1924–2000) ist 1986 erschienen. Der deutsche Titel ist wahrscheinlich aus verkaufstechnischen Gründen gewählt worden. Jede der Episoden ist ein kleines Meisterwerk und zeugt von Menschenkenntnis, Klugheit und Mitgefühl, jedenfalls von einem differenzierten Geschichtsbild. Dazu kommt die große Meisterschaft des Autors im Schildern menschlicher Beziehungen.

187

Schuld und Sühne. Von Fjodor M. Dostojewskij

Das Buch von Dostojewskij (1821–1881), dessen Titel wörtlich übersetzt »Verbrechen und Strafe« heißen müsste, ist eine Auseinandersetzung mit der Idee des Übermenschen. Es ist 1867 erschienen und gilt als einer der meistgelesenen Romane aller Zeiten. Erzählt wird die Geschichte anhand einer Reihe meisterhaft gestalteter Charaktere und großartiger, spannender Szenen.

188

Der Schüler Gerber. Von Friedrich Torberg

Das Buch von Friedrich Torberg (= Friedrich Kantor-Berg, 1908–1979) ist 1930 erschienen. Es ist die Geschichte eines begabten Mannes, der sich nicht helfen lassen will und der der Härte des Lebens nicht gewachsen ist. Dass sie brillant und spannend erzählt ist, macht sie umso lesenswerter.

189

Die schwarze Spinne. Von Jeremias Gotthelf

Das Buch von Jeremias Gotthelf (= Albert Bitzius, 1797–1854) ist 1842 erschienen. Der Autor erzählt auf äußerst spannende, sprachlich brillante Weise eine herrlich gruselige Geschichte über die Zeiten der Pest.

190

Selbs Betrug. Von Bernhard Schlink

Das Buch von Bernhard Schlink (geb. 1944) ist 1992 erschienen. Die komplizierte Geschichte ist souverän erzählt und weist hervorragend gestaltete Charaktere auf. Terrorismus und chemische Altlasten spielen eine große Rolle, eine noch größere freilich spielen menschliche Beziehungen und Machtkonstellationen.

191

Sie. Von Stephen King

Das Buch von Stephen King (geb. 1947) ist 1987 erschienen. Man mag von diesem Autor halten, was man will, mag ihn als rein kommerziellen Gruselautor abtun, dieses Werk, das auch verfilmt worden ist, ist einfach ein Geniestreich, es steckt voller äußerst bizarrer Einfälle, ist ebenso komisch wie spannend, und es ist aus ihm eine Menge über das Schreiben und die Beziehung zwischen Autor und Leser zu erfahren.

192

Solaris. Von Stanislaw Lem

Das Buch von Stanislaw Lem (geb. 1921) ist 1968 erschienen. Die Titelfigur, der »denkende Planet« Solaris mit seinem »Ozean« und seinen zwei Sonnen, ist hinreißend beschrieben und zeugt von der erstaunlichen Phantasie des Autors. Das Buch ist ein Klassiker der Sciencefiction-Literatur und behandelt ein durchaus zeitgemäßes irdisches Thema: Kommunikation.

193

Der Spion, der aus der Kälte kam. Von John LeCarré

Nicht nur Graham Greene war begeistert von dieser genialen und unglaublich spannenden Geschichte von John LeCarré (= David John Moore Cornwell, geb. 1931), die 1963 in Buchform erschienen ist. Grausamkeit, Zynismus und Rücksichtslosigkeit der Spione werden sehr überzeugend beschrieben. Aber auch deren Ängste und ihr Misstrauen sowie der Kalte Krieg Ost gegen West sind packend und anschaulich dargestellt.

194

Der Stechlin. Von Theodor Fontane

Die Stärken des Buches von Theodor Fontane (1819–1898) sind sicherlich dessen Charaktere, die großartigen, teilweise sehr humorvollen Dialoge sowie die Ironie, mit der alles erzählt wird. Fontanes Frau soll sich beim Abschreiben entsetzlich gelangweilt haben. Den See Stechlin gibt es wirklich, er ist eine Art Leitmotiv. Das Buch ist 1899 erschienen.

195

Der Steppenwolf. Von Hermann Hesse

Das Buch von Hermann Hesse (1877–1946) ist 1927 erschienen, also als der Dichter 50 Jahre alt war. Harry Haller ist eine Faust-Figur, ein Mensch, der mit all dem, was er weiß, nicht glücklich sein kann und sich, nicht zuletzt um sich abzulenken, auf alles Mögliche einlässt und bei alledem seiner tiefen Einsamkeit nicht entkommt. Das Buch ist sprachlich virtuos, spannend und äußerst eigenwillig erzählt.

196

Stiller. Von Max Frisch

Das Buch von Max Frisch (1911–1991) ist 1954 erschienen. Der Roman bietet eine wirklich interessante Auseinandersetzung mit den Themen Identität und Schuld, die im Werk des Autors eine zentrale Rolle spielen. Der Autor hat auch als Architekt gearbeitet.

197

Stolz und Vorurteil. Von Jane Austen

Das Buch von Jane Austen (1775–1817) ist 1813 erschienen, geht aber auf ein Manuskript zurück, das bereits 1796/97 entstanden ist. Die Geschichte ist mit viel Humor und Ironie erzählt. Hauptpersonen in den Romanen der Autorin sind Angehörige des ländlichen Mittelstands.

198

Die Sturmhöhe. Von Emily Brontë

Der Vater von Emily Brontë (1818–1848) hieß ursprünglich Brunty und war selbst ein begabter Schriftsteller. Das Buch ist 1847 erschienen. Das Lied »Wuthering Heights« ist von Kate Bush. Der böse Held heißt Heathcliff. Das Buch ist auch verfilmt worden.

199

Tagebuch. Von Anne Frank

Das Tagebuch von Anne Frank (1929–1945) ist 1942–1944 entstanden und erstmals 1947 in gekürzter Form erschienen, die endgültige Fassung erschien 1988. Das Werk ist einfühlsam, intelligent, stellenweise auch sehr komisch, immer aber berührend geschrieben, es ist eine einzigartige Biografie, Zeugnis einer schrecklichen Zeit.

200

Der talentierte Mr. Ripley. Von Patricia Highsmith

Das Buch von Patricia Highsmith (1921–1995) ist 1955 erschienen und 1960 erstmals unter dem Titel »Nur die Sonne war Zeuge« verfilmt worden. Dem Genre gemäß ist die Handlung äußerst konstruiert, aber das verleiht dem Buch eine ungeheure Spannung. Das Interessanteste an dem Buch ist, dass der Mörder (Tom Ripley) erstens von vornherein bekannt und zweitens der einzige außergewöhnliche Mensch in der ganzen Geschichte ist.

201

Die Taube. Von Patrick Süskind

Das Buch von Patrick Süskind (geb. 1949) ist 1987 erschienen. Die Geschichte ist mit ungeheurer Eleganz und Präzision erzählt, und auch wenn sie alles andere als »realistisch« ist, zeugt sie von außerordentlicher Beobachtungsgabe und es gibt eine Reihe kluger Bemerkungen. Großartig ist beispielsweise der kleine Abschnitt über die Freuden und die Bedeutung des Gehens.

202

Tewje, der Milchmann. Von Scholem Alejchem

Das Buch von Scholem Alejchem (= Schalom Rabinowitsch, 1859–1916) ist 1894 bzw. 1914 erschienen. Es zeichnet sich aus durch die eindrucksvolle Charakterschilderung und durch seinen subtilen Humor. Deshalb bietet das Buch trotz der traurigen Ereignisse ein unterhaltsames Leseerlebnis.

203

Therese. Chronik eines Frauenlebens. Von Arthur Schnitzler

Das Buch von Arthur Schnitzler (1862–1931) ist 1928 erschienen. Das Werk ist ein außerordentliches Sittengemälde und enthält eine Fülle von brillant gestalteten Charakteren, neben der Titelfigur vor allem die junge Frau Thilda, den Mann, der sich Kasimir Tobisch nennt, und die Gestrauchelten Franz und Agnes. Die Sprache ist zugleich einfach und äußerst präzise.

204

Der Tod des Iwan Iljitsch. Von Leo N. Tolstoj

Das Buch von Leo N. Tolstoj (1828–1910) ist 1886 erschienen. Das Werk zeugt von tiefer Menschenkenntnis und ungeheurer Beobachtungsgabe. Iwan Iljitsch Golowin braucht wie so mancher erst ein wirklich niederschmetterndes Ereignis, um zu erkennen, was wichtig ist und was nicht. Das Tragische ist, dass er kaum noch Gelegenheit bekommt, seine neue Erkenntnis umzusetzen.

205

Der Tod eines Bienenzüchters. Von Lars Gustafsson

Das Buch von Lars Gustafsson (geb. 17. Mai 1936, am gleichen Tag wie sein Protagonist) ist 1978 erschienen. Es ist der letzte Teil der Pentalogie *Risse in der Mauer*. Die Stärke dieses Buches sind die aphoristischen Passagen, z. B.: »Menschen, die uns zukünftig etwas bedeuten werden, treffen wir nicht nur einmal, sondern bei mindestens zwanzig Gelegenheiten, bis wir den Fingerzeig allmählich ernst nehmen.«

206

Tom Sawyer. Von Mark Twain

Mark Twain (= Samuel Longhorne Clemens, 1835–1910) war Journalist und wurde mit seinen Büchern *Tom Sawyer*, erschienen 1876, und *Huckleberry Finn*, erschienen 1884, weltberühmt. Er betrachtete die beiden Bücher nicht als Kinder- oder Jugendbücher, obwohl sie hauptsächlich von Kindern und Jugendlichen gelesen werden. Beide Bücher wurden verfilmt.

207

Traumnovelle. Von Arthur Schnitzler

Nicht nur Thomas Mann war von diesem Buch, das 1926 erschienen ist, schwer begeistert. Mit ungeheurer Einfühlungskraft und Präzision erzählt Arthur Schnitzler (1862–1931) seine Geschichte, die offenbar von Freuds Traumdeutung beeinflusst ist. Albertines Traum ist wirklich ein starkes Stück und die Nacht auf dem Fest ist auch nicht ohne. Ein im besten Sinne modernes Buch, das unter dem Titel »Eyes Wide Shut« verfilmt wurde.

208

Das Trinkgelage oder Über den Eros. Von Platon

Das Buch schildert in für Platon (427–347 v. Chr.) typischer Dialogform ein antikes Trinkgelage (griech. Symposion), bei dem u.a. Sokrates, Aristophanes und Alkibiades zugegen sind. Die Herren sprechen auf mehr oder weniger spontane Weise über den Eros. Berühmt ist u.a. der lustige »Kugelmenschen«-Vortrag von Aristophanes.

209

Die Uhrwerk-Orange. Von Anthony Burgess

Das Buch von Anthony Burgess (= John Burgess Wilson, 1917–1993) ist 1962 erschienen. Es ist ein überaus lesenswerter Beitrag zum Thema freier Wille/Entscheidungsfreiheit. Ein Mensch, dessen freier Wille gebrochen wird, ist eben nichts anderes als eine »Uhrwerk-Orange«, ein Ausdruck, den der Autor in einer Bar aufgeschnappt haben soll.

210

Ulysses. Von James Joyce

Das Buch von James Joyce (1882–1941) ist 1918–1920 (in Buchform 1922) erschienen. Die Hauptfigur heißt Leopold Bloom und die beschriebenen Ereignisse konzentrieren sich auf den 16. Juni 1906, daher wird der 16. Juni von vielen Fans als Bloom's Day gefeiert. Ulysses ist der römische Name des Odysseus und auch der gebräuchliche im englischsprachigen Raum. Das Buch ist eine wahre Fundgrube für Literatur- und Sprachwissenschaftler.

211

Die unendliche Geschichte. Von Michael Ende

Das Buch von Michael Ende (1929–1995) ist 1979 erschienen. Der Held Bastian Balthasar Bux überwindet durch seine Reise nach Phantásien und die alles andere als reibungslose Rückkehr die Trauer über den Verlust seiner Mutter. Das Buch enthält herrliche Figuren. Kernaussage ist: Tu, was du willst. Wie das gemeint ist, ist nachzulesen!

212

Utopia. Von Thomas More

Das Buch ist 1516 erschienen und ist eine Kritik der herrschenden Zustände in England. Es gibt darin sehr moderne Ansichten über den Strafvollzug. Thomas More (latinisiert Morus; 1478–1535) war Richter, Parlamentarier, Diplomat und ein bedeutender Humanist. 1529–1532 war er Lordkanzler Heinrichs VIII.

213

Väter und Söhne. Von Iwan S. Turgenjew

Das Buch von Iwan S. Turgenjew (1818–1883) ist 1862 erschienen und behandelt anhand der Figur Basarow den Nihilismus. Basarow ist eine Figur, die sicher niemanden kalt lässt. Dass er jung stirbt, ist einerseits tragisch, andererseits bleibt er nur so in seiner ganzen Radikalität erhalten. Die Geschichte ist virtuos erzählt, die Dialoge sind brillant und pointiert.

214

Die verschwundene Miniatur. Von Erich Kästner

Erich Kästner (1899–1974) war nicht nur ein scharfer Kritiker der politischen Zustände, sondern auch ein hervorragender Erzähler mit Humor, Geist und aphoristischer Treffsicherheit. Neben Romanen, Gedichten und Kinderbüchern schrieb er (zum Teil unter Pseudonym) auch Drehbücher sowie eine Dissertation über Friedrich den Großen und die deutsche Literatur.

215

Die Verwirrungen des Zöglings Törleß. Von Robert Musil

Bei Erscheinen des Buches (1906) war Robert Musil (1880–1942) gerade 26 Jahre alt. Er verarbeitete eigene Erlebnisse in einer Militärerziehungsanstalt. Eindringlich geschildert werden Abhängigkeit, Demütigung, Unsicherheit, Einsamkeit, Aggression und das Verlangen nach Zärtlichkeit. Das Buch ist auch von Volker Schlöndorff verfilmt worden.

216

Der Vorleser. Von Bernhard Schlink

Das Buch von Bernhard Schlink (geb. 1944) ist 1995 erschienen. Mitreißend und spannend beschreibt der Autor das schicksalhafte Zusammentreffen zwischen dem Gymnasiasten/Juristen und seiner Geliebten mit der furchtbaren Vergangenheit. Bernhard Schlink ist Jurist und hat auch eine Reihe von Kriminalromanen verfasst.

217

Walden oder Leben in den Wäldern.
Von Henry David Thoreau

Henry David Thoreau hat von 1817 bis 1862 gelebt, das Buch ist 1854 erschienen. Thoreau war mit Ralph Waldo Emerson befreundet und ein Vertreter des Transzendentalismus. In seinem Buch schildert er eigene Erlebnisse. Mit seinen Werken beeinflusste er unter anderem auch Mahatma Gandhi.

218

Wie kommt das Salz ins Meer.
Von Brigitte Schwaiger

Das Buch ist 1977 erschienen und war ein Riesenerfolg für die damals 28-jährige Autorin. Brigitte Schwaiger (geb. 1949) erzählt die Geschichte der jungen Frau als inneren Monolog und mit grimmigem Humor. Das Buch ist auch verfilmt worden.

219

Die Wörter. Von Jean-Paul Sartre

Das Buch des Philosophen und Schriftstellers Jean-Paul Sartre (1905–1980) ist 1963/64 erschienen. Charles Schweitzer, der Großvater, ist eine wirklich interessante und auch hervorragend beschriebene Figur. Welchen Einfluss Großväter haben können, ist ja auch bei Thomas Bernhard nachzulesen.

220

Wunderbare Reisen zu Wasser und Lande, Feldzüge und lustige Abenteuer des Freiherrn von Münchhausen.
Von Gottfried August Burger

Das Buch von Gottfried August Bürger (1747–1794) ist in der vorliegenden Fassung 1788 anonym erschienen. Das Buch bietet neben den Episoden, die in den zahlreichen Bearbeitungen enthalten sind, eine Reihe weiterer amüsanter »Münchhausiaden«. Viele Geschichten fanden ihren Weg von Deutschland nach England und – über Bürger – wieder zurück in den deutschen Sprachraum.